적가사는 눈먼 동을 좇지 않는다

적가사는 눈먼 통을
좇지 않는다 1

로시원 장편소설

초판 1쇄 찍은 날 | 2021년 7월 7일
초판 1쇄 펴낸 날 | 2021년 7월 14일

지은이 | 로시원
펴낸이 | 권태완 우천제

편집책임 | 박은정
편집 | 박가연 심성경 손혜진 장현아 이예린 정나래

펴낸곳 | (주)케이더블유북스
등록번호 | 제25100-2015-43호
등록일자 | 2015. 5. 4
WFN | 제3-073호

주소 | 서울특별시 구로구 디지털로31길 38-9 에이스테크노타워 1차 401호
전화 | 02-867-4626 팩스 | 02-866-4627
E-mail | cl_production@kwbooks.co.kr

ISBN 979-11-293-8205-4 04810
     979-11-293-8204-7 (set)

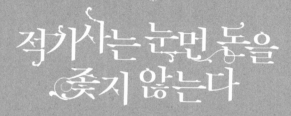

I

적기사는 눈먼 돈을 좇지 않는다

로시원 장편 소설

워치북

CONTENTS

Chapter 1
기사와 칼잡이

후회는 아무리 빨라도 늦다.

핏물을 토해내며, 유디트는 그 말이 정말 옳다고 느꼈다.

"훌륭하군."

그녀를 내려다보는 남자가 있었다. 그는 평소와 똑같았다.

새카만 머리카락과 눈동자.

사신 같은 외모.

"언제 봐도 깔끔한 솜씨다."

"제르멜 단장…… 쿨럭, 컥…….."

유디트는 한바탕 피를 토했다. 황금색 카펫 위로 핏덩이가 쏟아졌지만, 티도 안 났다.

바닥은 이미 피로 흥건했다. 조금 전 그녀가 죽인 황자와 그녀의 피였다.

"역시 경은 쓸모 있어. 그 삼엄한 경비를 뚫고, 제국의 황자를 이토록 간단히 죽일 줄이야."

남자, 제르멜은 방금까지 살아 있던 황자의 시체를 확인했다.

"왜……."

원래 시체를 확인해야 하는 것은 그녀였다.

3황자 암살. 그게 유디트에게 내려진 명령이었다.

그녀는 임무를 완벽히 수행했다. 모든 게 잘되고 있었다. 완수를 목전에 두고 있었다.

성공했을 것이다. 그녀에게 명령을 내렸던 제르멜이 뒤에서 찌르지만 않았더라면.

"왜, 날 공격…… 커흑!"

제르멜은 그녀의 질문에 대답하지 않았다. 그는 황자의 목숨이 끊어진 게 맞는지 확인하고 있었다.

그동안 유디트의 정신은 점점 혼미해져 갔다. 호흡은 갈수록 괴로워지고, 축 늘어진 몸이 벌벌 떨렸다.

그녀의 본능이 예고했다.

죽는다.

"황자 암살범은 당연히 처단해야지."

"……!"

분노로 머릿속이 새빨갛게 변하는 것 같았다.

"당신이 내린, 명령이었잖아……!"

"선택한 건 자네다. 잊었나, 유디트 경."

"웃기…… 끄흐……."

개소리였다. 그러나 몸뚱이가 반박을 허락하지 않았다. 흘러내리는 피에 그녀의 손이 점점 젖어갔다.

제르멜의 말투는 노래하는 시인처럼 나긋했다. 표정도 마찬가지였다. 빈정거림이나 동정심은 찾아볼 수 없었다.

"분하다는 눈이군."

황자의 시체를 살피던 제르멜의 손에서 하얀빛이 새어 나왔다.

마법인가? 알 수 없다. 다만 유디트는 멀어져 가는 정신을 다잡기 위해 상처를 짓눌렀다.

"무엇이 분한가. 경은 황자 시해라는 값비싼 임무를 수행하다 죽는 건데."

"처음부터 이럴 생각으로……."

유디트는 후회했다. 이미 너무 늦었다는 건 알지만, 후회스러워서 미칠 것 같았다.

그녀라고 한들 처음부터 쉬이 3황자 암살 임무를 받아들인 건 아니었다.

황족 시해는 극형이다. 아무리 많은 포상금이 약속된다 한들, 목을 내놓을 생각은 없었다.

하지만 그녀의 판단력은 흐려져 있었다.

황자 암살을 명하던 날, 제르멜의 어조는 덤덤하고 평이

했다.

마수 토벌과 잡다한 뒤처리를 명했을 때도 그랬다. 황족의 죽음을 조작하라고 명령했을 때도 그랬다.

제르멜은 불가능한 일, 수습할 수 없는 명령은 내리지도 않는 단장이었다. 약속된 포상금을 주는 것도, 공로를 치하하는 것도 정확했다.

그래서 믿었다.

뒤처리는 애초에 걱정하지 않았다.

역사는 승자의 것. 그리고 승자는 대대로 흑기사의 편이었다.

황실의 밀명을 받는 흑기사가 암약할수록, 득을 보는 건 황실이다. 항상 그랬듯 흑기사인 그녀 자신이 핏값을 치를 일은 없으리라 여겼다.

하지만 돌아온 것은 가슴을 찌른 검이었다.

'안이했어……'

유디트가 부들부들 몸을 일으켜 세웠다. 검을 쥔 손이 사시나무처럼 떨려왔다.

"기세가 좋군. 정통으로 찔렸을 텐데."

"웃기지 마…… 웃기지 마……!"

통각은 이미 사라졌다. 가슴에서 뜨거운 피가 넘쳐흘렀지만, 분노로 뵈는 게 없었다.

인정할 수 없다. 이런 끝을, 이런 죽음을 인정할 수 없다.

"제르멜 단장!"

유디트의 검에서 회백색 빛이 터져 나왔다. 벼락처럼 꽂힌 에테르가 지면을 조각내고 황궁을 뒤흔들었다.

제르멜은 상황을 잊고 감탄했다.

과연, 천재로다. 죽음 앞에서도 검끝은 멀쩡한가.

"인정하겠다."

"죽여 버리겠어……!"

"경은 쓸모 있는 장기말이었다. 비싼 값을 했지."

여태 무덤덤했던 남자의 입이 비틀렸다.

"마지막 의리로, 부하의 목은 손수 쳐주마."

제르멜의 검이 뽑혔다. 주인을 닮아 빛 한 점 없는 새카만 칼날이었다.

칼날이 유디트의 목을 향해 날아왔다.

에테르를 두른 검이 부딪칠 때마다 한바탕 충격파가 퍼졌다. 벽에는 금이 갔고 광풍이 불어닥쳤다. 얼핏 보기에는 호각이었다.

하지만 실상은 달랐다. 비 오듯 식은땀을 흘리는 유디트와 달리, 제르멜은 시종일관 여유로웠다.

쐐기처럼 날카로웠던 유디트의 찌르기는 뒷심을 잃고 흔들렸다.

제르멜은 어렵잖게 그녀의 검을 튕겨냈다.

끝내, 그녀의 검은 제르멜에게 닿지 못했다.

"애들 장난은 그만하지."

제르멜이 검을 고쳐 잡았다. 그의 손이 하얗게 빛났다. 다음 순간, 유디트는 이상한 경험을 했다.

'검의 궤적이 읽히질 않아······?'

제르멜의 검이 스친 곳마다 부자연스럽게 공간이 단절됐다. 마치 모래 위에 그려둔 그림이 쓱 지워지는 것 같았다.

콰앙!

깨끗한 검날의 단면이 보였다 싶더니, 유디트의 몸이 속절없이 날아갔다.

"큭······ 끄으······."

자비도 온정도 없었다.

벽에 부딪힌 유디트는 몸을 가누지 못할 정도로 현기증을 느꼈다. 한바탕 토혈을 하고 나니, 어디선가 쉴 새 없이 바람 빠지는 소리가 들렸다.

한계였다. 쓰러진 유디트는 끝내 검을 놓쳤다.

"흑기사단의 기사 서약을 기억하나."

"······."

"목숨 위에 있는 가치를 위해 검을 휘둘러라."

그녀의 코앞으로 발걸음이 다가왔다. 제르멜이 그녀를 벌레처럼 내려다보고 있었다.

"경이 선택한 가치는 돈이었다."

그랬다. 유디트는 이날 이때까지 돈만 보고 살아왔다.

황실 기사가 된 이유는, 기사 중에서 가장 많은 돈을 버니까.

흑기사단을 택한 이유는, 임무가 위험한 만큼 보상이 확실하니까.

그만큼 유디트는 돈을 중요한 가치로 두며 살아왔다.

돈만 주면 무슨 일이든 하는 쓰레기는 아니었다. 하지만 돈을 주면 어지간한 일은 해주는 청소부쯤은 됐다.

돈 때문에 남의 목숨을 빼앗지는 않았다. 그래도 팔다리 힘줄 정도는 끊어줄 수 있었다.

26년을 그렇게 살았다.

그래도 호락호락한 삶은 아니었다.

많은 돈은 크나큰 노력을 요구했다. 그래서 필사적으로 검을 휘둘러 왔다. 뒤돌아보니 어느새 명성이 따라붙어 있었고, 천재라고 불렸다.

그런데 왜?

돈을 좇던 기사의 삶을 인정해 준 건 다름 아닌 제르멜이었다.

그런데 왜? 이제 와서 왜!

"개처럼 따랐잖아⋯⋯. 돈값을 해줬잖아⋯⋯!"

"그래. 이제 개를 죽였으니 개값을 물어주면 되는 일이지."

"뭐⋯⋯?"

엎어진 유디트의 몸 위로 금화가 떨어졌다. 황금빛 동전이 거지에게 적선하듯 흩뿌려졌다.

"단장으로서 노고를 치하한다."

죽을힘을 다해 올려다본 얼굴에는 경멸이 담겨 있었다.

그가 유디트를 쓰레기 보듯 바라봤다.

유디트는 제르멜의 그 눈빛을 영원히 잊지 못할 것만 같았다.

"퍽 가치 있는 죽음이지. 안 그런가?"

유디트가 대답하기도 전에, 둔탁한 소리와 함께 무언가 터지는 소리가 났다.

주변은 삽시간에 사막의 밤처럼 고요해졌다.

너저분한 회백발이 피 묻은 금화와 함께 제르멜의 발치를 어지럽혔다. 제르멜은 발끝에 튄 핏자국을 물끄러미 내려다보았다.

방금까지 살아 있던 몸에서 피가 분수처럼 치솟았지만, 그는 무덤덤한 시선으로 바라볼 뿐이었다.

"제르멜 단장님! ……허억! 이, 이, 이게 무슨……!!"

"암살자다."

제르멜의 새카만 검이 검집으로 돌아갔다.

볼일은 끝이다. 이것으로 마무리였다.

"시체부터 치우도록."

사색이 된 호위 기사가 황급히 자리를 떴다.

제르멜은 몇 마디 명령을 더 던지고 미련 없이 걸음을

돌렸다.

그래서 그는 몰랐다. 조용한 기적이 강림했음을.

찰나의 순간, 얼굴이 날아간 유디트의 시체에서 시간을 거스르는 하얀빛이 나타났다가 사라졌다.

＊　＊　＊

유디트는 제 인생을 소개할 때마다 구질구질한 이야기는 싫다며 짧게 끝내곤 했다. 없는 게 많은 삶은 자랑도 뭣도 아니니까.

그녀는 아버지가 없었고, 돈도 없었다.

유디트가 가진 건 둘뿐이었다. 건강을 버려가며 일하는 어머니와 검 한 자루.

검조차도 처음에는 그녀에게 허락되지 않는 삶이었다. 그녀가 직접 기회를 잡아서 겨우 허락된 것이었다.

유디트가 검을 잡은 건 11살 때였다. 자작의 딸이 검술을 배우다 질려서 유디트를 대신 보낸 게 기회였다.

당시 시녀 교육을 받던 유디트는 입 한 번 벙긋하지 않고 수업을 들으러 갔다.

"아가씨 대신 수업을 받으러 왔습니다."

"그래? ……좋아. 난 밥값만 하면 되니까. 시작할까."

검술 선생은 마흔이 된 아저씨였다.

그는 조카 대신 웬 계집애가 온 걸 알면서도 수업을 했다. 목검이 무겁다며 징징거리는 조카보다는 시키는 대로 배우는 평민의 딸이 낫다는 이유였다. 너무 껄렁한 이유라, 유디트는 기사라는 족속들이 죄다 이런 줄 알았다.

하지만 유디트는 이것이 인생에 최초로 찾아온 기회란 걸 알았다. 그래서 구르라면 굴렀고, 죽으라면 죽는시늉을 했다.

머잖아 선생은 수업료를 한 푼도 내지 않겠다는 당돌한 꼬마를 제자로 들였다.

"일단 검을 뽑았으면 감정을 죽여. 눈앞의 상대에게만 집중하고, 잡생각은 버려."

"네."

"대답도 하지 마. 그 자세 그대로 3시간 유지다."

"……."

더럽게 독한 선생이었다. 유디트는 이를 악물고 검을 배웠다.

"독하구나, 유디트. 왜 이렇게 기를 쓰고 배우는 거냐?"

"기사가 되기 위해서요. 제 꿈이에요."

"기사? 꿈? 꾸우우움?"

검술 선생은 기가 찬다는 눈으로 제자를 바라보았다.

"너는 기사랑은 거리가 먼 인간인데?"

"꿈이라고 했잖아요! 선생님 인성 더러워요!"

"너도 좀 그래, 이 맹랑한 것아."

호두까기인형처럼 서로를 까대 봤자 유디트만 손해였다. 선생은 괘씸한 제자에게 근육 단련이라는 명목으로 물 든 양동이를 건넸다.

유디트도 보통 아이는 아니었다. 그녀는 양동이를 든 손이 벌벌 떨려도, 굽히고 들어가지 않았다.

"왜 제 꿈을 욕하세요."

"진짜 독하네, 이 제자 놈. 욕 안 했거든?"

"했거든요!"

"앗, 차거어어!"

사제는 사이좋게 물벼락을 뒤집어썼다. 아마도 유디트의 인생에서 가장 행복했던 시절이다.

4년이 지나, 유디트는 15살이 되었다.

마지막 수업 날. 선생은 유디트의 코앞에서 추천장을 흔들었다.

"마지막으로 하나만 물어보자."

"말씀하세요."

"기사가 되고 싶으냐? 정말로?"

유디트는 단칼에 대답하려다 주저했다.

4년간 질릴 만큼 입씨름을 벌인 주제였다. 선생은 새삼 묻지 않아도 그녀의 답을 알고 있을 터였다.

"유디트, 이 세상은 더러워. 기사도는 땅에 떨어진 지 오래야. 약한 자는 짓밟히고, 주군은 포주와 다를 게 없지. 모시는 레이디는 폼멜을 장식하는 금칠 같은 거야."

선생의 눈이 웬일로 진지했다.

"기사가 되면 너는 성실이나 명예, 정의, 뭐 그런 걸 추구해야 해."

"기사는 원래 그런 거잖아요."

"네 싹수가 노래서 하는 소리다."

칼잡이의 기질이 보인단 말이다. 선생은 그렇게 말하며 투덜댔다. 욕인지 조언인지 알쏭달쏭한 말이었다. 하지만 훗날에 돌이켜 보면 조언이었다.

"너는 기사가 됨으로써 기사가 추구해야 할 가치를 몰라보는 삶을 살 거다. 어쩔래? 이 추천장을 받고도 작위나 땅, 황금을 원한다면 너는 기사가 아니야. 칼잡이지. 그런 삶을 원해?"

"……참 나. 제가 찬물 더운물 가릴 처지인가요?"

없는 게 많았던 유디트는 공허한 인생을 채우기 위해 추천장에 손을 뻗었다.

검 다음에는 돈. 돈 다음에는 무엇이 있을 줄도 모르고.

선생은, 조금 쓸쓸하게 웃었다.

"알았다. 작위와 땅, 황금은 못 주지만 그건 줄 수 있지. 잘 지내라, 유디트."

"……건강하세요, 선생님."

사제는 이별했다.

그로부터 5년 후.

최연소 에테르 마스터로 불리는 스무 살의 천재 칼잡이 한 명이 황실 기사단에 입단한다.

"흑기사 유디트. 약자를 보호하고 황실을 수호하며 경건히 살겠습니다. 목숨 위에 있는 가치를 위해 검을 휘두르며, 성실히 임할 것을 맹세합니다."

예정된 말로는 그렇게 시작됐다.

❋　✴　❋

유디트는 마법과 상관없는 삶을 살아왔다. 그래서 제게 일어난 마법 같은 일이 놀랍기만 했다.

"이게 대체…… 뭐야……?"

낯선 방이었다. 천장을 바라보며 유디트는 눈을 깜빡였다.

'지옥인가, 여긴? 분명 죽었을 텐데?'

유디트는 사후 세계를 딱히 믿지 않았다. 하지만 이렇게 직접 겪으니 할 말이 없었다.

지옥에서 싸구려 솜을 쓴 베개와 침실을 마련해 주나?

"뭐가 이렇게 안락해."

웃기는 일에도 정도라는 게 있는 법이다.

사는 건 그토록 거지 같더니, 지옥에서 이토록 쿨쿨 잘 만한 환경을 만들어줄 줄이야.

그녀는 지끈대는 머리를 한바탕 쓸었다.

"어……?"

유디트는 손끝에 감긴 머리카락을 멍하니 바라보았다.

이상하다. 이건 정말 이상했다.

그녀는 항상 말끔하고 세련된 단발을 고수했다.

머리카락은 돈이 되기 때문에, 어느 정도 길었다 싶으면 가차 없이 쳐내서 팔았기 때문이다.

그런데 머리카락이 길었다.

"이럴 리가 없는데……."

근 몇 년간 단발이었는데. 깔끔하게 목덜미에서 살랑거리던 머리카락은 어딜 간 거지?

이 구불거리는 머리카락은 대체 뭔가 싶었다.

유디트는 설마 제가 회귀했을 거라고는 조금도 생각하지 못했다. 그래서 거울 앞에서도 한참을 갸웃거렸다.

'이 정도로 기른 건, 꽤 예전인데……?'

거울에 비친 낯선 모습을 한참 보고 있을 때였다.

"유디트, 아직도 자고 있어? 나 들어갈게?"

노크 소리가 끝나기 무섭게 한 여성이 발을 들였다.

그녀를 본 순간, 유디트는 온몸의 솜털이 곤두서는 걸 느꼈다.

총기가 넘치는 제비꽃색 눈동자가 익숙했다. 까만 머리

카락에 얌전한 인상이었다. 하지만 성정은 정반대란 걸 유디트는 안다.

"……비올, 레?"

회색 단복을 입은 친구가 문을 열고 들어온 순간, 유디트는 이곳이 지옥이 아님을 깨달았다.

비올레가 지옥에 있을 리 없다.

없을 텐데……?

"얼른 아침 먹으러 가자."

비올레가 편지와 신문을 책상 위로 던지곤, 익숙하게 유디트의 옷장을 열어젖혔다. 옷장에는 비올레가 입은 것과 똑같은 회색 단복이 걸려 있었다.

잠깐만, 단복?

저건 정식으로 기사단에 들어가기 전, 황실 기사들에게 일괄 지급되는 옷이다.

유디트는 회색 단복을 휙휙 집어 던지는 비올레를 믿을 수 없다는 듯 바라보았다.

"비올레, 네가 왜 여깄어?"

"응? 너 깨우러 왔는데?"

"아니…… 지옥에 뭐 하러 온 거냐고."

"뭐어? 내가 지옥을 왜 가! 잠 덜 깼어?"

비올레가 소리 높여 웃더니 유디트의 등을 짝, 쳤다.

"얼른 아침 먹으러 가자니깐? 난 요즘 네가 클로로 펠토를 날려 버리는 걸 봐야 소화된단 말야."

"……."

"칼리파가 기다려. 얼른 갈아입고 나와?"

비올레의 손이 뺨에 닿았다. 따뜻하고 다정한 손길. 사무치는 친구의 손이었다.

비올레는 유디트의 양 뺨을 장난스럽게 문지르고 나갔다.

얼마나 서 있었을까.

"칼리파가 날 기다린다고……?"

이곳에 있어선 안 될 사람이, 기다릴 리 없는 사람의 이름을 입에 담았다.

오도카니 서 있던 유디트는 믿을 수 없다는 듯 고개를 돌렸다.

친구가 던지고 나간 신문에는 날짜가 적혀 있었다.

"제국력 410년……."

핏발 선 눈으로 보아도 변하는 건 없었다.

그건 제가 죽기 6년 전이었다.

❊　✳　❊

식기 부딪치는 소리가 들렸다.

소란스러운 식당에서 유디트는 멍하니 호박 샐러드를 입으로 옮겼다.

"레이먼, 오늘은 결정했어? 역시 적기사단에 들어갈 거지?"

"아냐, 난 백기사단이 나을 것 같아."

"말도 안 돼."

"말도 안 돼."

"그건 좀 아닌 것 같아."

"헉, 칼리파까지……!"

죽었던 사람들이 살아 있다.

장차 그녀를 불구대천의 원수로 여길 친구도 한 테이블에 앉아 있다.

자살한 친구가 살아 있다.

그리고 자신이 살아 있다.

모든 게 믿지 못할 일투성이였다.

"유디트 넌 어떻게 생각해?"

"……"

비올레의 물음에 유디트는 포크를 소리 나게 내려놓았다.

할 말이 없어서 한 행동이었지만 친구들은 알아서 해석했다.

"턱도 없는 소리 하지 말라신다아!"

"아니, 왜?! 루이 너도 그렇게 생각해?"

"너하고 신전 생활은 안 맞긴 해. 그냥 현실을 받아들여라."

유디트는 왁자지껄한 친구들 곁에서 쥐 죽은 듯 식사를

마쳤다. 토할 것 같아서 절반도 먹지 못했다.

도무지 믿을 수가 없지만, 이 면면을 보니 확실했다.

'회귀했어.'

지금은 제국력 410년의 9월.

그녀가 죽기 6년 전이다.

'지나가던 마법사가 날 되살렸을까?'

그럴 리 없다. 그건 마법으로도 불가능할뿐더러 유디트는 아는 마법사가 한 명도 없었다.

'그럼 어떻게? ……왜?'

유디트는 골통이 부서지던 감각을 생생하게 기억한다. 생애를 통틀어 그토록 끔찍한 감각은 처음이었다.

이럴 리가 없었다. 그녀는 살아 있을 수가 없었다. 제르멜이 자신을 살려뒀을 리 없다.

그런데 모든 감각이 생생했다. 햇빛은 따사롭기만 했고, 식기를 쥔 손이 가벼웠다. 혀끝 미각도 멀쩡했다. 달콤하고 짭조름한 샐러드가 싱싱했다.

살아 있다.

혼란스러운 유디트를 내버려 두고 친구들은 제각기 떠들었다.

"칼리파는 결정했어? 우리 중에 가장 선택지가 많을 텐데."

"흑기사단에 들어가기로 했어."

"헉? 왜?"

"……흑기사단은 분위기가 무섭지 않아? 생각을 바꾸는 건 어때?"

"난 이미 결정했어."

칼리파의 목소리는 단호했다.

"흑기사란 말이지이……."

레이먼이 이상한 소리를 내며 늘어졌다.

"그럼, 유디트는?"

유디트는 더 이상 참지 못하고 자리에서 일어났다. 의자 끄는 소리에 모두의 이목이 쏠렸다.

"……유디트?"

썩어도 준치라고, 유디트가 이상하다는 걸 가장 먼저 알아차린 건 칼리파였다.

함께 흑기사단에 입단했던, 마지막까지 저와 서먹하지 않았던 친구.

유디트는 저를 빤히 바라보는 칼리파의 시선을 넘겼다.

"미안. 먼저 가볼게."

"어, 어? 어딜 가? 오늘 펠토 경이랑……!"

비올레의 목소리가 당혹에 차 있었다.

하지만 아무리 놀랐더라도 유디트만큼 당혹스러울 사람이 이곳에 있겠는가.

그녀는 친구들을 뒤로했다.

한참을 무작정 걷던 유디트는 인적 드문 황궁 산책로에

서 걸음을 멈췄다.

아까 전부터 묵묵히 따라오는 사람이 느껴졌다.

"……칼리파."

유디트는 그리운 친구의 이름을 입에 담았다.

검은 상복 드레스가 잘 어울리는 친구.

물결치듯 아름다운 백금발을 검은 미사 베일로 감춘 채, 죽은 듯이 살던 여인.

그녀가 저를 걱정스럽게 보고 있었다.

"유디트, 괜찮아?"

"……."

칼리파에게 걱정을 살 정도라니, 어지간히도 혼란스럽게 보였나 보다.

유디트는 이마를 쓸며 고개를 저었다.

"모르겠어. 안 괜찮은 것 같아."

"응. 그래 보여."

유디트는 다짜고짜 무슨 일이냐고 물어보지 않는 칼리파의 배려심에 진심으로 감사했다.

어떻게 설명하면 좋을까. 말재간이 나쁘지 않은데도 할 말이 없다.

죽었다 깨어나 보니 6년 전. 그게 말이나 되는 소리인가?

검은 베일 너머로 저를 바라보는 시선이 느껴졌다.

'진짜 칼리파구나…….'

이 친구만큼은 예전이나 지금이나 다를 게 없구나 싶었다.

유디트가 혼란을 다스리는 동안, 칼리파는 가만히 기다렸다.

한참 후, 유디트가 그녀를 향해 돌아섰다.

"뭣 좀 물어봐도 될까, 칼리파."

"응."

"오늘 며칠이지? 410년 9월……."

"15일."

"……기사단 입단 결정까진 얼마나 남았어?"

"이틀."

역시나. 예상대로였다.

아침 먹으러 가자는 비올레의 재촉에 회색 단복을 입을 때부터 긴가민가했던 것이 확실해졌다.

이유는 모르겠지만, 한 번 죽은 자신이 6년을 회귀한 게 틀림없다. 6년 전이면 아직 기사단을 고르지 않았을 때다.

그렇다는 건…….

유디트는 심호흡했다.

그리고 다시 물었다.

"나, 요즘 내 평판은…… 어때?"

"……."

목소리가 조금 떨렸다.

지리멸렬한 질문에 칼리파의 입이 닫힌 것은 잠깐이었

다. 침착한 대답이 금방 뒤따랐다.

"최연소 에테르 마스터. 황실 기사단 세 곳에서 모두 입단 제의를 받은 천재 기사."

"그리고?"

"……돈에 미친 칼잡이 년."

노골적인 표현이었다. 유디트의 표정이 무너졌다.

예전이었다면 신경도 안 쓸 말인데, 이제는 모멸감에 눈썹이 일그러졌다.

칼잡이 년.

한때 저를 모욕하기 위해 가장 많이 쓰인 말을, 이렇게 다시 듣게 될 줄이야.

당시에는 눈 하나 깜짝하지 않고 넘겼던 말이었다. 한데 이제는, 너무도 쓰라리고 뼈아팠다. 그리고 인정할 수밖에 없었다.

흑기사 유디트는 죽었다. 그야말로 인과응보에 가까운 방식으로 생을 마쳤다.

유디트는 흑기사가 되어, 돈을 벌 수 있는 임무를 최우선으로 여겼다.

포상금과 부수입이 많은 일이라면 뭐든 가리지 않았다.

그 속물적인 모습을 보며, 다른 기사들은 그녀에게 기사 서약조차 읊을 자격이 없다며 침을 뱉었다.

아무래도 좋았다. 눈 하나 깜짝하지 않았고, 침을 마주

뱉어줬다.

불과 몇 시간 전까지만 해도, 유디트는 그 선택이 옳다고 생각했으니까.

하지만…….

"퍽 가치 있는 죽음이지. 안 그런가?"

그게 정말 옳은 선택이었더라면, 그런 비참한 결말이 기다리고 있었을까?

경멸을 숨기지 않던 제르멜의 눈빛이 생생했다. 거지처럼 저를 보며 돈을 뿌리던 단장.

순간이지만 죽어가던 그때처럼 현기증이 났다.

비참하고 분하면서도 후회스러워, 눈물이 날 것 같았다.

'잘못 택했던 거야……. 난, 잘못했던 거야.'

떠오르는 변명은 은하수의 별처럼 많았다. 하지만 누가 들어줄까. 누구를 탓할까. 전부 제 탓이고 제 선택이었다.

이를 악물었다. 눈물이 와르르 쏟아질 것 같았다.

'다행히…… 아직은 기사단에 들어가기 전이야…….'

유디트의 눈빛이 심하게 흔들렸다.

칼리파가 그녀의 팔을 덥석 잡은 건 그때였다.

"주변 사람이 뭐라고 하든 신경 쓸 필요 없어."

"……."

"다른 사람들이 네게 뭐라 하든, 사람은 다 다르잖아."

유디트는 남의 말에 눈 하나 깜짝하지 않는 냉혈한처럼 보일 때가 있었다. 하지만 그녀도 사람인지라, 남의 말에 상처받는 건 당연하리라. 그렇게 생각한 칼리파가 손아귀에 힘을 주었다.

"돈에 미쳤다는 말, 신경 쓰지 마. 나는 유디트 네 편이야."

"……아니야, 아냐."

유디트는 힘겹게 고개를 저었다.

칼리파. 상냥한 칼리파야. 아무래도 그녀는 유디트의 의중을 다르게 해석한 것 같았다.

유디트는 또다시 한탄했다.

칼리파 임페노르는 공작가의 영애로, 본디 유디트가 말한마디 섞을 수 없을 만큼 귀하디귀한 신분이었다.

그러나 임페노르 공작가에 닥친 참극은 그녀를 기사단으로 몰았다.

칼리파는 양친이 살해당하고, 여동생이 죽는 걸 직접 목격했다. 그녀는 한평생 상복과 미사 베일을 벗지 않을 걸 맹세했다.

공작 영애는 불행과 함께 찾아온 검의 재능을 받아들여 기사단에 입단했고, 흑기사단장 제르멜은 그녀에게 복수를 돕겠다고 약속했다.

그러나 그 끝은 처절했다.

"난 네 편이야, 유디트."

칼리파. 너는 왜 자살했던 걸까.

유디트는 차마 내뱉지 못할 말을 속으로 삼켰다.

이유는 알 수 없으나, 제르멜의 스카우트를 받아들인 칼리파는 몇 년 후 자살했다.

유디트는 물론 주변 사람에게 편지 한 통 남기지 않고…….

'네 복수는 목숨 위에 있다고 했잖아.'

칼리파는 돈을 위해 살았던 자신을 한 번도 비웃지 않았다.

그들은 목숨을 두고 저울대에 각자 다른 것을 올렸다. 유디트는 돈, 칼리파는 공작가의 복수였다.

세간의 이목을 신경 쓰지 않는 그들은 좋은 친구였다. 냉엄했던 흑기사단에서도 '친구'라고 부를 수 있을 만한 사람은 그녀 하나였다.

하지만 앞으론 다를 것이다.

개값이라며 흩뿌려진 금화를 기억한다. 내장을 헤집던 새카만 에테르도 잊지 못할 것이다.

잘못된 것은 바르게 고쳐야 했다.

어떻게 고쳐가야 할지는 모르겠지만, 이제 그런 개죽음은 싫었다. 그러니까…….

"칼리파. 나 흑기사단에는 들어가지 않을 거야."

유디트는 주먹을 쥐었다.

세상에는 잊어서는 안 되는 말이 있다.

결코 가벼이 넘겨서는 안 되는 그런 말.

예를 들면 스승이 마지막으로 일러준 말처럼.

"너는 기사가 됨으로써 기사가 추구해야 할 가치를 몰라보는 삶을 살 거다. 어쩔래? 이 추천장을 받고도 작위나 땅, 황금을 원한다면 너는 기사가 아니야. 칼잡이지. 그런 삶을 원해?"

왜 넘겼을까.

왜 귀담아듣지 않았을까.

현명했던 스승은 그녀에게 진리를 들려줬건만.

숨 쉬듯 농을 치던 이였지만 선생은 선생이었다. 그는 유디트의 미래를 꿰뚫어 본 것이다.

후회스러웠다.

흑기사단에 입단한 것이.

그런 기사가 되고 만 것이.

그녀가 칼리파의 눈을 바라보며 똑바로 말했다.

"이제 돈 때문에 움직이는 칼잡이는 되지 않으려 해."

"진심이야?"

"진심이야."

유디트는 막연히 평온한 죽음을 맞을 거라고 생각해 왔다. 할머니가 돼서, 볕 좋은 날 침대에 누워 잠든 것처럼 죽을 줄 알았다. 원망도 후회도 없이 저세상에 갈 줄 알았다.

하지만 어림도 없는 소리였다. 죽음은 이제껏 그녀가 상상도 못 해본 방식으로 찾아왔다.

"이제 개를 죽였으니 개값을 물어주면 되는 일이지."

경멸하며 개값으로 금화를 던진 남자를 떠올리자, 또다시 심장에 길쭉한 대못 하나가 쾅쾅 박혔다.

어디서부터 잘못됐던 걸까.

흑기사단이 아닌 다른 기사단에 들어갔으면 달랐을까?

아니면, 애초에 자신은 검을 쥐어선 안 되는 시정잡배 칼잡이였을까?

지금으로선 모를 일이다.

다만 유디트는 6년이라는 시간을 거슬러 돌아온 만큼, 앞으로의 미래를 바꿔야겠다고 결심했다. 흑기사단에 입단하지 않는 건 그 시작에 지나지 않았다.

"결심한 거구나."

"응."

"……그래. 알겠어."

유디트의 대답에 칼리파는 의아함을 삼켰다.

칼 같은 대답이었다. 몇 번이나 되묻지 않아도 될 만큼 확고함이 느껴졌다. 유디트에게 어떤 심경의 변화가 있었는지는 모르나 남들이 들으면 귀를 후빌 만한 소리였다.

돈에 미친 칼잡이.

과격한 표현이지만 그 말이 틀린 것은 아니었다.

유디트는 칼리파가 나고 자라며 본 사람 중 가장 노골적으로 돈을 밝히던 사람이었다.

유디트가 황실 기사의 회색 단복을 받자마자 한 행동은, 단추를 뜯어내는 것이었다. 황실 기사의 옷은 황실이 지정한 의상실에서 제작된다. 최고급 소재와 마감재를 아낌없이 쓰는 것도 모자라 단추 하나까지 순금이다. 유디트는 바로 그 순금 단추를 거침없이 뜯어냈다.

"황금이 내 손에 들어온 이상 내 거야."

그렇게 말한 유디트는 삼 일도 안 돼서 단추를 팔아버렸다. 한 번만 입어봐도 대대손손 영광이라는 옷에 퍽 박한 처사였다.

그뿐만이 아니었다. 유디트는 동기들에게 연습용으로 지급되는 예비용 검을 2천 골드에 사들였다. 칼이 상했나 보다, 하고 팔아준 동기들은 그녀가 2만 골드에 검을 팔아치운 걸 알고 대경실색했다.

물론 조용히 넘어가지 않았다. 보급관은 그녀의 콧대를 뭉개 버릴 기회라 여겼는지 유디트를 불러 한바탕 호통을 쳤다.

하지만 유디트는 거기서도 떳떳했다.

"베리타스 제국의 기사는 단추에도 세금 쓴다고 자랑합니까? 강도나 안 만나면 다행이로군요. 단추는 팔았습니다. 제가 살뜰하게 쓸 겁니다."

"단복과 기사단 제복은 신원을 확인하기 위해……."

"좀 뜯으면 어때서. 나 굶어 죽으면 제국이 책임집니까?"

"예비용 검을 판 건 전무후무한 일이다!"

"어차피 안 쓰는 칼입니다."

호통을 쳐도 들어먹지를 않는 신입 기사는 하필 최연소 에테르 마스터로 이름 높은 천재였다. 결국, 보급관이 학을 떼며 징계를 내린 사건이었다.

그때부터였다. 유디트가 돈에 미친년이라 불리며 공공연한 손가락질 대상이 된 게.

웃긴 건 그 일이 있고 나자 다른 기사들도 슬그머니 순금 단추를 빼돌리기 시작했단 점이다. 유디트가 구리 단추를 만들어 달 즈음 기사단에는 멀쩡한 단복이 남아나질 않았다.

기사단의 규율도 변했다. 예비용 검을 사고파는 게 금지

됐다.

그날 칼리파는 조용히 깨달았다. 그녀의 친구는 남들보다 몇 배로 솔직할 뿐이란 걸. 그리고 그 솔직함이 칼리파의 마음을 열었다.

"임페노르 경, 저는 경께서 겪으신 고통을 알지 못합니다. 그래서 복수에 가치를 두는 것에 어떤 말씀을 드려도 실례일 겁니다. 하지만 이 말만은 드리고 싶어요. 동대륙의 오래된 격언에는 그런 말이 있다지요. 눈에는 눈, 이에는 이. 핏값은 핏값으로 갚는 게 이치입니다. 다 죽여 버리세요. 반드시 죽여서 복수하세요."

칼리파는 말주변이 없는 스스로를 자책하며, 조금이라도 이 진심이 전해지길 바랐다.

"유디트. 나는 괜찮아."

"……."

"정말이야. 날 신경 쓸 필요는 없어. 같은 흑기사단이 아니더라도 너는 내 좋은 친구일 거야."

푸른 호수처럼 빛나는 칼리파의 벽안이 우아하게 반짝였다.

칼리파는 유디트의 얼굴이 서서히 환해지다가, 다시 감정에 북받쳐 찌그러지는 광경을 두 눈에 담았다.

도대체 무슨 심경의 변화가 있었길래 이러는 걸까. 조금은 캐묻고 싶었다.

하지만 때가 되면 말해주겠거니 싶어, 칼리파는 질문 대신 손수건을 건넸다. 돈에 미친년이라는 소리를 들을 때면 남들을 노려보던 유디트는 어느새 닭똥 같은 눈물을 뚝뚝 흘리고 있었다.

유디트는 오래 울었다. 칼리파의 검은 손수건이 흠뻑 젖을 때까지.

✳　✳　✳

베리타스 제국에는 네 종류의 황실 기사가 있다. 제국을 지탱하는 적기사. 용을 섬기는 청기사. 황실에 충실하는 흑기사. 만인을 우러르는 백기사.

제국은 어떤 것보다도 검술과 무예를 높이 샀다. 14대 황제이자 당대 청기사였던 벨페크의 침소에 침입한 암살자들이 되레 도륙당한 이야기는 전설 중의 전설이다.

이렇다 보니, 베리타스에서 기사의 위엄이란 하늘까진 아니어도 구름 정돈 찔렀다.

기류 르왈흐메이는 그런 제국의 적기사단장이었다.

"기류 단장님, 오셨습니까."

"안녕하십니까!"

"어. 수고한다."

확 튀는 적발은 분명 아침에 깔끔하게 넘겼건만, 또다시 흐트러져 있었다. 기류는 유리창에 비친 제 머리카락을 마음에 안 든다는 듯 툭툭 털었다.

"오늘도 붉은 머리가 멋있으십니다!"

"……닭살 돋는 소리 하지 말고 경비나 똑바로 서라."

기류는 많은 전쟁터에서 선봉장을 맡았다. 특유의 외모 때문에 표적이 되는 건 다반사였다. 그럼에도 그의 사전에는 쓰디쓴 패배와 불필요한 퇴각이 없었다.

용맹이라는 단어가 가장 잘 어울리는 적기사. 황제는 기류를 그렇게 평가했다.

"별일 없었나?"

"넵! 무사태평입니다!"

별일 없단 건 좋은 일이다. 황성이 평온하다는 증거니까.

그래도 해이해지는 건 안 되지.

기류는 '역시 연병장 빵이 치기를 돌려야 하나' 같은 생각 따윌 하며 단장실에 들어섰다. 당연히 아무도 없을 줄 알았더니 웬걸. 단장실에는 익숙한 얼굴이 둘이나 있었다.

"기류, 출근 시간 다 지났습니다."

"평소 시간대로 온 건데?"

"일찍 다니란 소립니다."

단장실 주인보다 먼저 자리를 잡은 남자는 녹색 눈을 빛

내며 부드럽게 웃었다.

부관, 데샹 리츠였다. 그는 곰살맞게 굴다가도 까탈스러운 직언을 팍팍 내뱉기에 얕볼 수 없는 상대였다.

기류는 '너 오늘 기분 좋나 봐'라고 말하는 대신 어깨를 으쓱거렸다.

"기류! 오늘 신입 기사 실력 테스트 날인 거 잊고 있었지!"

가벼운 호통이 날아왔다.

기류를 부른 사내는 금색 실로 짠 혁대와 붉은 망토를 두르고 있었다. 그의 가슴에서 황족만이 달 수 있는 금장이 흔들렸다.

"아, 그랬나."

"그랬나, 는 무슨. 관심 없어?"

"없습니다, 황자님. 동부에서 어제 돌아왔거든요."

제국의 황자에게 하는 말치곤 퍽 예의가 없었다.

베리타스 제국의 4황자, 이든의 얼굴이 힘껏 찌푸려졌다.

"신입에게 관심이 없다니……. 제국의 앞날이 걱정스러워, 적기사단장."

"예예, 황자님. 저 같은 것보다 황자님께서 직접 마음을 쓰고 계시잖습니까. 제국은 언제나 평화롭습니다."

"기류."

데샹의 부드러운 목소리가 기류를 타일렀다.

하지만 기류와 이든은 단순한 기사단장과 황자 사이가 아니었다. 이 정도는 서로 비아냥의 축에도 끼워주지 않았다.

기류가 이든에게 물었다.

"사이좋게 단장실에서 뭐 하고 있었어?"

"호위 기사 때문에 온 거다. 이번 신입 기사 테스트 보러 가도 되지?"

"또? 황성에 널리고 깔린 게 황궁 기사인데 왜 항상 호위 기사를 신입으로 뽑으려고 해."

기류가 혀를 찼다.

"너 설마 신입 같은 경력 원하냐?"

"경력 같은 신입이겠지."

"……그거나 그거나."

"어휴, 단순한 놈."

절레절레 고개를 젓던 이든이 간격을 두고 말했다.

"나는 황궁에 한 명이라도 더 내 사람을 만들어두고 싶은 것뿐이야. 이왕이면 권모술수를 모를 때 강한 기사로 골라 뽑고 싶다고."

"예. 그러십니까."

기류가 소파에 앉으며 시큰둥하게 응수했다. 검을 풀어놓은 기류를 이든이 파란 눈으로 흘겼다.

"지금이라도 날 주군으로 삼겠다면 받아줄 건데? 기류 르왈흐메이."

"까분다. 나는 황가와 제국에 충성하기 위해 기사가

된 거야. 로블드를 졸업할 때 말했잖아. 주군 모실 생각 없다고."

"칫, 콧대 높은 자식. 나중에 받아달라고 징징거리지나 마."

이든은 잠깐 투덜댔다. 하지만 더 아쉬운 소리를 하진 않았다.

데샹은 두 사람의 말싸움이 익숙하다는 듯 웃었다.

"신입 기사래 봤자 결국 그놈이 그놈인데."

단장실 소파에 앉은 기류가 툭, 한마디를 내뱉었다.

입단 사정관이 들었으면 게거품을 물고 반박했을 소리 다. 물론 기류는 제 뜻을 굽힐 생각이 없었다.

정예 중의 정예라는 것들이 일 년에 한 번씩은 황궁에 서 길을 잃었다. 어깨에 힘만 잔뜩 줬을 뿐이지, 안 그런 척해도 보송보송 햇병아리들이었다.

이든이 고개를 갸웃거렸다.

"넌 기대도 안 돼? 신입 기사면 기류 네 후임인데?"

"기대되는 것도 한두 번이지. 실력이야 거기서 거기고, 버티는 놈들도 얼마 없고."

"그래도 다 똑같은 건 아닙니다."

부드럽게 말을 받은 건, 오늘따라 유독 기분 좋아 보이 는 데샹이었다.

"황자님께서 마음에 들어 하실 만한 인재가 나타났거 든요."

"음? 누군데?"

"제국 최연소 에테르 마스터입니다."

"뭐?"

기류의 눈이 의외라는 듯 크게 떠졌다.

"내가 동부 다녀온 사이에 그런 기사가 들어왔다고?"

"예. 백문이 불여일견일 겁니다. 이미 입단 권유는 해놨습니다."

데샹이 서류를 건네자 기류의 눈이 빠르게 지면을 훑었다.

"……환영 술식 테스트에서 벨리알 퇴치?"

"굉장하죠?"

데샹은 기류를 떠보듯 말했다.

"모스카토르카 퇴치에는 3분이 안 걸렸습니다. 튀김 한 점 완성되기 전에 끝났죠."

"먹을 거 이야기하지 마라. 아침 안 먹고 왔더니 배고파."

"천재입니다, 그녀는."

기류는 주린 배를 움켜쥐며 말했다.

"안 믿기는데……. 말이 되나, 그거?"

아무렴 바로 받아들이기는 어려운 말이다. 저 말이 사실이라면, 혼자서 40마리의 마수를 단칼에 도려내는 살아 있는 흉기가 황성을 활보하고 있단 소리였으니.

"그렇지? 안 믿기지?"

"그래."

"그럼 보러 가자!"

순간, 기류는 할 말을 잊었다.

4황자 이든의 해맑은 권유는 기류의 일정을 모조리 꼬아버리는 소리였다.

성질 같아서는 바빠 죽겠다며 치덕거리지 말라고 윽박지르고 싶었다. 하지만 상대는 일국의 황자고 모셔야 할 황실의 일원이셨다. 함께 사관학교를 졸업한 우정과 의리로도 커버할 수 없는 영역이 존재했다.

기류가 눈살을 찌푸리며 물었다.

"꼭 직접 봐야 해? 그 정도야?"

"신입 선발도 어엿한 단장의 의무입니다. 괜찮다 싶은 기사는 또 전부 흑기사단에 뺏기고 싶으세요? 그러다 은퇴도 못 합니다?"

데샹이 가만 웃는 낯으로 아픈 곳을 찔러왔다.

기류는 저도 모르게 앓는 소리를 냈다.

흑기사단의 단장, 제르멜 아이젠은 수완이 좋은 남자였다.

최소한의 행동으로 최대의 효과를 발휘하는데, 그 점은 신입 기사 단원 선발에서도 예외는 아니었다. 저놈 꽤 괜찮다 싶어 넌지시 입단 의사를 물었을 때는 전부 흑기사단에 빼앗긴 뒤였다.

기류는 들고 있던 종이를 마지막으로 훑었다.

아무렴 올해도 제르멜 좋을 대로 하게 놔둘 수는 없었

다. 게다가 에테르 마스터 아닌가. 그만한 인재는 직접 확
인할 가치가 충분했다.

"……알았어. 같이 보러 갈게."

기류의 승낙은 사실상 패배 선언이나 다름없었던지라, 그
를 바라보던 황자와 부관의 입에 미소가 걸렸다.

✳　✳　✳

유디트가 눈을 뜬 건 다음 날 새벽이었다.

탱탱 부은 얼굴을 남들에게 들키기 싫었던지라, 거의 하
루를 방에 처박혀 보냈다.

그래도 어제 칼리파에게 안겨서 펑펑 울고 나니 기분은
조금 시원했다.

달빛이 눈물처럼 쏟아지며 창가를 적셨다.

유디트가 달을 올려다보았다.

"……."

회귀 후에도 달라지지 않은 게 있다면 저 달빛뿐이다.

그 외에는 정말 모든 게 달라졌기에, 유디트는 시도 때
도 없이 상념에 빠졌다.

"으음……."

혼자였어야 할 방에는 저를 제외하고도 두 명의 친구가
잠들어 있었다. 비올레와 칼리파였다.

두 사람은 몇 시간 전 유디트의 방에 들이닥쳤다. 친구들의 양손에는 짐이 가득했다. 특히 비올레는 대뜸 밑도 끝도 없는 질문을 했다.

"괜찮은 거지?"

뭘 얼마나 알고 그렇게 묻는 건지.

저를 바라보던 눈빛이 귀여워서, 유디트는 퉁퉁 부은 눈으로 픽 웃고 말았다.

'내가 이상하다는 걸 알아차린 거겠지……'

왈가닥 소리를 듣는 비올레는 성정이 곧고 바른 친구였다. 좋게 말하면 배려심이 넘쳤고, 나쁘게 말하면 오지랖이 넓었다.

"네가 그러고도 사람이야?"

……잊고 살았던 기억이 가슴을 찌른다.

비올레는 보라색 제비꽃처럼 어디에 두어도 빛나는 친구였다. 유디트를 주변 친구들과 이어주는 디딤돌 같은 존재기도 했다.

그래서 그녀가 마수에게 죽었을 때, 유디트는 마지막으로 남은 친구와 완전히 갈라서며 불구대천의 원수가 되었다.

돌이켜 보면 비올레의 죽음이 모든 액운의 시작이었던 것 같다.

'나를 말려줄 사람이 없어졌지.'

그러니 반드시 바꿔야 했다. 제 삶도, 친구들의 미래도.

시간이 지날수록 마음이 커진다. 이 회귀를 받아들일수록 다짐은 선명해졌다.

"오늘은 보름달이 떴구나……."

회귀한 지 하루밖에 안 지났건만, 달은 꽉 찬 보름달이었다.

'3황자를 죽이던 밤은 초승달이 떠 있었는데.'

저 달이야말로 회귀의 증거였다.

왜 살아 있는 걸까? 왜 회귀하게 된 걸까?

수많은 물음이 밀어닥쳤지만, 유디트는 평소처럼 깊게 생각하지 않았다.

살아 있다는 건 그것만으로도 축복이다. 살아 있으면 무언가를 바꿀 수 있다. 무한한 가능성을 움켜쥘 수 있다.

그러니까, 회귀는 분명 기회다.

하지만 이상하리만치 마음이 무거웠다.

"경은 쓸모 있는 장기말이었다. 비싼 값을 했지."

정말 기회일까?

……난 정말, 잘못 살았나?

유디트는 벽에 몸을 기댄 채 고개를 떨궜다. 그녀의 얼굴은 아무도 모르게 일그러졌다.

"유디트으……. 안 자?"

"잘게. 신경 쓰지 말고 계속 자."

유디트는 뒤척이는 비올레를 토닥이며 이불을 고쳐주었다.

비올레는 대답을 듣자 안심하고 고개를 끄덕였다. 그녀는 다시 도롱이벌레처럼 이불을 말고 잠들었다.

한참 후, 유디트는 두 친구가 깨지 않도록 까치발을 한 채 움직였다.

유독 환한 달빛이 책상 위를 비췄다. 책상 위에는 편지와 청구서가 쌓여 있었다. 예나 지금이나 비슷한 광경이었다.

유디트는 습관적으로 청구서부터 확인했다.

'이쪽이 의상실이고…… 황실 대장간, 구두 수선비, 야간 통행료, 잡화점…….'

6년 전에 산 것들이라 자세한 건 기억나지 않으나, 앞뒤 정황은 뻔했다. 황실 기사가 되면 갖춰야 할 의복이며 개인 물품이 산더미다.

'보급품으론 한계가 있었으니.'

유디트의 머릿속이 맹렬하게 주판을 튕겼다. 청구서는 대부분 분할 지불식이었으나, 가랑비에 옷 젖는다는 말처럼 한데 모아보니 제법 부담되는 금액이었다.

'그래도 못 낼 금액은 아니야.'

그러나 마지막 청구서를 확인했을 때, 유디트는 심장이 쿵 떨어지는 기분을 맛보았다.

아르파 요양원.

유디트는 요양원의 청구서를 한참 보았다. 어머니의 마지막 흔적이자, 유디트가 가장 많은 빚을 진 장소였다.

어머니가 쓰러졌던 건 16살 때였다. 허드렛일로 몸을 버린 어머니는 전염병에 걸려 드러누웠다. 구사일생으로 목숨은 건졌지만, 그 뒤에는 요양원을 전전하다가 세상을 떴다.

아르파 요양원은 그나마 유디트의 사정을 가엾게 여겨 분할 청구를 허락해 준 곳이었다.

'……기껏 다 갚았는데, 회귀하니 말짱 도루묵이네.'

유디트는 청구서를 구겨 쥔 채 무릎을 끌어안았다.

'빌어먹을. 진짜 열심히 갚았었는데.'

어미 죽었다고 남은 빚은 나 몰라라 하는 자식 년이라는 소리는 듣기 싫었다.

그래서 더욱 악착같이 갚은 요양원 빚이었다. 예전에 듣기 싫었던 소리를 지금 와서 듣고 싶을 리 없다.

어느새 유디트의 머릿속에서 주판이 세 배는 빠르게 움직였다.

'신입 기사 초봉이 월 35만. 25만을 요양원에 보낸다고 치면, 기본 생활비는 무조건 4만 골드 안쪽으로 써야겠고.'

일상을 꾸려 나가는 데는 돈이 든다.

먹고 자고 싸는 게 인간의 생리라는데, 그 생리 현상에 돈이 든다. 환장할 노릇이었다.

주거비, 식비, 의복 구입비, 수선비, 세탁비, 거기에 세금까지. 모두 생명이 살아 숨 쉬는 데 필요한 돈이다. 회귀했다고 그 절대적인 사실이 변할 리 없다.

"어디 보급품 뻥땅 칠 곳 없나……."

유디트는 습관적으로 중얼거렸다가 일 분도 안 돼서 뺨을 거세게 후려쳤다.

'미쳤어. 미쳤어. 미쳤어!'

돈 때문에 황자를 죽였다가 회귀한 게 어제다.

목숨 위에 돈을 두지 말자고 다짐했던 것도 어제였고.

그런데 청구서를 앞에 두니 습관처럼 돈 나올 구석을 찾고 있었다.

'변하기로 했잖아!'

하지만 어떡해야 변할 수 있는 걸까?

그녀가 입술을 물었다.

유디트는 무릎 사이로 얼굴을 파묻었다.

바르게 사는 법을 모르는 건 아니다. 가진 것에만 만족하고 욕심내지 않고 산다. 분에 넘치는 건 쳐다도 보지 말고, 손에 쥐어진 만큼의 돈만 쓰면서 베푸는 삶.

다들 그런 걸 바른 삶이라고 한다.

하지만 누가 그런 삶을 좋아하는 걸까?

그녀는 빵과 고기 중에서는 고기를 먹고 싶었다. 구리로 도금된 검집보다는 은제 검집이 좋았다. 은색 수실보다는 금색 수실이 제게 잘 어울렸다. 장신구는 크고 비싸고 화려한 게 최고다.

돈 없어서 빌빌대는 년 소리를 들으면 그 새끼 면상을 후려갈긴 다음 치료비로 던져줄 돈도 필요했다.

가난한 티 난다고 키득거리는 등신들에게 돈 없다는 이유로 비웃음거리를 하나 더 만들어주기도 싫었다.

그래서 돈을 좇았다.

돈만 있으면 원하는 건 대부분 이룰 수 있었으니까.

하지만 그 돈 때문에 죽었다면, 이제 어떡해야 하는 걸까? 욕심을 버리고 가진 것에만 만족하면서 살아야 할까? 그러면 이 막막한 기분을 맛보지 않을 수 있나?

언제나 이랬다.

돈이 없다는 걸 깨닫는 순간 참담해진다.

없는 돈을 쪼개고 쪼개서 어떻게든 해보려고 발버둥 칠수록 여유가 사라졌다. 마음이 늪으로 빨려 들어가는 기분이었다.

한 달 벌어 살기. 하루살이 인생.

유디트는 항상 돈이 필요했다.

'……난 변할 수 없나?'

회귀한 이 순간조차 돈으로 머릿속이 꽉 찼는데, 어떻게 변할 수 있을까?

인간은 반드시 변한다.

하지만 하루아침에 변하지는 않는다.

돈 때문에 생면부지 타인의 팔다리 힘줄을 죄 끊어버린 적이 있었다.

시체를 자살로 꾸민 뒤, 다이아몬드로 세공된 티아라를 받은 적도 있었다.

저를 구원자로 여겼던 황자를 잔인하게 죽였다.

자랑스럽지 못한, 밝히고 싶지 않은 그런 일들. 변하지 않을 과거.

하지만 지금부터는 다르게 살아야 한다.

'……차라리 죽었더라면.'

그랬다면, 똑같은 고통을 겪지 않아도 되었을 텐데.

유디트의 웃음이 슬픔에 젖었다.

살아 있다는 건 그것만으로도 축복이다. 하지만 누군가에게는 벗어날 수 없는 굴레기도 하다.

살아서 겪는 모든 일이 고통일 수도 있고, 무한한 가능성을 위해 미친 듯이 돈만 벌다 생을 마칠 수도 있다.

이 회귀는 정말 기회일까?

유디트는 제 삶을 되돌아보았지만, 항상 똑같은 결론에 도달하곤 했다.

바로 그럴 수밖에 없었다는 추한 변명이다.

"경이 고른 가치는 돈이었다."

잘못 살았다는 걸 알면서도 억울했고, 억울하면서도 부
끄러웠다.

……끝내, 입을 다물고 생각을 멈추고 만다.

항상 그래 왔듯이.

"유디트."

"미안. 잠깐 잠이 안 와서 그래. 정말이야……."

유디트는 무릎 사이에 얼굴을 파묻은 채 입만 움직였다.

어느새 다가온 칼리파가 제 손에서 청구서를 빼내려 했
지만, 유디트는 그게 마지막으로 남은 자존심이라는 듯 더
욱 꽉 쥐었다.

"잘게. 금방 잘 거야."

이 와중에도 칼리파에게 말한다면 다만 몇 달이나마 편
하게 쓸 돈을 빌릴 수 있겠구나, 라는 생각이 들어서 죽고
싶었다.

속물적인 저 자신이 싫었다.

"……응. 같이 자자, 유디트."

칼리파는 조용히 그녀를 보듬었다.

유디트는 눈물을 훔치며, 날이 밝는 대로 머리카락부터

잘라다 팔기로 했다.

달빛조차 잔인한 새벽이었다.

＊　　✳　　＊

날이 밝자마자 유디트는 외출 허가를 받아 밖으로 나갔다.

지금의 그녀가 가진 살림 중 절반은 필요가 없었다. 몇 번 신지 않은 구두나 장화, 취미 삼아 보던 책들은 헐값이라도 전부 팔아치웠다.

그래 봤자 몇 푼 안 됐다. 하지만 막상 급할 때는 그 푼돈이 소중해질 것이다.

또, 한 번도 가본 적 없는 장소에도 발을 들였다. 토지 업자 사무실이었다.

"땅을 팔겠다고? 아가씨처럼 젊은 사람이?"

"아버지 유산이다. 큰 땅은 아니지만 집 한 채 짓기에는 괜찮은 땅이지."

유디트는 대답과 함께 황실 기사의 신분 패를 슬쩍 내비쳤다.

토지 업자가 후다닥 고개를 숙였다.

"어이쿠. 귀하신 분을 못 알아뵈었습니다."

"주소를 알려줄 테니 편지로 값을 매겨서 전달해 줘. 값이 괜찮으면 팔 테니."

"여부가 있겠습니까."

유디트는 몇 마디 언질 후 쓸쓸함을 감추며 걸음을 돌렸다.

그 땅은 조금 특별했다.

그리 대단한 땅은 아니다. 수도 끄트머리에 가정집 한 채를 겨우 세울 만한 부지였다. 그럼에도 특별했던 이유는, 마음이 담겨 있었기 때문이다.

유디트는 어머니의 말을 떠올렸다.

"사람은 발붙일 곳 없으면 살 수가 없다고, 네 아버지가 그랬단다. 유디트, 거기에 발붙이고 살아. 집이야 지으면 되니까…… 절대 팔지 말고. 응?"

얼굴 한 번 보지 못한 아버지가 제 앞으로 남겨준 자그마한 땅.

그 땅은 유디트에게 액면가적인 가치를 넘어선, 어떤 소중한 감정을 불러일으키는 대상이었다.

유디트가 조금쯤은 미래에 대한 희망을 품고 살게 해준 조각이나 다름없었다.

팔고 싶지 않았다.

하지만 빚을 끌어안은 채 끙끙대는 건 질색이었다. 까마득한 금액의 빚이 자존감을 깎아 먹게 내버려 둘 바에야, 파는 게 나았다.

'그렇게 죽을 줄 알았으면 진작 팔았을 텐데. 바보같이 계속 쥐고 있었네.'

땅이나 빚은 유디트의 지식이 닿지 않는 분야였다.

상담할 만한 사람이 없다는 건 아쉬웠지만, 결국 직접 해결해야 했다.

'괜찮아. 잘한 거야. ……이렇게 조금씩 변하자.'

가슴 언저리가 텅 빈 것처럼 허전했다. 하지만 그저 그뿐 아닌가.

한번 손에서 놓아버리면 다시 찾아올 수 없는 땅이 되겠지만 어쩔 수 없었다. 하루라도 빨리 빚부터 갚는 게 낫다.

유디트는 억지로 걸음을 돌렸다.

그녀는 정오가 되기도 전에 황궁으로 돌아갔다.

본래대로라면 머리카락도 팔 생각이었지만, 가장 값을 비싸게 쳐주는 미용실이 너무 바쁘다며 손님을 거절했다. 모처럼 날을 잡았더니 하필 이렇다며 툴툴거릴 때였다.

"유디트! 유디트! 찾았다! 다행이다……!"

"비올레, 왜 그래?"

"왜냐니? 잊은 거야? 오늘 신입 기사 테스트잖아!"

저만치 먼 곳에서 비올레가 허겁지겁 뛰어왔다.

"아…… 그랬었나?"

"못 살아!"

비올레는 그녀의 팔을 낚아챘다. 유디트는 엉겁결에 뛰게 됐다.

"요즘 진짜 왜 그래! 이렇게 중요한 거 잊으면 안 되잖아!"

비올레의 타박이 귀엽게 들리는 이유는 뭘까.

예전이었다면 실력 테스트 같은 중요한 날은 잊지 않았으리라.

'날짜 감각이 희박해졌나 봐.'

여러모로 친구 덕을 톡톡히 보고 있었다.

두 사람이 연무장에 도착했을 때는 이미 대다수 기사가 모여 있었다. 비올레는 주변을 두리번거리다 안도의 한숨을 뱉었다.

"다행이다, 시간 맞춰 왔네……. 오늘 황자님도 오신대."

"뭐? 어느 황자님이?"

유디트는 당황했다.

그때 상급 기사가 우렁차게 인사했다.

"베리타스 제국의 네 번째 태양, 이든 오스카 베리타스 황자님을 뵙습니다!"

"음. 편히들 있게."

성정만큼이나 관대한 목소리가 조용히 울렸다.

얼굴을 확인한 순간, 이번에는 유디트가 안도의 한숨을 뱉었다.

'다행이다……'

제 손으로 죽였던 3황자가 아니었다.

물론 황자쯤 되는 사람이 홀로 나타날 리 없는 법.

유디트는 설마설마하는 마음으로 열린 문을 바라보았다.

6년 전에도 제르멜은 흑기사단의 단장이었다. 저 문에서
검은 머리의 흑기사단장이 튀어나와도 이상할 게 없었다.

"일동 쉬어라."

그러나 다행히도 동석한 건 다른 기사단장이었다.

'기류 르왈흐메이. 적기사단장.'

선명한 적발이 이목을 끌었다. 시원시원한 이목구비와
멀끔하게 넘긴 머리카락이 인물을 살렸다.

그는 불패를 자랑하는 제국의 붉은 늑대라고 하여, 적
랑의 기사라고도 불렸다. 심지어 르왈흐메이 백작가의 젊
은 주인이기도 했다.

기류는 그녀가 알고 있는 모습 그대로, 살짝 나른한 얼
굴을 하고 있었다.

그럼에도 특유의 야성미와 기백은 사라지지 않아 절로
선망의 눈초리를 모으는 남자였다.

'적기사단이라……'

유디트는 그에 대한 기억이 별로 없다.

그나마 딱 한 번 대화를 나눈 적은 있다. 그가 저를 보며
아쉽다는 듯 고개를 흔들던 겨울.

'베르크스 때였지. 흑기사인 게 아쉽다면서⋯⋯.'

이제는 옛일이 된 기억이다.

테스트는 의외로 금방 시작됐다. 과한 격식은 황자가 나서서 막은 덕이었다.

실력 테스트는 상급 기사와 신입 기사 간의 일대일 대결로 이루어졌다. 빠른 속도로 진행되었으며, 대다수의 신입 기사가 패배했다.

개중에는 칼리파처럼 기백에서 밀리지 않고 이기는 기사도 있었다. 그래도 숫자로 따지면 다섯도 안 됐다.

유디트의 차례도 금방 돌아왔다.

그녀의 상대는 30대 후반의 남자 기사로, 페온 그랑이라는 자였다.

"페온 그랑. 유디트. 서로에게 인사하게."

두 사람이 고개를 숙였다.

이름도 얼굴도 기억에 없다. 즉, 그저 그런 실력자일 확률이 높았다.

"시작!"

유디트는 검을 부딪치자마자 얼굴을 찡그렸다.

아니나 다를까. 판단이 적중했다. 눈과 급소를 노린 검. 처음부터 난폭했고, 기선을 제압하겠다는 의도가 뻔하지만 그런 것치곤 형편없는 검이다. 도저히 져줄 방법이 떠오르지 않을 만큼 허접했다.

'······미치겠네. 이거 대체 어떻게 져주지?'

난처해진 유디트가 일단 한 발 물러섰다.

이건 정말 곤란했다. 이런 자리에서 신입 기사가 선임을 이겨봤자 기사단 생활이 고달파질 뿐이다.

가장 좋은 시나리오는 악착같이 달려들었다가 참교육을 당하며 패배하는 시나리오다. 상대도 본인도 좋은 승부였다며 훈훈한 척 마무리할 수 있게.

신입에게 패배의 쓴맛을 보고도 지화자 좋다는 상급 기사는 없다. 황자 앞이라면 더더욱 그렇다.

그러니 져줄 생각이었는데, 막상 검을 부딪쳐 보니 현실은 달랐다.

'왜 이렇게 약한 거야!'

허점이 한눈에 다 보였다.

페온의 검은 매섭지만 엉성했다. 이어지는 자세는 쉽게 흐트러졌고, 기량도 좋지 않았다.

'져주는 건 어떻게 하더라?'

9살짜리 어린애와 공차기를 하는 기분이었다. 9살이 아무리 기를 쓰고 달려봤자 어른이 힘껏 공을 걷어차면 게임이 끝난다.

그렇다고 적당히 져주면, 시합이 끝나고 나서도 씩씩대며 찾아올 정도의 자존심과 지능이 있다.

멍청하게 검이라도 떨어뜨리는 시늉을 해볼까.

하지만 형편없는 연기를 했다간 오히려 역효과를 낼 게 뻔했다.

도무지 방법이 떠오르지 않았다.

유디트의 입에서 숨길 수 없는 한숨이 새어 나갔다.

"하아……."

그건 유디트의 실수였다. 그녀를 상대하던 페온 그랑의 얼굴이 순식간에 벌게졌다. 그의 쭉 찢어진 눈이 번뜩였다.

"최연소 에테르 마스터는 평범한 칼질로는 성에 안 차시나 보지?"

"예?"

돌연 상대의 칼 놀림이 변했다. 푸른 곡선이 유디트의 손목 안쪽을 향해 날아들었다.

"……!"

유디트는 간발의 차로 그 일격을 피했다.

그러나 연이어 칼끝이 집요하게 한 곳만 노렸다. 바로 유디트의 손목이었다.

손목 힘줄을 자르려 드는 검.

남의 신세를 망쳐주겠다는 악의가 선명했다.

도를 넘은 행동에 유디트가 이를 악물었다. 칼날은 계속 손목을 노리고 날아왔다.

'뭐 이런 미친 새끼가……!'

봐주는 줄도 모르고 도리어 역정을 내시겠다? 머리에

열이 확 뻗쳤다.

'될 대로 되라지.'

유디트는 검을 고쳐 쥐었다.

성질 같아선 에테르로 내장을 전부 터뜨려 버리고 싶지만, 그건 너무 심하니까. 두세 달 정도는 침대에서 못 일어나게 해주자. 좋아. 그게 좋겠어.

세 번 참으면 살인도 면한다고 한다. 하지만 애초에 한 번 죽이면 세 번이나 참을 필요가 없지 않은가.

인내심은 중요한 덕목이다. 이런 곳에 낭비하고 싶진 않았다.

다짐하고 나니 머뭇거림이 사라졌다. 핏속에서 들끓던 마나가 무섭게 일어났다.

그렇게 유디트가 검을 뻗으려던 순간.

"그만."

엄중한 목소리가 그녀를 막아섰다.

유디트의 몸은 기민하게 반응했으나, 상대는 그렇지 않았다. 엉거주춤한 자세로 멈춘 페온의 검이 파르르 떨렸다.

곧 저만치에 있던 사내가 성큼성큼 다가왔다.

기류 르왈흐메이였다.

"페온, 테스트가 하나도 안 되고 있잖아."

"예?"

"너 비키라고."

기류의 눈빛은 냉정했다.

하지만 잔뜩 독이 오른 페온은 순순히 물러나지 않았다.

"단장님! 방해하지 말아주십시오! 아무리 최연소 에테르 마스터래도 기강을 흐트러뜨리는 이런 계집애는⋯⋯."

"신병 손목에 칼침 놓으려던 게 무슨 염치로 기강을 논해."

기류의 말이 뾰족했다.

"물러나라고 했다. 신입 기사들 앞에서 망신이라도 당해 봐야 정신을 차리겠나?"

페온은 입술을 지그시 깨물었다. 납검하는 그의 손이 파들파들 떨렸다. 시뻘게진 얼굴로 물러난 그가 죽일 듯이 유디트를 노려보며 자리를 떴다. 그 광경을 지켜보던 기류는 속으로 혀를 찼다.

'무식하면 용감하지.'

모르는 게 약인지 독인지. 저 자식은 방금 죽을 뻔했다가 살아난 걸 모르는 걸까?

기류의 눈에는 보였다. 유디트가 검을 고쳐 쥔 순간, 그녀의 에테르가 폭발적으로 뻗어 나갈 준비를 마쳤다. 만약 끼어들지 않았다면 한바탕 아수라장이 벌어졌으리라.

'최연소 에테르 마스터라더니. 칼질 한 번에 사람 셋은 죽이겠네.'

기백이나 배짱은 숙련된 베테랑, 그 이상이다.

페온이 물러나자 기류가 그녀를 나른하게 훑어보았다.

"어지간히 지루했나 봐?"

"……아닙니다."

"그럼 가소로웠나 보군."

유디트의 얼굴이 정곡을 찔린 사람처럼 당혹으로 물들었다.

기류는 그다지 놀라지 않았다. 예상했던 바라 픽 웃을 뿐이었다.

"계속하지."

"예?"

"실력 테스트."

유디트는 머잖아 속뜻을 이해했다.

"……직접 시험하시겠단 말씀입니까?"

"에테르 마스터 상대는 에테르 마스터가 해야지. 불만 없겠지?"

불만은 없었다. 의문이 있어서 그렇지.

유디트는 진심이냐는 얼굴로 그를 보았으나, 기류의 태도에는 변화가 없었다.

"뭐든 제대로 하는 게 좋잖아."

"……."

도무지 반박할 말이 없었다.

까라면 까는 게 기사라지만, 이럴 땐 어떻게 해야 하는 걸까.

기류가 두어 걸음 멀어졌다.

유디트는 딱딱한 표정으로 검을 집어넣었다.

예전에는 대충 져주고 일찌감치 물러섰었다. 이번에도 그리하지 못한 건, 어찌 보면 실책이었다. 상대와 기량 차이가 너무 컸던 탓에 생각이 길어졌다.

……그래도 그렇지. 일이 이렇게 될 거라곤 상상도 못 했는데.

"너무 긴장할 필요 없어. 대련이라고 생각해."

나름대로 긴장을 풀어주고자 기류가 던진 말이다. 그러나 역효과였다.

유디트는 약이 오른 고양이처럼 온몸의 신경이 곤두서는 걸 느꼈다.

기류 르왈흐메이. 제국에서 그 이름을 모르는 기사가 있기는 한가?

기류는 르왈흐메이 백작보다 적기사단의 단장으로 유명했다. 그는 기사라면 누구나가 꿈꾸는 기사의 최정점에 선 사내였다. 황실과 귀족 자제만이 다닌다는 로열 블루 블러드 사관학교를 다녔고, 졸업하자마자 제국의 창성이라 불렸다. 특히 서부에 출몰한 마수를 쓸어버린 압도적인 무위와 용에게서 수도를 지켜낸 일화는 전설이었다.

젊은 나이 때문에 더 높은 직책을 받지 못했을 뿐, 그는 보장된 출세 가도를 달리는 사람이었다.

'죽음의 공포를 모른다는 에테르 마스터.'

소문에 어두운 유디트도 기류를 모르진 않았다.

기류의 부관이 조용히 다가오더니 시작 신호로 금화를 빼 들었다.

이미 발 빼기엔 너무 늦은 듯했다. 결국, 유디트는 좀 전과는 다른 마음을 먹었다.

어차피 일이 이렇게 되었으니 조용히 넘어가는 건 물 건너갔다.

폐온 그랑에게 했던 것처럼 대충 한다면 사실은 별것 아니라는 평가가 꼬리표처럼 붙어 다니리라.

'더 귀찮은 소리가 안 나오도록 빠르게 쓰러뜨린다.'

남들이 들었으면 신입 기사 주제에 건방지기 짝이 없다며 나무랐을 소리였다.

그러나 그녀는 진심이었다. 마음먹은 이상 관철해 내고 마는 고집 또한 있었다.

"한 수 부탁드립니다."

말만 그렇게 했지, 유디트는 배울 생각이 눈곱만큼도 없었다.

기류의 부관이 금화를 튕겼다.

금화가 땅에 떨어졌다. 유디트는 제 고집을 만천하에 드러냈다.

"갑니다."

기세 좋은 발검이었다.

좀 전과는 비교도 못 할 속검이 쇄도했다. 낭창하게 날아든 검끝이 기류의 목젖으로 향했다.

페온의 검을 상대할 때와는 확연히 달랐다. 구석으로 몰아넣는 베기와 번개처럼 터져 나온 찌르기가 숨 막히게 아름다웠다.

검격을 나누는 유디트의 호박색 눈동자가 황금보다도 쨍하게 빛났다.

기류는 헛웃음을 터뜨렸다.

한 수 배우기는 개뿔!

거리낄 게 없다고 판단했는지, 퍼붓는 검은 일격 하나하나가 맹공이었다.

유디트의 동작은 군더더기가 없었다. 오른쪽 어깨를 노린 상단 베기가 막히자, 곧바로 다음 동작으로 넘어가 왼쪽 허리를 노렸다.

검날끼리 긁히며 찢어질 것 같은 소리가 났다.

검을 내지르는 행동 하나하나가 물 흐르듯 매끄럽다. 급소를 단번에 뚫을 위력이 일품인 건 말할 필요도 없다.

모든 게 허투루 수련하지 않았다는 증거다.

기류는 성질머리대로 그 검을 죄다 막아냈다. 그러나 튕겨진 검은 빠르게 수습되어 도로 날아왔다.

힘 있는 찌르기와 예리한 베기.

목, 어깨, 허리, 몸통, 팔목. 상대의 온몸을 과녁으로 삼고 검을 넓게 쓰는 기사였다. 일보 일격이 화살 같았다.

"천재입니다, 그녀는."

기류는 이제 와 후회했다.

부관이 너무 담백하게 칭찬하길래 흘려들었던 말인데…….

'데샹, 이 자식아. 이 정도였으면 호들갑 좀 떨어주지!'

에테르 마스터라더니, 그냥 에테르만 잘 쓰는 게 아니잖아!

타고난 검술 실력과 센스는 기류가 봐온 그 어느 기사보다도 뛰어난 천재였다.

후회하는 동안에도 검은 몰아쳤다.

지켜보던 모든 이가 입을 벌렸다. 페온에게 '테스트가 안 되고 있다'라고 말한 이유가 분명해진 순간이었다.

유디트의 검은 우직한 검법과는 궤를 달리했다. 상대의 불편한 구석을 끊임없이 살피고, 공격의 맥을 끊으며 주도권을 빼앗으려 들었다.

독사 같은 검이다. 한번 제대로 물리는 순간 죽는다.

탄력 있는 검 앞에서 기류는 몇 번이고 수세에 몰리며

감탄했다.

"훌륭해."

다른 미사여구는 필요 없었다.

기류는 자질구레한 말 없이 한 단어로 그녀의 검을 칭찬했다. 반할 정도로 마음에 들었다. 그리고…….

"확인 좀 해봐야겠는데."

기류의 공세가 달라졌다. 여태껏 그녀의 검을 받거나 마주 쳐냈던 검이 방향을 바꿔 날아왔다.

"……!"

기류의 검은 맹수의 발톱처럼 위협적이었다. 시원시원하게 뻗은 검이 부채꼴로 휘둘러졌다.

유디트는 황급히 검을 피하며 자세를 다잡았다. 조금 전 그녀가 피한 검에서 희미한 살기가 느껴졌다.

보고 있던 기사들은 저도 모르게 감탄을 흘렸다.

이어서, 휘둘러진 기류의 검에는 더욱 확고한 살기가 담겨 있었다.

유디트는 고집대로 검을 튕겨냈으나 이는 실수였다. 손목이 찡하게 울렸다.

'보기보다 힘이 세다!'

피차 전력을 다하진 않았다지만, 느껴지는 게 있다.

이 남자는 좀 더 난폭하게 검을 휘두를 사람이다. 유디트가 내장을 끊어낸다면, 기류는 몸통을 통째로 두 동강

낼 만큼 과격한 방식을 선호하는 게 분명했다.

무겁고 투박한 일격이 연이어 정수리를 노리며 날아왔다.

마치 힘으로 기둥을 뽑아 땅으로 내리꽂는 것 같다. 작정이라도 한 듯 난폭했다.

유디트의 몸이 팽이처럼 빠르게 반 바퀴를 돌더니, 기류의 검을 회전력으로 튕겨냈다. 그녀는 검날을 바짝 세우곤 그의 품 안쪽으로 파고들었다.

어떻게든 밀고 들어가려는 유디트와 밀리지 않기 위해 맞선 기류가 동시에 무릎을 부딪쳤다.

시선이 정면에서 맞부딪쳤다.

"……자네 말이야."

칼날이 코앞이건만, 미동 없는 기류의 보라색 눈동자가 유디트에게 꽂혔다. 확신이 담긴 목소리가 속삭이듯 흘러나왔다.

"칼끝으로 남의 목숨 가지고 놀아봤지?"

기류의 시선이 서늘했다.

유디트는 눈알에 피가 몰리는 기분을 맛봤다. 도둑질을 들킨 어린아이처럼 놀랍고 당혹스러웠다. 한순간이었지만 파르스름한 검날 너머, 저를 차분하게 바라보는 남자에게 모든 걸 간파당한 것 같았다.

"대답은?"

"……!"

그녀가 한발 늦게 멀어졌다. 쇠붙이 긁는 소리가 요란했다. 기류는 따라붙지 않았다. 다만 침착하게 그녀를 응시할 뿐이었다.

"나는……."

검끝이 미세하게 떨렸다. 심장이 걷잡을 수 없이 뛰었다. 부정하고 싶었다.

그러나, 할 수 없었다.

짧은 순간 유디트의 머릿속에 많은 생각이 스쳤다.

그녀를 부축하던 제르멜 단장. 반짝이는 티아라를 머리에 얹고 있던 이세에피나 2황녀. 자신을 암살자로부터 지키려는 기사인 줄 알고 안도하던 윌리엄 3황자.

"가지고 논 게 아니라……!"

쑥 치고 들어온 칼날이 그녀의 옆구리를 통째로 베어내려 했다. 유디트는 검을 수직으로 꺾어서 간신히 막았다. 위태로운 방어였다.

크게 기우뚱거린 몸이 휘청였다.

마음을 대변하듯 칼끝이 흔들렸다. 가슴이 터질 것만 같았다.

검이 이렇게 무거웠던가?

아니다. 무거운 건 마음이다. 검은 마음을 비추는 거울이니까.

"이건 기사라기보단 칼잡이들 검인데."

"……!"

유디트는 이를 악물었다. 심장에 낙인이 찍힌 것처럼 가슴이 화끈거렸다.

칼잡이.

별 의미 없을 호칭에 눈앞이 캄캄해졌다. 돈만 좇던 삶을 들킨 것 같아 철렁했고, 부끄러움에 도망치고 싶었다.

한편으로는 달려들어서, 어떻게 안 거냐며 몰아붙이고 싶기도 했다.

경악과 수치가 동시에 검끝에 매달렸다.

"부정 안 하나?"

기류가 한 발 더 가까이 다가왔다.

그 짧은 순간에 제 검술을 읽어낸 남자가 두려워, 유디트는 저도 모르게 물러섰다.

"이 추천장을 받고도 작위나 땅, 황금을 원한다면 너는 기사가 아니야. 칼잡이지. 그런 삶을 원해?"

기류가 저와 검을 마주한 건 아주 짧은 순간이었다.

그런데 소문처럼 실력이 받쳐주는 기사단장은 남의 검 또한 기가 막히게 파악했다.

연이어 그녀를 시험하듯 푸른 칼날이 쏟아져 내렸다.

어느새 수세에 몰린 유디트가 뒤로 물러섰다. 무거워진

검이 속절없이 흔들렸다.

기류는 신중하게 유디트를 살폈다.

처음에는 반쯤 장난처럼 뽑은 검이었지만, 유디트를 마주할수록 호승심과 흥미를 불러일으켰다.

'가벼운 도발이었는데, 보기보다 멘탈이 약한가?'

페온 그랑을 상대하던 여유는 어딜 간 걸까. 어느새 쩔쩔매는 상대가 이상해 보였다.

심리적인 압박감인가?

그렇다면 기사로서는 아직 반 푼어치다. 칼잡이라는 말은 도발의 축에도 안 낀다는 것이 기류의 생각이었다.

하지만 그런 점을 고려하더라도…….

'오랜만에 엄청난 원석이 들어왔네.'

기류의 입가에 작은 미소가 맺혔다. 워낙 미묘한 차이라 알아보는 이는 거의 없다시피 했다.

유디트의 공격이 집요하게 기류의 몸통을 찌르려 들었다.

기류는 그녀가 찌르기에 자신 있다는 걸 어렵지 않게 파악했다. 궁지에 몰릴수록 제 패를 드러내는지, 유디트의 찌르기가 연이어 몰아쳤다. 바깥으로 베는 동작도 더 커졌다.

허공을 갈랐던 유디트의 검은 빠르게 수습되어 내질러졌지만, 이제 기류는 마냥 그녀의 검을 받지 않았다.

기류는 느슨하게 검을 잡았다. 그다음 쉴 새 없이 유디트의 검을 후려쳤다. 흡사 채찍을 휘두르는 것 같았다.

초반에는 몇 번 검을 피했던 유디트도, 곧 자존심에 불이 붙었는지 곧이곧대로 칼날을 세워서 검을 후려쳤다.

살벌한 파공음이 천둥처럼 연무장에 울려 퍼졌다.

승부가 서서히 기울기 시작했다.

기류는 노련하게 치고 나가며 쉴 새 없이 상대를 압박했다. 반면 유디트의 검은 침몰하는 배처럼 점점 무거워졌다.

한 가지는 확실했다.

지켜보던 기사들 눈에는 기류고 유디트고 죄다 괴물이었다. 기류야 저들이 따라 마지않는 단장이라지만, 저 신입은 대체 뭔가.

나는 새도 떨어뜨리는 에테르 마스터가 둘. 심지어 두 사람 다 에테르는 사용도 하지 않고 있다.

그런데도 기사들은 엄청난 실력 차를 느끼고 만 것이다.

흥미와 호승심, 질투 섞인 눈이 둘에게 따라붙었다.

검을 섞기도 전에 희미한 패배감을 느끼는 자들도 있었다.

개중에는 흉험한 눈으로 보는 이도 있었다. 유디트를 처음 상대했던 상급 기사 페온 그랑이 그중 한 명이었다. 페온은 살기 가득한 눈으로 에테르 마스터 간의 승부를 지켜보았다. 그의 주먹이 부들부들 떨렸다.

'이대로면 지겠어.'

유디트는 어느새 제가 과열됐다는 걸 깨달았다. 그러나

검을 쥔 손에서 힘을 빼는 건 쉬운 일이 아니었다.

'힘을 빼야 해.'

지는 것은 썩 유쾌하지 않다.

상대가 기사단장쯤 되어도 그건 변함이 없었다.

그때였다. 연무장 문이 열리더니 생각지도 못한 얼굴이 들어왔다.

"제르멜 경, 어서 와."

"늦어서 죄송합니다."

유디트는 하마터면 검을 떨굴 뻔했다.

한눈팔 때가 아니었으나, 제르멜이 그녀의 신경을 한순간에 앗아갔다. 심장이 부서질 듯 뛰더니 간헐적으로 숨이 멈췄다.

"조금 더 일찍 오지 그랬나. 안 그래도 지금……."

"유디트!"

한순간에 확, 검끝이 무너졌다.

사고는 눈 깜짝할 사이에 일어났다.

기류의 검이 유디트의 목을 스쳤다. 비올레의 비명이 연무장을 갈랐다.

검을 놓친 손가락이 부러질 듯 아팠다. 그러나 더 아픈 건 목이었다.

"미친!"

기류는 기겁하며 검을 거뒀으나 이미 엎질러진 물이었다.

유디트의 목을 스치고 간 기류의 검이 머리카락을 잘라 냈다. 뿐만 아니라, 목에 날카로운 상처를 남겼다.

유디트가 화끈거리는 목을 부여잡으며 비틀거렸다.

"윽……."

"괜찮나?!"

회색 머리카락이 후드득 흩날렸다.

동시에 기류가 검을 집어넣고 다가왔다. 억센 팔이 순식 간에 그녀를 부축하며 끌어안았다.

"아……."

유디트는 기류의 체향을 느꼈다.

희미한 물감 냄새. 독특한 체향이었다. 점점 짙어지는 피 냄새와 섞이니 무어라 표현할 수 없을 만큼 오묘했다.

"유디트 경!"

무엇 때문에 무너졌을까.

허리를 감아오는 탄탄한 팔 때문일까.

칼잡이의 검을 넌지시 평가하던 기류 때문일까.

아니면, 제 머리통을 날려 버렸던 제르멜이 나타났기 때 문일까.

"데샹. 신관 불러와!"

넋이 나간 유디트와 달리 기류의 행동은 신속했다.

유디트의 목에서 쉴 새 없이 피가 흘렀다. 상처를 감싸 는 손가락 위로 붉은 피가 흘렀다.

피는 멈추지 않고 회색 단복 위로 번져 나갔다.

기류는 그녀를 초조하게 바라보았다.

'뭐지?'

아플 것이다.

그리 깊게 베인 건 아니었으나, 아픈 티라도 내는 게 정상이다.

그러나 유디트의 시선은 다른 남자에게 꽂혀 있었다.

'……제르멜을 보고 있어?'

신경을 건드렸거나 경동맥을 갈랐을지도 모르는 일이다. 손가락 반 마디 정도 되는 상처일지언정 가볍게 넘길 게 아니었다.

그러나 유디트의 반응은 너무 밋밋했다. 흔들리는 동공이 오직 제르멜에게 꽂혀 있었다.

기류는 이를 데 없는 조바심을 느꼈다.

"황자 전하."

"괜찮아. 신경 쓰지 말고 가봐."

척하면 척이었다. 이든 황자가 긴말 없이 손을 내저었다.

허락이 떨어지기 무섭게 기류는 유디트를 안아 들었다. 무릎과 어깨를 감싼 팔에 절로 힘이 들어갔다.

익숙지 않은 높이에 유디트가 기겁했다.

"괜찮습니다. 걸을 수 있……."

"내가 안 괜찮아. 움직이지 말고 상처부터 눌러."

기류의 목소리가 어두웠다.

그녀를 안아 든 기류가 빠른 걸음으로 연무장 밖으로 향했다.

그대로 빠져나갔다면 좋았을 텐데.

유디트는 느린 걸음으로 따라붙어 문 열어준 남자의 목소리를 들었다.

"빨리 가보는 게 좋겠군."

"고마워, 제르멜."

고고하게 뻗은 콧날과 수려한 용모의 배신자가 꼿꼿하게 고개를 들고 있었다.

삭풍처럼 차가운 검은 눈동자에 위선을 두른 채, 그녀의 머리통을 날리고도 눈 깜짝하지 않았을 사람.

이 남자는 과거의 제르멜이다.

저를 죽였던 그 남자와는 다른 사람이다.

그걸 알면서도 제르멜과 눈이 마주치자 마음이 눈 깜짝할 사이에 무너져 내렸다. 배신감과 모멸감에 정수리부터 차가워지는 기분이었다. 증오와 슬픔이 가슴을 뒤덮었다.

제르멜의 새카만 시선이 모든 걸 먹어치웠다. 냉정한 판단도, 애써 추슬러 온 마음까지도…….

"조금만 참아봐."

턱없이 다정하게 느껴지는 목소리가 아니었다면 어떻게

되었을지 모르겠다.

피 냄새가 짙어질수록 기류의 걸음이 빨라졌다.

'금방 다시 일어날 테니까…….'

잠깐만 남에게 기대면 안 될까. 아무 생각도 안 하면 안 될까.

유디트는 목을 감싸 쥔 채 이를 악물었다.

기류는 새하얗게 질린 유디트를 보고 더욱 걸음을 재촉했다.

* ✳ *

신관이 도착하자 기류는 치료 때문에 쫓겨났다.

'많이 다치진 않았겠지?'

기사가 남의 목숨을 빼앗는 건 일상다반사다. 그럼에도 이런 사고에 무덤덤해질 만큼 그의 인성이 타락한 건 아니었다.

칼에 베이면 누구든 아프다. 그리고 기류는 이런 식으로 남을 아프게 하는 게 싫었다.

'찝찝하잖아, 젠장.'

오랜만에 대련다운 대련을 해서 너무 흥분했나. 사고긴 한데 내가 심했나.

온갖 자책이 기류를 헤집고 갔다. 그는 애꿎은 머리만 벅벅 긁었다.

손을 내려다보자 하얀 장갑에는 붉은 피가 번져 있었다. 좀 전까지 물씬 풍겨왔던 피 냄새가 코끝에 걸린 듯 갑갑했다.

기류는 기다리느라 애가 탔지만, 문은 좀처럼 열리지 않았다. 결국, 그는 팔짱을 끼고 복도 벽에 기댔다.

'뭐였을까. 그건.'

페이스 조절 실패인가?

누구나 어이없는 실수를 한다.

하지만 마냥 이해하고 넘기기엔 석연치 않았다.

유디트의 검은 정말 한 번에 무너졌다. 그만한 실력을 가진 것치곤, 파도에 쓸려가는 모래성처럼 단박에 무너진 것이다.

'게다가 날 보고 있지 않았어.'

그녀는 제르멜을 흘끗 봤을 뿐이다. 그것뿐인데, 왜?

'아니, 애초에 그런 상황에서 한눈을 팔면 안 되지!'

기류는 신경질적으로 짝다리를 짚었다.

생각은 돌고 돌아 어느 지점에서 멈췄다.

'제르멜과 안면이 있나?'

타당한 추론이었으나, 기류는 곧장 고개를 저었다.

그럴 리 없다.

제르멜은 협소한 인간관계의 소유자다. 섬뜩하고 잔인한 성정 탓에 사람은커녕 개 한 마리도 얼씬하지 않는 놈이다.

그에 비하면, 얼핏 훑어본 유디트는 평범했다. 출신 또한 평민이랬으니 후작가의 주인으로 자란 제르멜과 접점이라곤 없을 터였다.

기류는 이제 막 황실 기사가 된 유디트보다는, 예전부터 제르멜을 보아온 자신이 그에 대해 더 잘 안다고 자부할 수 있었다.

'아무렴. 그놈이 어떤 놈인데.'

그럼 뭘까? 그 자식이 겁이라도 줬을까? 황궁에서 길 잃었다가 깨진 적이라도 있나? 그것 말곤 별다른 이유도 안 떠오르는데.

'아니, 아무리 그래도 검을 놓으면 안 되지!'

도돌이표였다.

실력 테스트는 충분했다. 그녀는 훌륭하다. 다만 예상치 못한 방식으로 대련이 끝난 게 아쉬웠다.

'좀만 더 갈고닦게 하면 완벽할 거야. 데려와서 훈련…… 아니, 내가 알려주는 게 제일 빠를 것 같은데.'

곰곰이 생각에 잠겨 있던 기류는 곧 인상을 썼다.

잠깐만, 기류 르왈흐메이. 너 어느새 적기사단에 데려오는 걸 당연한 전제로 삼고 있지 않냐?

"기류 단장님, 잠시 괜찮으십니까."

"신관님."

때마침 문이 열렸다.

기류가 반색하며 팔짱을 풀었다.

"상처는 괜찮습니까?"

"예. 목숨에는 지장이 없습니다. 신성 마법으로 치유했으니 출혈과 감염도 걱정하실 것은 없습니다."

그러나 신관의 얼굴은 밝지 않았다. 기류의 가슴이 덜컥 내려앉았다. 설마?

"다른 문제라도 생긴 겁니까?"

"그게……."

"그게?"

더 큰 문제가 생겼나 싶어 기류가 뒷말을 채근했다.

"저 기사에게서 신의 기운이 느껴집니다. 착각이 아니라면 이는 스티그마의 징조인 것 같습니다."

신관은 오묘한 얼굴로 갸웃거리다가 기류를 똑바로 응시했다.

예상치 못한 말에 기류의 입이 굳어버렸다.

……스티그마라고?

신관이 부드럽게 말을 골랐다.

"카르나크 신께서 그녀를 통해 세상에 개입하려 하시는군요."

＊　✴　✳

치료는 일사천리로 이루어졌다. 기류가 곧바로 신관을 수배해 치료시켜 준 덕분이었다.

"다행입니다. 신경을 건드렸으면 정말 큰일 났을 겁니다."

유디트가 목에 감긴 붕대를 훑어보았다.

"목은 움직일 만하십니까?"

"네, 당장은 힘들지만, 이 정도면……."

궁의는 원래라면 꿰맸어야 할 상처라며 엄중하게 말했다. 검이 스치고 간 자리에는 손가락 절반만 한 상처가 생겼다.

신성력을 퍼붓자 피부 표면은 금방 아물었다. 하지만 완전히 나은 건 아니었다. 목을 조금 움직이자 위화감과 아픔이 선명해졌다.

"일주일은 푹 쉬셔야 합니다. 기류 단장님께서 잘 처리해 주시겠지만, 수련이나 운동은 절대 안 됩니다. 상처가 터집니다."

"알겠습니다. 감사합니다."

궁의가 거울을 건네주곤 기류를 불러오겠다며 자리를 떴다.

유디트는 심란한 얼굴로 거울 속의 저를 들여다보았다.

'한심하긴.'

집중력이 깨졌다고 검을 놓치다니. 이만한 쪽팔림도 드물었다. 흑기사 시절의 유디트가 지금의 저를 봤다면, 죽어도 싸다며 혀를 찼을 것이다.

그런 의미로, 거울 속 여자는 참 낯선 사람이었다.

몰골만 해도 그랬다. 단복 귀퉁이를 적신 핏자국이며, 깔 끔하게 잘려 나간 머리카락까지.

보기만 해도 심란했다.

"절반이 날아갔잖아……."

기류의 검은 목을 스친 것도 모자라 머리카락까지 잘라 냈다. 누가 봐도 비대칭인 머리카락이 우스꽝스러웠다.

'아까워라. 한밑천 날아가는 거 순식간이네.'

제값만이라도 받고 적당히 팔걸.

후회했지만 이미 텅 빈 외양간이었다.

그때 기류가 문을 열고 들어왔다.

기류는 뭐라고 표현하기 어려운 표정을 하고 있었다. 착 각이 아니라면 아까보다 안색이 더 굳어 있었다.

이런 사고에 얽혔으니 웃으면서 사방 천지에 꽃을 피울 수는 없겠지만, 유디트가 보기에는 좀 과하다 싶을 정도 로 표정이 딱딱했다.

"……상처는 괜찮나?"

"빠르게 처치해 주신 덕분입니다. 감사합니다."

"고개 숙이지 마. 상처 벌어지잖아."

유디트가 엉거주춤하게 몸을 비틀어 움직이려 들자 기 류가 빠르게 막아섰다.

"이 정도는 괜찮습니다."

"나는 환자 말은 안 믿어."

기류가 주변을 둘러보더니 의자를 빼 왔다. 그러곤 침대에서 서너 걸음 떨어진 곳에 자리를 잡았다.

간격을 두고 그가 사과했다.

"……미안하다. 실수였지만 정말 큰일이 날 뻔했어."

"아닙니다."

남에게 사과를 받아본 기억이 까마득했다. 유디트는 잠깐 입을 다물었다. 가만 보니 기류의 제복에도 핏방울이 번져 있었다.

"제가 당연히 따라올 줄 알고 밀어붙이신 걸 압니다."

"……뭐. 그건 그렇지."

기류는 조그마한 목소리로 맞장구를 쳤다.

"페온 그랑 경처럼 고의가 아니었으니 됐습니다. 제 미숙함이 불러일으킨 사고니 크게 신경 쓰지 마십시오."

"……."

"오히려 제가 빠른 치료에 감사드려야겠죠."

이걸 시원시원하다고 해야 하나?

기류는 잠시 당황했다.

그야, 신입 기사가 단장을 상대로 대놓고 원망하기도 어렵겠지. 하지만 이렇게까지 대쪽 같은 소리를 늘어놓을 필요는 없었다.

조금쯤은 저에게 마음의 빚을 심어줄 법도 하건만.

"검끝이 흔들린 제 책임입니다. 신경 쓰지 마십시오."

기류는 시시비비를 가리기도 전에 자기 탓이라고 선언하는 유디트의 태도가 조금 의아했다.

하지만 일일이 따지고 넘어가는 것도 석연치 않아서 일단은 넘기기로 했다. 그가 한숨을 내쉬며 붕대가 감긴 유디트의 목을 쳐다보았다.

"2주간 안정할 수 있도록 손을 써두지. 치료비는 르왈흐메이 백작가 쪽으로 청구해라."

"……알겠습니다."

유디트가 이번에는 순순히 고개를 끄덕였다.

대화가 끝났는데도 기류는 자리를 뜨지 않았다. 그는 미지근한 시선을 던지며 그녀를 관찰하듯 바라보고 있었다.

유디트는 그 시선이 난감하기도 하고 신기하기도 했다.

'신선하네.'

회귀 전에는 좀처럼 얽힐 일이 없는 남자였다. 기류와 만난 건 베르크스 지방에서 딱 한 번뿐이었다. 심지어 그녀의 이름 따윈 금방 잊을 만큼 뻔한 만남이었다. 그런데 이렇게 상황이 달라졌다는 게 신기했다.

침묵을 깨고 기류가 물었다.

"검끝이 무너졌던 건 역량 부족인가?"

"그렇습니다."

"……왜 아닌 것 같지?"

기류가 대번에 표정을 구겼다.

유디트가 느낀 신선함은 곧 부담감으로 변했다. 기류가 쏟아내는 눈빛이 신중했다. 사냥감을 살피는 맹수 같았다.

"페온을 상대할 때부터 알아봤어. 대충도 그런 대충이 없던데?"

"그때는 전력을 다하지 않았던 걸 인정합니다."

"왜 그랬는데?"

유디트는 상처를 문지르며 대답했다.

"드러내서 좋을 게 없으니까요."

"황자님이 계셨는데도 좋을 게 없었다고?"

"……."

아 맞다. 그러고 보니 그랬지.

유디트는 까맣게 잊고 있었던 4황자 이든을 떠올렸다.

황실 기사의 최고 출세란 뭐니 뭐니 해도 황실 친위대다. 황실의 일원에게 잘 보이는 것이 곧 권력의 핵심에 다가가는 것과 같으므로.

실제로, 현재 황태자의 자리를 두고 각축을 벌이고 있는 1황자와 2황자 주변에는 구름처럼 많은 기사가 몰려들었다.

건강했다면 황제의 재목이었다고 평가받는 3황자는 어떤가. 비록 나중에는 세력을 잃고 황위에서 멀어졌지만, 지금은 6년 전. 아직도 그를 지지하는 기사가 많을 시기다.

황자란 그 존재만으로도 권력을 부르는 사람이었다.

"네 번째라곤 하나 제국의 황자가 계셨다. 잘 보이고 싶은 게 정상일 텐데."

"……그렇긴 합니다만."

따지고 보면 유디트는 제법 높은 곳까지 올라가 봤다. 2황자에게 직접 친위대 제안을 받아본 적도 있었으니까.

그런 유디트에게 황위에 관심이 없는 4황자의 측근 자리는 결코 탐나는 것도 뭣도 아니었다.

기류는 커다란 한숨과 함께 질문을 멈췄다. 그가 아깝다는 기색을 팍팍 풍기며 말했다.

"유디트 경, 실력은 감추라고 있는 게 아니야."

"압니다. 그저……."

"그저?"

"……그런 것과는 상관없는, 기사의 삶을 살아볼까 해서요."

유디트는 조심스레 말을 골랐다.

그녀는 언제나 황금을 좇았다. 돈, 금화, 값비싼 것들이 인생의 전부였다.

하지만 그 탓일까. 제대로 된 인생을 산 것 같지가 않았다.

빚이 있을 때는 압박감에 숨이 막혔다. 빚을 갚고 나니 가진 것이 너무 적어 조바심이 들었다.

정신 차리고 보니 제르멜의 곁이었고, 정신 차리고 보니 개값으로 뿌려진 금화 속에서 죽었다.

변명같이 들릴 테지만 한 치의 거짓 없는 진실이다.

"네, 기사답게 살아보려 합니다."

다짐하듯 내뱉은 목소리는 제 귀로 들어봐도 낯설었다.

"아첨하지 않고, 부당한 일에서 눈 돌리지 않고, 생각하는 걸 포기하지 않으면서. 최선을 다해 산다는 게 어렵다는 것은 알지만…… 그리하여 눈먼 돈과 멀어지고, 헛된 권력과 멀어져서 사람답게 살 수 있다면."

유디트는 따끔한 상처를 매만지며 차분하게 말했다.

"같은 인생을, 다르게 살아내 볼까 합니다."

정말 간신히, 그런 마음과 함께 정신을 추스를 수 있었다.

돈을 좇는 인생은 해볼 만큼 해봐서일까? 아니면 그 끝에 비참함밖에 없단 걸 알고 있어서일까?

다른 방식으로 사는 건 힘든 일이겠지만, 그럼에도 유디트는 다짐했다.

우연이든 신의 뜻이든 상관없다.

이 회귀를 헛되게 만들 순 없다. 다시 찾게 된 삶을 돈이나 권력 때문에 망치고 싶지 않았다.

그녀는 손에 든 거울을 보며 깨달았다.

자신의 호박색 눈동자가 황금보다도 단단하게 빛나고 있었다. 비록 몰골은 엉망이지만 호박색 눈동자만큼은 아름다웠다. 다시 찾은 삶처럼.

이 삶. 영원히 감길 뻔했던 호박색 눈동자가 지금은 무엇보다도 중요했다.

"그냥, 잘 살아보겠단 뜻입니다. 그런 것에 미련 두지 않고요."

유디트는 분위기를 바꾸기 위해 일부러 가볍게 말했다.

"답답한 소리 하네."

"……방금 뭐라고 하셨습니까?"

"기사로선 합격이라고."

담담한 타박에 반발하려던 때였다. 유디트는 생각지도 못한 소리를 들었다.

깜짝 놀라 고개를 들어보자, 놀랍게도 기류는 웃고 있었다. 그것도 아주 부드럽게.

심란해 보이던 표정은 어딜 가고 그는 세상에 이런 천치를 본 적이 없다는 눈으로 귀여운 조카 보듯 그녀를 보았다.

그 와중에도 빼어난 야성미와 번듯한 외모가 번지르르하여, 더없이 매력적으로 보인 건 더 말할 필요도 없었다.

"너 적기사단 들어와라."

유디트는 놀라서 혀를 깨물 뻔했다.

"제르멜 그 개자식한테 뺏기기도 싫고, 그렇다고 황실 기사 천연기념물이라고 제국에 전단지를 뿌릴 수도 없고. 어쩔 수가 없네. 답답한 기사는 내가 데려다가 잘 돌봐줘야지."

기류는 진심으로 그렇게 말하는 것 같았다.

무슨 농담이냐고 되물을 생각이었던 유디트는 꿀 먹은 벙어리가 됐다.

'이건…… 진짜 신선한데?'

그녀는 대답 대신 기류를 빤히 보았다. 그리고 그 반응은 기류가 예상하던 것과 달랐다.

단장이 직접 건넨 스카우트 제의다.

정말이냐며 펄쩍 뛰며 놀랄 줄 알았는데, 이 신입은 오히려 저를 빤히 보며 갓 태어난 새끼 조랑말처럼 눈만 깜빡였다.

한참 후 그녀가 꺼낸 말도 예상을 벗어난 건 마찬가지였다.

"하지만……."

"왜? 무슨 문제라도 있어?"

"아뇨, 문제라기보다는…… 제게 칼잡이의 검이라고 하지 않으셨습니까."

유디트는 어물거렸다.

"저를 안 좋게 보시는 줄 알았습니다."

"칼잡이? 그게 뭐 어때서?"

유디트는 기류의 반문에 말을 잃었다.

그러나 기류는 저를 놀리는 게 아니라 진심으로 그렇게 되묻고 있었다. 칼잡이의 검이 그렇게 비난받을 것이냐는 듯.

"유디트 경. 어차피 기사와 칼잡이는 종이 한 장 차이야. 세상의 많은 이가 그렇게 검을 휘두른다."

"……."

"충성과 신의는 돈으로 살 수 있다. 그것이 제국의 현실이니까."

기류는 일그러지기 시작한 유디트의 표정을 유심히 지켜보았다.

그는 많은 전장에서 살아남았다. 하나같이 희로애락이 명백해지는 사선이었다.

기류는 집채만 한 손바닥을 가진 사내놈들이 목숨만 챙겨서 나온 다음 엉엉 우는 꼴도 보아왔고, 살기 위해서 반병신이 된 몸으로 막사에서 도망치는 포로들도 보았다.

그곳에 명예는 없었다. 기사의 덕목 또한 없었다.

세상천지에 삿된 자가 수북했다. 남에게 아첨하는 자. 부당한 일에서 눈 돌리는 자. 직접 생각하는 걸 포기한 자. 눈먼 돈에 몸을 투신하고 헛된 권력에 취한 자.

그렇게 많은 세상을 보아온 덕분에 기류는 알았다. 그녀가 필사적으로 눈물을 참아내고 있다는 걸.

이상하고도, 가슴 한구석이 간지러워지는 일이었다.

웃어서는 안 되지만 헛된 것을 좇겠다고 제 앞에서도 당당하게 이야기하는 유디트가 조금은 달리 보였다.

노련했던 에테르 마스터는 어딜 가고, 세상 앞에 제 한 몸을 내놓은 기사가 있었다.

이런 기사를 본 적이 있었던가?

'반짝이는 보석이로구나.'

도저히 빼앗기기 싫을 만큼 순수한 이 바보를 어떡하지.

"……왜 웃으십니까."

내가 웃고 있다고?

기류는 유디트의 질문에 눈을 크게 떴다. 그리고 이내 깨달았다. 어느새 제 입가에 둥근 미소가 맺혀 있었다.

'그야……'

웃을 수밖에. 그녀가 달리 보였기 때문이다.

여기서 네가 너무 귀여워서, 라고 말하면 그녀는 어떤 얼굴을 할까?

기류는 감정이 고조된 것처럼 보이는 유디트에게 물었다.

"경은 칼잡이처럼 휘두른 검이 부끄럽나?"

"……."

유디트는 한참 대답하지 않았다. 그녀의 침묵은 긍정이었다.

기류가 장난기를 누그러뜨리고 한결 차분히 말했다.

"만일 그렇다면 오래 부끄러워하지 않았으면 좋겠어. 그 감정은 옳고 그른 것을 알고 있는 자들만 느끼는 감정이거든. 부정하지 말고, 거기서 배우고 나아가야 해."

시선이 느껴졌다.

기류는 무심코 저를 뚫어지게 바라보는 유디트의 호박색 눈동자가 예쁘다고 생각했다.

더는 긴말이 필요 없었다. 기류는 망설이지 않고 자리에서 일어났다. 그는 두어 걸음 다가가 침대에 엉거주춤하게 앉아 있는 유디트에게 손을 내밀었다.

"다시 한번 말하겠다. 경은 단장을 상대로 부상까지 당해가며 선전했어. 적절한 위치까지 합당한 대우를 약속하겠다. 어때. 적기사단에 소속을 두지 않겠나?"

굳은살 박인 손이었다.

유디트는 그 손을 물끄러미 바라보며 인정하고 말았다.

남자가 유혹하듯 늘어놓은 달콤한 말은 황금만큼이나 매력적이었다. 도무지 거부할 수 없을 만큼.

"대답은?"

……뭐라고 대답해야 할까. 아니, 어떻게 대답해야 할까.

유디트는 기류가 내민 손을 가만 보았다.

기류의 손은 기사다웠다. 손가락은 마디마디가 넓고 탄탄한 게 마치 악기 연주자 같다. 하지만 자세히 보면 기사들 특유의 자잘한 상처와 엄지 안쪽의 굳은살이 돋보였다. 수련과 노력을 뒷받침하는 증거였다.

커다란 손이었다. 저 하나쯤은 어렵지 않게 이끌어줄 수 있다는 자신감마저 드러난, 그런 손.

그래서였을까. 유디트는 저 손을 잡아보고 싶어졌다.

어차피 흑기사단에는 들어가지 않겠다고 결심했다.

'뭣보다 이 사람이라면…….'

이 사람이라면, 앞으로도 저를 비웃지 않을지도 모른다.

청구서를 앞에 두면 돈 나올 구석을 찾는 저를, 이 단장이라면 경멸하지 않을 것 같았다.

기사와 칼잡이가 종이 한 장 차이라고 말하는 사람이다. 제르멜과는 다르지 않을까.

이 감정은 충동인가?

유디트는 누군가에게 기대보고 싶단 생각을 한 번도 해본 적이 없었다.

하지만 지금만큼은, 어차피 혼자 사는 인생이라며 스스로를 조소하는 대신 저 손을 잡아보고 싶어졌다.

한결 선명해진 변화는 회귀 때문인지, 이 남자 때문인지 모를 일이다.

하지만 어느 쪽이든 상관없지 않나. 중요한 것은 그녀에게 손을 내민 사람이 있다는 사실이었다.

"알겠습니다."

뜸을 들인 유디트가 기류의 손을 잡았다.

"앞으로 잘 부탁드립니다, 기류 단장님."

"우와…… 스카우트 차이는 줄 알았네."

기류의 얼굴 위로 안도가 스쳤다.

낮은 목소리로 혼잣말을 내뱉은 그가 가슴을 쓸어내렸다.

유디트는 무심코 웃었다.

"자신 없으셨습니까? 의외로 담이 작으시네요."

"얄미운 소리 하지 마."

기류 르왈흐메이. 올해 스물다섯이던가.

기가 막힌다는 듯 웃는 얼굴이 구경하는 재미가 있었다. 생동감이 넘치는 표정 변화였다.

퉁명스레 말하던 기류가 삐죽 입술을 내밀었다. 나이에 맞지 않게 소년처럼 툴툴대는 모습이라니. 조금 웃겼다.

"사람 쥐락펴락하는 법은 어디서 배웠어? 심장 뻐근해지네."

유디트는 침대에서 반쯤 몸을 일으켰다.

그러자 기류가 붙잡은 손을 잡아끌어 그녀를 일으켜 세웠다.

유디트는 너무 가까워진 거리에 깜짝 놀라 눈을 동그랗게 떴다. 놀란 건 기류도 마찬가지였다.

'아, 이런.'

너무 가깝다. 검을 맞댔을 때보다 가까웠다.

부관인 데샹이 보았다면 저지르고 나서 생각하는 짓 좀 그만하라고 화를 냈으리라.

기류는 쿵 울리는 심장을 무시하며 유디트의 손을 놓았다. 손에 쥐었던 따뜻함이 사라지자 유독 크나큰 허전함이 밀려왔다.

"그럼, 난 이만 가볼 테니 무슨 일 있으면 적기사단으로 찾아오도록 해. 위치는……."

"압니다."

"이야기할 틈도 안 주기야?"

"얄미운 소리나 하는 부하니까요."

유디트의 담담한 대꾸에 기류가 웃음을 터뜨렸다.

문을 열고 들어왔을 때와는 달리 몰라보게 풀어진 얼굴을 한 기류가 말했다.

"그래. 할 말도 다 못하는 부하보다는 훨씬 낫다."

분명한 호감만을 드러낸 말이었다.

＊　＊　＊

다음 날 아침, 유디트는 입단 신청서를 냈다.

신청서를 내러 가는 내내 비올레는 믿을 수 없다는 말만 반복했다.

"진짜? 진짜로? 진짜진짜진짜야?"

"비올레, 그러다 넘어지겠어."

"나중에 거짓말이라고 하는 거 아니지? 나 놀리는 거 아니지?"

"앞 보라니까는."

기류에게 직접 스카우트를 받았다고 밝혔을 뿐인데, 비올레는 저보다 더 흥분하며 호들갑이었다.

"진짜냐니깐!"

"진짜야. 그런 거짓말을 뭐 하러 하겠어?"

"그치만 단장님이 직접 입단을 권하는 일은 거의 없잖아. 와, 우와! 뭐래? 뭐라고 말하면서 권유했어? 응?"

어린애처럼 감탄하는 비올레의 반응에 유디트는 픽 웃고 말았다.

"이게 그렇게까지 기뻐할 일은 아니라고 보는데."

"무슨 소리야! 사람 마음도 모르고."

비올레가 감격에 찬 얼굴로 말했다.

"정말 잘됐다. 너랑 칼리파 둘 다 흑기사단으로 갈 줄 알았단 말야. 안 그래도 걱정했는데. 나 혼자 뚝 떨어지는 줄 알고……."

"……."

유디트의 걸음이 멈췄다.

생각도 못 해본 부분이었다.

기사단이 갈라지고 나서도 비올레와는 자주 얼굴을 마주했다.

활달한 비올레는 잘 지내냐는 질문을 던질 필요도 없었다. 그녀는 언제나 잘 웃었고, 주변에 사람이 많아 보였다.

정말 이상할 정도로 그랬다.

'……외로움을 타도 티 내지 않는 편이었구나.'

그때는 몰랐던 것들을 이제는 안다.

진즉 알았으면 좋았을걸.

유디트가 물끄러미 바라보자, 유독 기분 좋아 보이는 비올레가 치아를 훤히 드러내며 웃었다.

"칼리파만 흑기사단으로 가버린 건 좀 아쉽다. 우리 쪽에서 자주 찾아가자."

"……."

유디트는 대답하지 못했다.

흑기사단의 숙소는 적기사단 본부와 상당히 떨어진 곳에 있으며 다른 기사단원의 출입을 제한하고 있단 걸 말해줘야 할까.

회귀 전과 마찬가지로 칼리파는 흑기사단을 선택했다.

'당연한 결과지.'

지금의 칼리파에게 공작가를 무너뜨린 원수를 찾는 일보다 중요한 건 없을 테니까.

설령 그 길 끝에 자살이라는 결과가 기다리고 있다고 해도, 어지간한 이유로는 그녀를 말릴 수 없을 것이다.

하지만 불가능하다 하더라도 어떻게든 하는 게 친구니까.

"그러자. 칼리파를 그대로 둘 수는 없어."

유디트는 다짐 같은 대답을 입에 올렸다.

숙소로 돌아온 유디트는 비올레의 도움을 받아 머리카락을 마저 다듬었다.

혼자서 적당히 자른 적은 있었지만, 둘이서 함께 요리조리 거울을 돌려가며 잘라본 건 처음이었다.

'같은 단발인데 어쩐지 다른 느낌이야.'

어색하긴 했다. 그래도 나쁘진 않았다.

사실, 모든 상황이 다 그랬다.

알고 있던 사람, 겪어봤던 상황이지만 신선하기까지 했다.

유디트는 머리를 다듬고 두 친구와 함께 의상실을 찾았다.

흑기사단의 검은색 제복을 맞춘 건 칼리파 한 명뿐. 유디트는 비올레와 함께 백색 제복을 맞췄다.

"적기사단인데 왜 제복은 하얀색일까? 제복이 적색이면 너무 눈에 띄니까?"

"글쎄."

"단장님께 물어봐 주라."

"그건 좀."

비올레가 까르르 웃으며 옷을 툭툭 털었다. 그래도 이쪽이 더 멋있고 예뻐서 좋다며, 비올레는 희희낙락 웃었다.

칼리파가 의상실을 나오며 신기하다는 듯 주변을 구경했다.

"백기사는 제복이 아니라 사제 로브를 입고 다니나 보네."

"그쪽은 기사라기보단 신관에 가까우니까."

유디트는 아무 생각 없이 설명하려다 입을 닫았다.

아직 이 시기에는 백기사단에 대해 잘 모를 때다. 괜히 아는 척해서 좋을 건 없겠지.

평소였으면 곧바로 기사단에 복귀했을 테지만, 유디트

는 모처럼이니 아이쇼핑을 하고 가자는 비올레를 뿌리치지 못했다.

'쇼핑은 피곤한데.'

예전이라면 뿌리쳤으리라. 그것도 꽤 단호하게.

'돈 없을 땐 쇼핑도 싫어.'

가지고 싶은 것이 늘어날 뿐이다.

별수 없이 근검절약을 실천하긴 했지만, 밖을 돌아다니면 쓸데없는 지출이 늘어난다.

유디트는 물욕이 확실한 사람이라 가지고 싶은 걸 가지지 못하면 탈력감을 느꼈다. 그래서 이런 식으로 목적 없이 거리를 쏘다니는 건 사양이었다.

'빚부터 갚자. 빚을 갚으면 그땐……'

사고 싶은 것도 사고, 먹고 싶은 것도 먹고…….

'……그럴 수 있을까.'

공작가에서 자란 칼리파는 기본적으로 거리에서 뭘 산다는 개념이 없었다. 유디트도 비올레가 뭘 고르든 '괜찮네' 정도만 말하는 사람이라 비올레는 금방 풀이 죽었다.

얼마 못 가 눈썹을 축 늘어뜨린 비올레가 말했다.

"돌아가자."

"더 봐도 되는데?"

"아냐. 두 사람 다 별로 재미없잖아."

저를 배려해 주는 비올레의 말에 아니라고 대답하지도 못했다. 유디트는 괜히 미안한 마음에 눈을 피하며 말했다.

"미안, 내가 지금은…… 좀, 그럴 기분이 아니라서."

"아냐, 미안할 게 뭐 있어. 나중에 하자. 쇼핑이든 뭐든 유디트 네가 하고 싶을 때 해. 같이 나가고 싶을 때 불러 주면 되지."

"……고마워."

"고맙긴. 그땐 꼭 나 불러주기다?"

"그럴게."

유디트가 희미하게 웃었다.

결국, 세 사람은 저녁 식사 시간에 맞춰 기사단으로 돌아왔다.

방으로 돌아온 유디트는 창문을 등진 채 누웠다.

여러 감정이 떠오르다 사라졌다. 저를 배려해 주는 비올레를 향한 미안함도, 칼리파를 향한 안타까움도 이 가슴에 가득 담겨 있다.

그리고…… 기류.

그는 이 변화의 시작점에 서 있는 사람이다. 일그러진 제게도 손을 내밀어준 사람. 때가 탄 인생에 빨갛게 눈에 띄는 변화를 불러온 기사단장.

'앞으로 많은 게 변하겠지.'

유디트는 목의 상처를 쓸며 생각했다.

적기사단에 들어왔으니 더는 제르멜과 마주치지 않을 것이다.

흑기사단에 들어갈 당시, 자신이 제르멜의 눈에 들었던 건 신입 중에서도 요긴하게 쓸 만한 칼잡이였기 때문이다.

"……제르멜."

유디트는 어두운 방 안에서 가만히 그 이름을 불러보았다.

예전이라면 감히 이름을 부를 엄두도 못 냈으리라. 오로지 '단장님'이었겠지.

하지만 이젠 그렇게 부를 가치를 상실한 사람이었다. 제르멜을 향한 배신감은 말로 다 표현할 수 없을 정도였다. 지금도 그 분노가 옅어지지 않았다.

다만 모든 걸 걸고 죽여 버리겠다고 달려들기엔, 이 기회가…… 두 번째 생이 너무 아깝지 않은가.

"……."

따끔거리는 목의 고통이 점차 심해진다.

날카롭게 베인 상처가 자기를 무시하지 말라는 듯 주장하는 기분이었다.

유디트는 자리에서 일어나 처방받은 진통제를 먹었다.

다시 누운 그녀는 이마에 손을 얹고 눈을 감았다.

회귀 직후에는 정말 많이도 울었지만, 그 탓에 한결 트인 시야가 많은 걸 보게 했다.

제르멜은 두 번 마주하기 싫은 개새끼였지만, 저도 더했으면 더했지 덜한 건 없던 쓰레기였다.

"……괜찮아. 이젠 더 볼 일 없을 테니까…….."

하지만 베개를 끌어안은 유디트의 손끝은 여전히 떨리고 있었다.

Chapter 2
한 줌의 호의

유디트는 오랜만에 꿈을 꿨다. 희미한 자각몽이었다.

꿈에는 제르멜이 나왔다. 그가 황궁 오페라 홀에서 앙코르 곡을 부르는 여자를 한껏 비웃고 있었다.

"저만한 티아라를 멍청한 2황녀에게 씌워주기 위해 얼마나 많은 보석을 로제타에서 긁어냈을 것 같나?"

비웃는 상대가 황족만 아니었더라면 유디트도 대답했으리라.

"제국은 오늘도 부유하군."

2황녀의 머리 위에는 240개의 다이아몬드로 꾸며진 티아라가 곱게 얹혀 있었다. 처음으로 오페라를 완창할 황녀를 위해 황제가 내로라하는 세공업자들을 불러 모아 만들게 한 것이다.

티아라는 세상에 저것만큼 비싼 게 있을까 싶을 만큼 번쩍였다.

주먹만 한 다이아. 관에서부터 머리카락을 따라 흐르는 다이아 체인.

유디트는 홀린 것처럼 황녀가 쓴 티아라를 지켜보았다.

'예쁘다.'

황녀는 황족이다. 기사가 되었어도 여전히 평민인 유디트가 감히 쳐다도 못 볼 상대고, 저와 비교하기에는 너무나 고귀한 신분이다.

그녀가 쓴 티아라도, 그녀가 선 자리도 머나먼 곳이다.

그걸 아는데도 유디트의 가슴속에선 이상한 감정이 끓어넘쳤다.

'황녀는 나와 뭐가 달라서.'

똑같이 팔다리를 달고 태어났다. 황녀는 그저 태어나 보니 아버지가 황제였을 뿐이다.

그런데 자신은, 대관절 무엇이 다르고 부족해서 티아라는커녕 머리 장신구 하나 사지 못하는 신세로 태어났나.

난 왜 저런 티아라를 한 번도 못 써보고 죽을 팔자라…….

"티아라에 관심이 있나?"

"……아닙니다."

"대답이 퍽 늦었어."

제르멜이 그녀를 비웃었다.

"별일이군. 경이 금붙이도 아니고 저런 티아라에 관심을 가지다니."

"……."

"가지고 싶나?"

유디트가 제르멜의 물음에 입을 다물어 버리는 건 드문 일이었다. 제르멜은 대답을 알겠다는 듯 고개를 돌렸다.

다음 순간, 오페라 홀이었던 곳이 어느새 황녀 궁으로 바뀌었다.

"늦었군, 유디트 경."

"……단장님……."

"멍청하게 서 있지 말고 문부터 닫아."

제르멜이 황녀의 피가 묻은 손을 닦고 있었다.

유디트는 확신했다. 저기 엎어진 사람은 틀림없이 황녀이고, 죽었다는 걸. 저만한 피를 흘리고 살아남을 리가 없다.

쿵. 쿵. 심장이 빠르게 뛰었다.

"쉬는 날인데 불러서 미안하군."

미안한 기색 하나 없는 얼굴로 사과하는 게 제르멜의 특기였다.

유디트는 어떻게 된 일이냐고 묻지 않았다. 대신 다른 걸 물었다.

"어떻게 할까요."

"치워."

"……황녀의 시체를 치우면 찾으려들 사람이 많습니다. 단장님께 불똥이 튈 수도……."

"그럼 자살로 위장하든가."

제르멜이 피를 닦아낸 수건을 벽난로로 집어 던졌다.

자살로 위장하라고? 대체 어떻게?

황녀의 시체를 앞에 두고 거세게 심장이 뛰었다. 안 그런 척하고 있지만, 평정심은 진즉 흐트러졌다.

쯧. 혀 차는 소리가 들렸다. 고개를 돌려보니 제르멜이 황녀 궁의 계단을 가리키고 있었다. 유디트는 제르멜의 뜻을 이해했다.

"……알겠, 습니다."

떨리는 입술을 말아 물었다.

유디트는 황녀의 시체를 둘러멘 채 계단을 올랐다. 저만치 떨어진 곳에서 제르멜이 저를 보고 있었다.

어디까지 할 수 있는지, 어떻게 할 수 있는지 지켜보겠다는 듯.

쿵쿵. 쿵쿵. 쿵쿵.

이 심장 소리는 누구의 것일까.

과거의 저일까, 이 꿈을 지켜보는 저일까.

유디트는 그녀가 해야 하는 행동이 무엇인지 빠르게 파악했다. 그럼에도 감히 엄두가 나질 않았다. 황녀의 시신을 훼손해야 한다는 현실이 믿기질 않았다.

이래서는 안 된다는 일말의 이성이 분명 남아 있었다.

하지만 강박이 명령했다. 그냥 따르라고. 따르고 편해지라고.

유디트는 편한 게 좋았다. 그래서 더는 생각하지 않았다. 시키는 대로 했다.

황녀의 시신을 힘껏 밀었다. 한때 티아라를 걸쳤던 검은 머리카락이 지저분한 계단 위를 나뒹굴었다. 계단 턱에 드문드문 핏자국이 번졌다. 사람이 굴러떨어지면 의외로 큰 소리가 난다. 둔탁한 것이 부딪치는 소리가 귓가에 울렸다.

벗겨진 구두가 계단 아래로 떨어지더니 마침내…….

우두둑. 목 부러지는 소리가 났다.

축 늘어진 황녀의 시체를 똑바로 응시했을 뿐인데, 유디트는 마치 제 목이 부러진 것 같다는 느낌을 받았다.

제르멜은 여전히 난간에 몸을 기대고 있었다. 그는 황녀의 시체를 빤히 본 다음, 유디트를 올려다보았다.

"잘했다."

그의 시선에는 일말의 경악도 경멸도 없었다. 공 물어 온 개에게 하듯, 타성에 젖은 칭찬을 던질 뿐.

제르멜이 마지막 수고를 덜어준다는 듯 움직였다. 그가 황녀의 시신을 단 차이가 큰 계단까지 끌어 내렸다.

"경과 나는 오늘 함께 황녀 궁을 순찰 중이었다. 황녀의 비명을 듣고 달려왔지."

"……예."

황녀는 어디까지나 실족사로 죽은 것이라고 못 박는 말이었다.

황녀의 머리에서 흐른 피가 빠르게 바닥에 번졌다.

황족의 죽음이다. 자세히 조사해 본다면 실족사가 아니라는 게 금방 드러날 터였다.

하지만 조사에 나서야 할 흑기사와 그 단장이 죽음을 조작한 장본인이니 그 진상을 누가 알 수 있으랴.

쿵쿵쿵. 쿵쿵쿵. 쿵쿵쿵.

아까보다도 몇 배는 빠르게 뛰는 심장이 도무지 진정되질 않았다.

"말 잘 듣는 부하를 둔다는 건 편하군."

"……감사, 합니다."

"이 임무는 비공식적인 일이니 별도의 보상은 없을 것이다."

제르멜은 그렇게 말하며 웬 유리 상자 하나를 내려놓았다.

유디트는 상자에서 눈을 떼지 못했다.

유리 상자 안에 담긴 것은 틀림없는 오페라 쥬빌레 티아라였다. 황제가 2황녀에게 오페라 완창을 축하한다며 하사했던…….

영롱한 티아라가 한눈에 담기에 벅찰 정도로 빛났다. 유디트는 홀린 것처럼 상자에 손을 뻗었다.

"제아무리 귀한 티아라라여도 황녀의 목숨만 할까."

그녀의 손이 흠칫 떨렸다.

"소란을 틈타 누가 빼돌렸어도 이상할 게 없어. 그렇지 않나?"

감미로운 물음에 유디트는 무작정 고개를 끄덕였다.

입속의 혀처럼 굴어주는 부하를 봐서일까. 제르멜은 만족스러워 보였다.

"경이 앞으로도 나를 위해서 일해줄 거라고 믿는다."

그녀는 어떤 대답도 하지 못했다. 바싹 마른 목으로 침을 삼켰다. 유디트는 부옇게 먼지 낀 창문 앞에서 유리 상자를 열었다.

달칵.

상자는 부드럽게 열렸다.

"……."

유디트는 황녀의 티아라를 쓴 채 창문에 비친 저를 들여다보았다.

흐린 겨울 하늘처럼 탁한 회색 머리카락 위에, 찬란한 티아라가 존재감을 과시했다.

제 것처럼 잘 어울리는 티아라였다. 제 것이 된 티아라였다.

그럼에도 유디트는 한참을 망연자실하게 서 있었다. 마치 망가진 사람처럼.

어느새 다가온 제르멜이 유디트를 보고 말했다. 저를 벌레처럼, 개돼지처럼 보던 그때의 눈을 하고서.

"내 호의를 잊지 마라."

"……."

"실망시키지 말란 소리다."

그 말이 끝이었다. 눈이 번쩍 떠졌다.

유디트는 기상하기 무섭게 쉴 새 없이 헛구역질을 했다.

"우웩, 욱, 우에에엑……!"

무작정 세면대로 달려가 한참을 토하고 나니 기분이 조금 나았다. 쾅쾅대는 심장이 부서질 듯 아팠다.

유디트는 벌벌 떨리는 손으로 뺨이 아릴 만큼 찬물 세수를 했다. 입안을 헹구고 헹궈도 텁텁했다.

'최악…… 살인마한테 쫓기던 꿈보다 최악이야.'

악몽이라는 말로는 부족했다. 그런데 그 악몽은 단순한 꿈이 아니었다. 자신이 저지른 짓이었다.

이세에피나 2황녀의 죽음은 금방 묻혔다.

그녀는 광증을 앓고 있었다. 잦은 발작을 일으키고 히스테리를 부렸다. 그 때문에 시녀를 물린 동안 벌어진 실족사는 안타깝기는 했지만 거기까지였다.

조촐한 장례가 치러진 후, 모두가 황녀를 잊었다. 그녀에게 하사되었던 티아라까지도.

유디트는 시린 손으로 얼굴의 물기를 닦아냈다. 손끝이 잘게 떨렸다.

'그 티아라는…… 아직도 거기 있을까.'

그럴 리가 없다.

알면서도 유디트는 견딜 수가 없는 기분이었다.

떨림은 한참 후에나 멎었다.

어느 정도 진정하게 된 건 벽에 걸린 제복을 본 뒤였다. 승마복처럼 움직이기 편한 하의와 하얀색 상의.

적기사단 제복은 유디트에게 엄청난 안도감을 선사했다.

"……괜찮아."

유디트는 저에게 들려주듯 혼잣말을 했다. 괜찮아, 괜찮아.

그녀는 벽으로 다가가 제복과 패용증을 꺼내 들었다.

납작한 패용증은 그녀의 신분과 소속을 적어둔 물건으로, 어제 막 받은 것이었다.

적기사단 소속. 유디트.

황실의 인장과 이름이 새겨진 동패. 그뿐이건만 이 순간에는 황녀의 티아라보다 귀했다.

그녀는 제복을 소중히 끌어안았다. 어쩐지 눈물이 날 것 같았다.

그토록 거세게 뛰었던 심장이 어느새 안정을 찾은 사람처럼 고요하게 뛰었다.

✳ ✳ ✳

"늦어요."

"때 되면 오겠지."

"말도 안 되는 소리 하지 마세요. 신입 기사가 첫날부터 지각이라는 게 말이 됩니까?"

"단장실 위치를 모르는 거 아니야?"

"오호라……."

데샹의 녹색 눈동자에서 냉기가 뚝뚝 묻어났다.

정말 그런 거면 황궁을 200바퀴 돌게 해주겠다는 기세다.

단장실 분위기는 평소와 달랐다.

원래였으면 누구보다도 앞장서서 화냈을 기류가 느긋했고, 부관인 데샹이 신경질적이었다.

"모를 만도 하지. 신입 시절에는 발붙일 일 없잖냐, 단장실."

"그럼 더더욱 일찍 다녀야 합니다. 아무나 단장실 출입합니까?"

"왜 자꾸 시비조야. 아직 이십 분밖에 안 지났어. 좀 진정해라."

"이십 분이나 지난 겁니다!"

"왜 짜증이야?"

기류는 제 고막을 튼튼하게 낳아주신 어머니에게 감사했다.

"이게 다 당신이 스카우트한 탓입니다. 얼마나 마음에 든 티를 팍팍 냈으면 신입 기사가 이렇게 기고만장하게 굽니까! 적당히 했어야죠!"

데샹은 오늘 치 잔소리를 몽땅 기류에게 때려 붓기로 한 모양이었다. 그가 쉴 새 없이 종알거렸다.

"하여간 답지 않은 짓은 뭐 하러 해서……!"

"아오, 언제는 칭찬하더니 이젠 또 왜 성질이야!"

온갖 짜증을 흩뿌리는 데샹 때문에 결국 기류의 인내심도 무너졌다. 애초에 그는 인내심이 별로 좋지 못했다.

"네 머리통은 인격 보관소냐? 둘로 쪼개면 다른 놈이 튀어나오는 거 아냐? 언제는 잘했다며!"

에테르 마스터를 스카우트했다는 말에 물개 박수를 칠 때는 언제고, 이제는 갈구고 난리다. 기류의 울분이 하늘을 뚫었다.

"늦어서 죄송합니다."

타이밍 좋게 단장실 문이 벌컥 열렸다. 유디트였다.

"흑기, 아, 적기사 유디트, 방금 막 도착했습니다."

머리카락을 잘랐구나. 기류는 바로 알았다.

유디트의 목덜미 부근이 한결 깔끔했다. 하지만 호흡이

며 제복은 한껏 흐트러져 있었다.

기류가 입을 열기도 전에 데샹이 유디트를 호되게 꾸짖었다.

"지금 시간이 몇 시입니까!"

"정말 죄송합니다."

"신입 기사가 이렇게 늦는 건 처음 봅니다. 당신 기사단 생활이 만만합니까?"

"아닙니다."

지은 죄가 있어 유디트는 일단 눈알을 깔았다.

신입을 조지는 데 일가견이 있는 데샹은 절대 호락호락하지 않았다. 그는 첫술에 배부르자는 주의였다.

"잘 들으세요. 당신은 신입 기사예요. 기류 단장님께서 직접 스카우트했다지만 그게 대단한 자랑거리라도 되는 줄 압니까? 단장님만 믿고 뭘 해도 되는 줄 알면 오산이에요!"

"명심하겠습니다."

"시간 개념은 기본입니다! 앞으로는 시간 똑바로 지키세요. 알겠습니까?"

"드릴 말씀이 없습니다. 시간 관리에 유념하겠습니다."

천재니 뭐니 해도 지금은 계급장 앞에서 엎드리는 시늉까지 해야 하는 신입 기사다. 단장실이 아니었다면 분명 더 가혹한 소리가 뒤따랐으리라.

회귀한 유디트에게 이 정도는 애교였다. 애초에 그녀가

잘못하기도 했고.

"데샹, 그쯤 하고."

"뭘 이쯤 합니까."

아직 시작도 안 했다는 듯 녹색 눈이 칼같이 번뜩였다.

첫 만남부터 기어이 독하다는 인상을 심고 싶은 걸까.

'어릴 땐 저런 성격이 아니었는데.'

내심 한탄한 기류가 휙휙 손을 저었다.

"유디트 경, 어쩌다 늦었어?"

"죄송합니다."

"사과 말고 대답을 해."

지각은 해선 안 될 일이지만 이러다간 하루 종일 데샹에게 먹다 남은 오징어처럼 잘근잘근 씹힐 기세였다. 기류는 적당히 중재할 겸 대답을 채근했다.

유디트는 잠시 머뭇거렸으나 곧 순순히 답했다.

"……제복이…….."

"제복이?"

"적기사단 제복이 너무 감동적이라 계속 만져보다가 늦었습니다. 정말 죄송합니다."

"……."

"……."

징계를 각오한 그녀가 고개를 푹 숙였다.

상상도 못 해본 대답이었다. 늦잠이나 시간 착각 같은

뻔하디뻔한 변명을 생각했던 기류는 순간 할 말을 잃었다.

어색한 침묵 속에서 기류와 데샹이 눈빛으로 대화를 나눴다.

'대박 귀여운 이유 아니냐?'

'너 처돌았어?'

주종이 격렬한 내적 갈등을 겪는 줄도 모르고, 이어지는 침묵에 민망해진 유디트만 사죄를 거듭했다.

"정말 죄송합니다."

"다음에는 늦지 마. 고개 들고."

이 내적 갈등의 끝은 부하의 지각을 실수로 넘길 수 있는 계급 깡패 기류의 승리였다.

데샹은 짜증을 내며 유디트와 눈도 마주치지 않았다.

첫날부터 단단히 찍혔으려나. 기류가 혀를 찼다.

"가볍게 한 바퀴 돌지. 따라오도록."

기류가 단장실을 빠져나갔다.

유디트는 불만이 가득한 데샹의 얼굴을 힐끔 본 다음, 뒤를 따랐다.

단장실을 나오기 무섭게 기류가 말했다.

"저 자식 원래 성격이 좀 지랄 맞아. 크게 담아두지 마."

"담아두지 않습니다. 제 잘못이 맞으니까요."

예상을 조금도 벗어나지 않는 칼대답이란!

기류는 속으로 웃었다.

허여멀건 생김새 하며 묘하게 딱딱한 말투까지, 데샹과 유디트는 비슷한 듯하면서도 알맹이를 들여다보면 좀 다른 듯했다.

'아직은 어디가 어떻게 다른지 잘 모르겠지만.'

기류는 유디트를 흘겨보았다. 그녀의 제복 안쪽, 목을 감싸고 있는 붕대가 눈에 들어왔다.

"상처는 좀 괜찮고?"

"네, 순조롭게 낫고 있습니다."

"다행이네. 아프면 말해."

신입 기사 시절은 배정받은 임무와 훈련를 병행해야 하는 시기다.

다만 유디트는 저번 대련의 여파로 목에 난 상처가 아직 낫지 않았다. 수련이나 임무 강도를 생각하면 도로 상처가 벌어질 게 뻔했다.

기류는 계급 깡패의 면모를 충분히 발휘하며 신입 기사를 단장실로 배정해 수련과 임무에서 열외시켰다. 미안함으로 인한 말 못 할 특혜였다.

"그럼, 좀 걷지. 이제부터 어깨에 힘줘."

기류가 성큼성큼 걸어 나갔다.

어깨에 힘을 주라고?

유디트는 그게 무슨 말인지 알아듣지 못했으나 머잖아 이해했다. 기류가 단장실을 나와 걷기 시작하자, 거의 모든 기사가 고개를 숙이며 인사를 건네왔기 때문이다.

"단장님!"

"좋은 아침입니다!"

"수고한다."

"안녕하십니까!"

기사단장이 원래 이렇게 주목받던가?

"오늘도 붉은 머리가 멋있으십니다!"

"너 내가 그 소리 하지 말랬지. 왜 이렇게 레퍼토리가 똑같아?"

아는 단장이라곤 제르멜뿐이었던 유디트는 적잖게 당황했다. 그러다 한 가지 사실을 깨달았다.

기류는 거의 모든 인사를 다 받아주고 있었다.

단장이 인사를 받아준다니!

흑기사단에서는 상상도 못 해본 광경이다.

심지어 상사 겸 계급 깡패가 눈앞을 유유히 지나가는데 불편해 보이는 사람이 한 명도 없었다. 그녀가 내심 입을 쩍 벌렸다.

처음 보는 얼굴이 흥미로웠는지, 기류에게 인사한 몇몇이 유디트를 빤히 보았다.

"안녕하세요, 헤일리 메티스예요."

"신입 기사 유디트입니다. 처음 뵙겠습니다."

유디트는 살갑게 말하는 몇 사람에게 용기 내서 인사했

다. 그러나 습관처럼 굳은 딱딱한 표정은 좀처럼 풀리지 않았다. 얼굴이 뻣뻣했다.

인사가 끝나고 건물을 나오는 길에 그녀가 물었다.

"원래 이렇게 인사를 잘 받아주십니까?"

"그럼. 무시할 순 없잖아?"

기류가 웃음을 터뜨렸다.

"모가지만 꼿꼿하게 세우면 비틀어주고 싶게 마련이니까. 인사 잘하고 다녀야지……. 어차피 임무 떨어지면 제대로 얼굴 볼 시간도 없는데."

이럴 때나 한두 마디 나누는 거라며, 기류가 넉살 좋게 웃었다.

어쩐지 신기한 기분이었다.

유디트는 흑기사단에 입단했을 때도 선배를 따라 황성을 누볐다. 하지만 여기처럼 살가운 분위기는 아니었다.

기사단마다 분위기가 다르다지만 이 정도일 줄이야.

"오늘 인사 잘하고 다니면 경을 알아보는 사람도 많을 거야."

왜 아니겠는가. 신입이란 어디서든 인사로 절반을 먹고 들어가는 존재다. 유디트가 다짐하듯 대답했다.

"잘하겠습니다."

그들은 한참을 돌아다녔다.

숙소, 식당, 마구간, 황성 바깥 길과 황녀 궁과, 황자 궁으로 통하는 샛길까지.

가벼운 산책이라 황궁의 본성까지는 들어가지 않았다.

이미 인사할 상대가 차고 넘치는 유디트로서는 감사한 일이었다.

대체 몇 사람에게 '안녕하십니까, 유디트입니다'라고 말하고 다닌 건지 모르겠다. 이렇게 많은 사람에게 인사하고 다닌 건 태어나서 처음이었다.

그중에는 아는 얼굴도 있었다. 바로 황궁 대장간의 공방 장인이었다.

"오리온, 감시하러 왔다! 내 검은 잘 만들고 있어?"

"기류 님……?"

피부색이 어두운 소년이 연신 땀을 훔치고 있었다.

"자, 잠깐만 기다리세요, 금방 끝나요!"

"천천히 하던 거 해. 기다릴게."

소년이 배시시 웃었다. 그의 망치질은 한참 계속됐다.

기류는 누가 시키지도 않았는데 그 근처에서 작업 과정을 지켜보았다.

있는 힘껏 담금질하는 내내, 소년은 지친 기색 하나 없었다.

한참 후 그가 두건을 벗고 다가왔다.

"이런 시간에 어쩐 일이세요?"

"감시하러 왔지. 내 검은 잘 만들고 있나 싶어서."

"말도 마세요."

오리온이 쓴웃음을 지었다.

"듣자 하니 누가 연습용 칼을 죄다 팔아먹었다면서요? 스승님이 노발대발하시면서 난리였어요. 별 미친놈을 다 보겠다고."

유디트는 잠시 투명인간이 되길 소망했다.

"일감만 늘어나서 죽을 맛이에요. 어쩌 날이 갈수록 바빠지네요."

"수석 장인이 연습용 칼까지 만드느라 고생하네. 물론 내 검은 잘 만들어줘야 한다?"

"기류 님께선 멀쩡한 검 잘 가지고 계시면서 왜 자꾸 새 것 타령이세요?"

"원래 욕심은 끝이 없는 거야."

오리온은 앓는 척하다 유디트와 시선이 마주쳤다.

아무래도 투명인간이 되는 건 실패한 모양이다.

"이분은……?"

"내 부관 눈 밖에 난 신입 기사야. 데샹이 미워할 것 같길래 데리고 나왔어."

"그렇군요. 안녕하세요. 오리온이라고 합니다."

"유디트입니다. 잘 부탁드립니다."

유디트가 악수를 청했다.

기류는 그녀를 의외라는 듯 바라보았다. 내내 말로만 인사하던 유디트가 이상할 정도로 깍듯하고 적극적이었다. 착 각이 아니라면 유독 오리온을 반가워하는 것 같았다.

아는 사이인가?

기류의 시선은 유디트가 오리온의 손을 붕붕 흔들며 세 게 악수할 때까지 이어졌다.

'……착각이겠지. 수석 장인 눈에 잘 보이면 손해 볼 건 없으니까 이러는 거겠지.'

잠정적 결론을 내린 기류였으나, 사실 그의 짐작이 틀렸 던 건 아니었다.

유디트는 들뜬 마음을 가라앉히며 오리온의 손을 놓았다.

'오리온……. 용살검을 만든 사람!'

회귀 전 유디트는 그를 일방적으로 쫓아다녔다. 그가 용 을 죽인 검을 만든 제국 최고의 대장장이였기 때문이다. 오리온은 용의 비늘조차 꿰뚫은 검을 만든 사내였다.

유디트는 딱 한 번, 정말 운 좋게 그가 만든 검을 써봤 다. 제르멜의 검을 빌렸을 때였다.

명필은 붓을 가리지 않는다는 건 헛소리다. 딱 한 번 써 봤을 뿐인데, 유디트는 오리온이 만들었다는 검을 어떻 든 한 자루라도 구하기 위해 수소문했다.

그러나 오리온의 검을 돈으로 산다는 건 하늘에서 별을 따는 것과 똑같았다. 오리온이 만든 검이 용을 죽였다는 게 알려지자 황제부터 시작해 황자와 기사단장들이 차례 차례 만들어진 검을 집어 갔기 때문이다.

유디트는 끝내 오리온의 검을 손에 넣지 못했다.

그랬었는데…….

'설마 여기서 만날 줄이야.'

그녀가 눈을 빛내며 기류에게 물었다.

"두 분은 친한 사이신가 보군요."

"그럼. 오리온의 검을 써보고 나면 경도 대장간에 자주 들리게 될걸?"

기류가 웃으며 대답했다.

코앞에서 오가는 칭찬에 소년의 얼굴이 발갛게 달아올랐다.

"과찬이십니다. 보잘것없는 재주를 좀 타고난 것뿐이에요."

"과찬은. 검 좀 봐달라고 황성을 한 바퀴 빙 두를 만큼 줄 설 날이 얼마 안 남았다니까."

"저 같은 평민에게 무슨……."

"실력 앞에 신분이 어딨어. 재능 있는 사람들은 치고 올라오는 거야."

기류가 유디트를 가리켰다.

"유디트 경도 평민이지만 에테르 마스터야. 곧 치고 올라올걸."

"……에테르 마스터요?!"

오리온이 입을 벌리며 경악했다.

"정말입니까? 정말 에테르 마스터?!"

그저 그런 실력의 기사로 보였던 걸까.

유디트가 살짝 얼굴을 굳히자 오리온은 제 발 저린 사람처럼 펄쩍 뛰어올랐다.

"의심하는 건 아닙니다! 죄, 죄송합니다!"

"검으로 사람 판단하는 버릇 아직도 못 고쳤어?"

"……으, 정말 죄송합니다……."

"아닙니다. 괜찮습니다."

유디트가 표정을 풀었다.

기류는 유독 허전해 보이는 유디트의 허리춤을 보며 말했다.

"그러고 보니 경은 따로 검이 없네? 보급품 말고 쓰는 거 없나?"

"없습니다. 검은 소모품이니까요."

유디트가 대답했다.

"비싼 검을 애지중지 다룰 만큼 섬세한 성격도 못됩니다."

"그래도 손질은 깔끔하게 잘해두신 것 같은데요?"

오리온이 그녀의 검을 흘끗 보았다.

"검 손질을 게을리하면 그만큼 돈이 드니까요."

유디트가 검을 뽑으며 말했다. 그리고 3초 후 아차 했다.

다행히 '돈이 든다'라는 표현을 신경 쓴 건 저뿐이었다. 기류와 오리온은 나란히 그녀의 보급용 검을 아쉬워하고 있었다.

"그래도 한 자루 더 가지고 다니는 게 어떨까?"

기류가 말했다.

"특히 에테르 마스터는 마음먹고 에테르를 쓰다가 검이 부러질 때도 있거든? 겪어본 적 없나 보네."

"아직까지는 없었습니다."

"앞으로는 모르는 거야. 목숨과 직결될 수도 있는 문제니까 잘 생각해 봐."

"맞습니다. 보급용 검은 질적인 한계가 있어요."

얄궂은 상황이었다. 돈이 있어도 못 구하는 검을 만든 오리온이 그런 말을 하다니.

유디트가 웃으며 말했다.

"이런 타이밍에선 생각해 보겠다고 말씀드려야겠지만…… 좋은 검은 그만큼 비싸니까요. 제겐 부담입니다."

검은 시간이 흐를수록 값어치가 떨어지는 자산이다. 팔 때는 절반도 못 받을 검 한 자루 때문에 몇 달 치 월급을 털어 넣을 수는 없었다.

게다가 어차피 그녀는 에테르 마스터였다. 마음만 먹으면 포크에도 에테르를 둘러서 휘두를 수 있었기에 검에 구애될 필요가 없었다. 검 살 돈이 있다면 차라리 빚을 갚겠다는 게 유디트의 생각이었다.

"분수에 안 맞는 걸 욕심내면 신세를 망치게 마련입니

다. 조언은 감사히 듣겠습니다."

워낙 담백한 대답이었기에, 기류도 오리온도 강권할 수는 없었다.

유디트는 차분하게 웃었다. 그러나 강박 같은 말이 끝나기 무섭게, 웃는 얼굴은 습관처럼 차갑게 굳었다.

기류와 유디트는 대장간을 나왔다.

"안 돌아가십니까?"

"난 황제 폐하를 모시러 간다. 오후에는 사냥을 나가신다더군."

"……그러셨군요."

유디트는 빠르게 동요를 수습했다.

놀랄 게 무언가. 그는 저와 상당히 다른 위치에 선 사람이다.

다정한 호의는 가끔 그 값어치를 잊고 만다.

유디트는 오늘 아침부터 기류가 제게 보여준 호의가 얼마나 값진 것인지를 새삼 깨달았다.

"내일부턴 시간 맞춰 단장실로 출근해. 데샹을 두 번 화나게 하면 나도 못 말려준다?"

"명심하겠습니다."

"나중에 보자. 오늘 고생했어."

"저야말로 감사했습니다."

유디트는 제국 유일의 용살자가 될 기류에게 고개를 숙였다.

'그래……'

새삼스럽지만, 유디트는 이 상황이 말도 안 된다는 걸 깨달았다.

기류 르왈흐메이.

그는 장차 이세에피나 2황녀가 벌인 미친 짓을 수습하고, 용을 잡을 불세출의 기사다.

'원래대로라면 말도 못 걸어봤을 상대지……'

그런 사람이 반나절 동안 같이 인사를 다녀준 것이다.

그녀는 바보가 아니었다. 기류가 제게 보여주는 호의는 퍽 유별나면서도 잘 드러나지 않는다.

"얘 말이야, 신입인데. 좀 쓸 만할 거야."

기류가 그런 말과 함께 부관 대신 저를 데리고 황성을 한 바퀴 돈 것만으로 그녀를 알아보는 사람이 훨씬 늘어났다. 황성 대장간도, 오리온을 소개해 준 것도 그랬다.

이 호의와 정성의 값을 따지기가 어려웠다.

모두 예상치 못한 수확이었다.

유디트는 제르멜이 내밀었던 '호의'를 떠올리곤 몸서리치듯 고갯짓했다.

'······괜찮을 거야.'

그녀는 본성 쪽을 바라보았다.

성터 외곽, 세련된 디자인의 건물이 보였다. 이세에피나
2황녀의 궁전이었다.

황녀는 아직 살아 있다.

자신이 저질렀던 일은 아무도 모르는 일이 되어버렸다.

그러나 계속 바라보고 있기엔 괴로워서, 유디트는 냉큼
고개를 돌렸다.

'정말 괜찮을 거야. 이젠······.'

유디트는 적기사단의 패용증을 부적처럼 매만졌다.

기류는 제르멜과 다른 사람이다. 그러니 무엇이 도사리
고 있을지 불안해하지 않아도 된다.

뭣보다 그녀 자신이 달라지지 않았는가. 더는 그런 명령
은 따르지 않겠다고 다짐했으니까.

'난 달라질 거야. 반드시.'

강박적으로 재차 다짐한 유디트는 잰걸음으로 그 자리
를 벗어났다.

✳　✳　✳

신중하게 겨눈 화살 하나가 쏜살같이 목표물로 향했다.

선혈이 치솟자마자 박수가 뒤따랐다.

"제대로 맞았습니다."

저편에 있던 4황자 이든이 곧장 움직였다.

"날이 갈수록 솜씨가 비상해지시는군요."

"늙으니 감만 좋아지는 게지."

"감만으로 사냥을 하겠습니까. 폐하께서 평소 단련을 게을리하시지 않은 덕이지요."

기류는 황제의 활을 손수 받아 들며 말했다.

한 마디 너스레에 두 마디 칭찬이 따라붙으니, 황제가 기류와의 대화를 불편하게 여길 이유가 없었다.

라이오넬 드라카 베리타스.

제국의 황제는 올해로 쉰일곱이었으나 활 실력은 예전만큼이나 건재했다.

'근심이 있으시군.'

기류는 황제의 마음을 어렵잖게 짐작하고 입을 다물었다.

황제는 제국을 다스리는 사람인만큼 생각이 깊으나, 배포가 작고 조심성이 많은 탓에 홀로 고민을 곱씹을 때가 많았다.

4황자 이든의 호위 기사가 푸른 깃발을 흔들었다.

"역시. 명중입니다."

"그렇겠지, 화살이 손끝에서 벗어나는 순간부터 알 수 있는 법이야."

황제는 끌끌 웃더니 손을 내저은 후 걸어 나갔다.

기류는 근위 기사 둘에게 떨어지라는 눈치를 준 다음 황제를 뒤쫓았다.

"그리 현명하신 분께서 무엇이 근심이셔서 이렇게 고뇌를 하십니까."

"백작은 눈치가 좋으면서 가끔 천연덕스럽게 묻는 버릇을 고쳐야 해."

"명하시면 따르겠나이다."

황제는 명령 대신 웃어버리기만 했다.

그가 한참 후 말했다.

"어젯밤 궁의가 말하기를, 이세에피나의 병은 더 이상 차도를 볼 수가 없다고 하였다. 그 어린아이를 어찌하면 좋을지, 짐은 항상 걱정이다."

"그리 말씀하시면?"

"로제타나 살사노 같은 타국으로 보낼 수는 없겠으나 제국 내에서는 그만한 신붓감이 없지. 한데 나아가던 광증이 더욱 깊어진다면 어찌하란 말인가."

황제가 골치 아프다는 듯 투덜거렸다.

"그것은 핏덩이 시절부터 가장 고귀한 핏덩이였거늘, 이제는 시집을 보내기도 곤란해졌구나."

황제의 말은 제법 그럴듯했으나 아버지로서는 실격이었다.

한때 이세에피나 2황녀는 총명하고 사랑스러운 막내딸이었으나, 이제는 라이오넬 황제의 가장 큰 걱정거리가 되고 말았다.

차갑고도 무정한 황궁 속에서 막내로 태어난 황녀가 가진 것은 권력 쪼가리와 황제의 실험적인 애정뿐이었다. 그 탓에 황녀가 14살일 즈음에는 그녀가 광증을 앓고 있음을 모르는 자가 없었다.

살사노도 로제타도 미친 황녀를 왕비로 맞이하는 것은 사양이었다. 이세에피나 황녀는 금세 황가의 애물단지로 전락했다.

"황녀 전하께서 마음을 앓기 시작하신 것은 어제오늘 일이 아닙니다. 어찌 한때 한 사람의 한마디로 전부 단정 지을 수 있단 말입니까."

"그럼 백작의 생각은 어떠한가. 말해보라."

기류의 대답은 신중했다.

"당분간 황녀 전하의 주치의를 바꾸시는 것이 어떻습니까. 심신이 편안한 곳으로 요양을 가시는 것도 나쁘지 않을 것입니다."

"무정한 자로고. 성한 곳이 없는 황녀를 어찌 홀로 떼어놔."

"그러시면 폐하 또한 늦은 가을 휴양을 떠나시는 건 어떠십니까. 제가 동행하겠습니다."

황제는 언제나 막중한 부담감과 등을 맞대며 산다. 휴식을 권하는 말을 싫어할 리가 없었다.

"나쁘지는 않군."

"송구합니다."

좋다는 대답이 아니라면, 결국 성에 차지 않는다는 뜻이다. 기류의 의견을 묻는다는 건 말 그대로 묻기만 하는 것이다.

"그러면 백작, 만약 주치의를 바꿨는데도 광증이 낫지 않는다면?"

"예?"

"그때는 그대가 황녀를 데려가겠나?"

순간, 기류의 등줄기에 식은땀이 흘렀다.

"……그것은……."

"그것은? 대답해 보라."

반가운 목소리가 기적처럼 끼어든 건 그때였다.

"아니 됩니다, 폐하. 기류는 겁밖에 모르는 바보 아닙니까. 분명 첫날밤에도 제국을 위해서라며 전쟁터로 나가 버릴 사내입니다. 함께 전장을 누빌 상대가 아닌 이상에야 반려를 외롭게 할 것입니다."

"허어."

"……황자 전하, 저도 모르는 제 미래를 어떻게 장담하십니까?"

"내가 워낙 능력이 좋잖아."

황제의 사냥감을 수습한 이든 황자가 다가왔다.

"그러고 보니 폐하, 얼마 전 적기사단에 새로운 에테르 마스터가 들어온 것을 아십니까?"

"흠? 처음 듣는구나."

"들으시면 놀라실 겁니다."

이든이 일부러 뜸을 들였다.

"고귀한 신분은 아니지만 그만큼 귀한 능력을 지닌 자입니다. 기류와 거뜬히 열 합을 주고받는 수준이었지요. 기류의 상대론 그 정도로 뛰어난 기사가 아니면 힘들 겁니다."

"이든!"

기류가 당황하며 그의 이름을 불렀다. 엄청난 무례였다.

그러나 평정이 깨진 기류의 얼굴이 재밌는지, 황제가 경을 치는 대신 미소를 흘렸다.

두 사람이 친하게 지내는 건 황제도 이미 알고 있었다. 흥을 깨지 않는 한, 이 정도 무례는 봐줄 수 있었다.

"호, 그만한 인재가 들어왔다는 건 짐도 몰랐구나. 언제 그런 자가 들어왔지?"

"얼마 되지 않았습니다."

기류가 초조한 얼굴로 대답하자, 이든이 거들었다.

"놀라운 기사입니다. 이름은 기억나지 않으나, 에테르를 사용하지 않았음에도 그 실력이 두려울 정도였습니다. 필시 폐하와 제국을 위해 큰일을 해낼 것입니다."

"안목 있는 네가 그 정도로 공언하는 자가 드물거늘, 별일이구나. 그러고 보면 짐이 최근 기사단에 신경을 못 썼지."

말 한마디로 기사단 전원의 목을 쳐버릴 수 있는 사람이 보이는 관심이란 황송한 걸 넘어서 무서운 법이다.

그러나 이 순간 태연하게 앓는 소리를 할 줄 아는 게 기류의 능력이었다.

"황가에 별다른 변고가 없으니 기사단도 조용한 것입니다."

"맞습니다. 게다가 이 친구가 일밖에 모르는 덕도 크지 않습니까."

"전하, 자꾸만……!"

기류는 반발하려 했으나 이든이 한발 빨랐다. 4황자는 망토로 숨긴 왼손으로 사정없이 기류를 꼬집었다.

"무도회마다 경호 따위를 서느라 파트너도 바람맞히는 사람이 아닙니까. 무심함도 이 정도면 죄질이 나쁩니다."

"황자의 말이 맞다. 내가 보기에도 백작은 너무 영애들에게 매몰차더군."

"……기사단장직은 폐하와 제국의 안녕을 위한 일입니다. 이 영광을 이해하지 못하는 사람과 부부의 연을 맺을 수는 없습니다."

기류는 그 말을 내뱉고 나서야, 왜 자꾸만 이든이 자신을 걸고넘어졌는지를 이해했다.

4황자라 해도 역시 아들은 아들이었다. 이든은 황제의 사고방식을 꿰뚫고 있었다.

"하면 이세에피나의 남편감은 못 되겠구나. 그 아이는

겉에 누가 없으면 한시도 가만히 있지 못하니."

"여차하면 제가 에피나를 평생 돌보겠습니다."

"네 결혼은 어찌하고?"

"에피나의 사정을 이해하지 못하는 사람과 부부의 연을 맺을 수 있겠습니까?"

황제의 입가에 가당치도 않다는 미소가 걸렸다. 작은 실소였다.

"너희는 아카데미 때부터 여전하구나. 에피나를 핑계로 결혼을 미루거나 하고."

그러나 황제는 두 사람을 꾸짖지 않았다.

그는 새삼스러운 사실을 깨달은 듯 잠시 입을 다물었다.

4황자 이든 오스카 베리타스. 적기사단장 기류 르왈흐 메이.

이 둘은 황위 다툼에 있어서 중립을 고수했다.

두 사람은 황태자의 자리를 두고 대립하는 1황자와 2황자, 어느 쪽에도 힘을 실어줄 수 있으나 당장은 제 의견을 내세우며 나서지 않았다.

황권 다툼이라는 커다란 살얼음판 위를 자진해서 걷는 것치고는, 꽤 잘하고 있단 뜻이다.

3황자가 건강 때문에 쓰러진 후, 황위 다툼은 1황자와 2황자로 양분되었다.

두 파벌로 찢어졌다고 생각하겠지만, 이는 착각이다. 이든은 틈날 때마다 미묘한 균형점에 위치한 중소 군벌과 지방 귀족을 설득하며 살집을 불렸다.

황제는 자칫 과격해질 수 있는 황위 싸움을 뭉개고 넘어가야 할 때를 위해 중립을 표방하는 이든을 묵인했다. 이든도 형제자매에게 밀려나는 황족이라는 인상을 피하기 위해 필사적이었다. 나름의 생존을 도모한 현명한 처사다.

황제는 그런 4황자를 나름대로 평가하고 있었다.

'에피나 때문에 낭비하긴 아깝지.'

황제라고는 해도 모든 상황을 통제할 수는 없는 법이다.

황녀와 결혼시킨 기류가 어느 한쪽으로 세력을 굳히려 든다면? 4황자가 황위 싸움에 가담한다면?

황위 다툼은 지금이 가장 적절했다. 황제는 아직 건재했고, 4황자가 있는 한 과열되기 전에 찬물을 뿌릴 수도 있다.

아직 변화를 원하지 않는 황제는 금방 마음을 바꿨다.

"하지만 여전하여 보기 좋구나. 변하지 않는 것도 있어야 하는 법이다. 너희는 변하지 말아라. 짐이 그것을 원하지 않으니."

기류는 기회를 놓치지 않고 쐐기를 박았다.

"황녀 전하께서는 마땅한 상대를 찾으실 겁니다. 그때도 필시 폐하께서는 원하시는 자리에 앉아 있으시겠지요."

"백작의 말이 옳다."

황제는 시원스레 긍정하며 걸음을 돌렸다. 눈치 좋은 시종장이 재빨리 하얀 담비 털로 장식된 망토를 가져왔다.

"사냥은 끝났다."

황제의 한마디에 수행원 모두가 일사불란하게 움직였다.

"너희는 어떡할 테냐?"

"함께 돌아가겠습니다."

"왜, 여기에서 결혼을 피했다며 좀 더 안심하지 않고?"

"그럼 들켜 버렸으니 한 살이라도 젊을 때 놀다 가겠습니다."

이든이 당당하게 안심하자, 황제는 더욱 크게 웃으며 끄덕였다.

"허락해 주마. 백작은 황자를 잘 돌보아라."

"예. 만족스러운 사냥이셨습니까?"

"그래. 백작에게는 상을 내려야겠군. 드래곤 레어를 열어 두라 할 테니, 하산하는 대로 원하는 것을 가져가도록 하라."

"황공합니다."

황제는 별다른 말 없이 사라졌다.

근위 기사와 수행원 또한 한 방향으로 사라지자, 허리를 깊숙이 굽혔던 두 사람은 약속이라도 한 듯 동시에 반듯한 자세로 돌아왔다.

둘은 황제의 행렬과 반대 방향으로 걸었다. 마침내 모든 발소리가 들리지 않게 되자, 그들이 겨우 멈춰 섰다.

이든은 나무를 짚고 섰다. 묵직했던 압박감이 가시자 급속도로 두통이 밀려들 정도였다.

"……하아."

온갖 감정이 담긴 한숨이었다. 아버지라는 말보다 폐하라는 말이 더욱 익숙한 상대였다. 4황자 이든은 언제나 황제가 어려웠다. 아버지인데도.

마주 보는 기류도 사정은 크게 다를 바 없었다.

"……이든 전하, 내 명줄 짧아진 거 어떻게 보상할 생각이냐?"

"아서라, 나도 내 명줄 챙기기 바쁘니까."

황제와의 대화는 항상 이런 식이다. 변덕이 심해 모시기 보통 까다로운 게 아니었다.

황제는 상대를 시험하고 지켜보는 걸 즐겼다. 단도처럼 날카롭게 던진 말에 잘 대답하면 황제의 보물고를 열어서 상을 내렸다. 반대로 성에 차지 않으면 무서울 정도로 화를 내며 제 권위로 사람을 찍어 눌렀다.

자식 또한 예외일 순 없었다.

황태자의 책봉조차 미루고 있는 황제다. 그는 자식조차 시험대에 올리기를 주저하지 않았다.

너무 늦게 태어난 4황자는 황위 다툼에 끼어들 자격조차 얻기가 힘들었다. 이든은 결국 몸을 바짝 엎드리는 길을 택했다.

기류가 그 사실을 깨달았을 때는, 이미 이든과 함께 로블드 아카데미를 졸업한 후였다.

"대체 나는 왜 걸고넘어지는데? 무심함이 뭐가 어째?"

"시끄러워, 그러면 그 자리에서 에피나랑 결혼하기 싫다고 외쳐보시든지."

차마 거기까지 말할 수는 없었던 기류였다. 상대는 아무리 그래도 황자고, 이세에피나 황녀의 오빠였으니까.

"아니, 그래도 그렇지. 일밖에 모른다니! 내가 좋아하는 사람한테는 얼마나 잘하는데!"

"그럴 상대가 있긴 했냐?"

"……잘할 거거든! 앞으로!"

"말로는 뭘 못해! 용도 때려잡지!"

두 사람은 아웅다웅하며 하산했다.

❉　　✳　　❉

궁으로 돌아온 두 사람은 황제의 명령에 따라 레어부터 방문했다.

황궁의 보물고는 개인을 위해 열리지 않는다. 하지만 레어는 황제 개인의 보물고라 이렇듯 개인을 위해 열리곤 했다.

"진짜 드래곤 레어에 들어와도 이만큼 긴장되진 않을 텐데."

"내 말이 그 말이다."

선반 위에는 온갖 재화가 종류별로 장식되어 있었다.

은으로 꾸며진 침향목, 속이 투명한 마노석, 색별로 전시된 보석과 금으로 세공된 장미, 자수정과 문스톤, 크기별로 갖춰진 다이아몬드와 사파이어……

백작위를 지닌 기류조차도 이 금은보화의 향연에는 질려 버렸다.

황제의 레어는 날이 갈수록 풍족해지고 있었다. 한 사람이 이 정도의 부(富)를 독점할 수 있다는 게 무서울 정도였다.

"난 에피나에게 줄 선물이라도 골라야겠어. 너는?"

"글쎄다. 난 괜찮으니 신경 쓰지 말고 황녀님께 드릴 것부터 골라."

기류가 담백하게 대답했다.

기류는 이미 여러 차례 황제에게 상을 하사받았다. 기사단장직을 수락했을 때도, 남서부의 마수를 퇴치했을 때도 황제는 그에게 레어를 열어주었다.

딱히 탐나는 것도 없었거니와, 집어서 가지고 나갈 만한 물건도 없었다.

'선물이나 챙겨 갈까……. 데샹이 비싸고 좋은 깃펜 가지고 싶다고 했었는데.'

그러나 황제의 개인 보물고에 깃펜 같은 게 있을 리 만

무했다.

'검이라도 챙겨?'

그는 레어 내부를 훑은 다음 한 걸음 뒤로 물러났다.

그러다 한 곳에서 시선이 멈췄다.

투명한 유리 진열대 속, 벨벳 쿠션 위에 티아라가 있었다.

월광석과 다이아로 꾸며진, 은색 티아라였다. 손톱보다 작은 우아한 다이아몬드 하나가 정중앙에서 빛났다.

그의 시선은 한참 동안 티아라에 머물렀다. 마치 무언가를 상상하듯.

"난 다 골랐어. 기류 넌 어떡할래?"

"이든."

"응?"

기류는 티아라에 눈을 고정한 채 물었다.

"단발머리도 티아라를 쓸 수 있던가?"

＊　＊　＊

기류가 기사단으로 돌아왔을 때는 벌써 저녁이었다.

"오셨습니까…… 황자님."

데샹이 자리에서 벌떡 일어났다.

유디트는 문 열리는 소리에 뒤를 돌았다가 깜짝 놀랐다. 이든 황자였다.

유디트는 4황자가 이곳을 제집처럼 편히 드나드는 것에 놀랐다.

"편하게 있게."

"두 분 다 사냥은 잘 다녀오셨습니까?"

"그냥 그랬지. 속 편한 자리는 아니었어."

유디트는 기류도, 데샹도 황자를 불편하게 여기지 않는 듯하여 더욱 놀랐다.

"유디트 경, 인사드리도록."

기류가 그녀를 불렀다. 그는 손에 못 보던 상자를 든 채였다.

"이분은 베리타스 제국의 4황자, 이든 오스카 베리타스 황자님이시다. 나와는 아카데미를 같이 졸업한……."

"아주, 친한 사이지."

이든은 싱글벙글 웃으며 '아주'를 강조했다.

황족이 무려 제게 먼저 관심을 보이는 것도 모자라 소개라니. 충격을 넘어선 공포였다. 유디트가 황급히 인사했다.

"오늘도 제국에 축복이 깃들기를. 적기사단 소속 유디트입니다."

그녀의 눈가가 잘게 떨렸다.

황제 라이오넬에게는 6명의 자식이 있다.

두 명의 딸, 올가와 이세에피나. 네 명의 아들, 알베르트, 에드워드, 윌리엄 그리고 이든이다.

4황자 이든은 크게 두각을 드러내지 못하는 황자였다.

고관대작들을 휘어잡은 1황자 알베르트. 군권을 잡은 2황자 에드워드. 인망이 두터운 3황자 윌리엄.

이든은 세 형에 비하면 내세울 게 없다. 그렇지만 어디까지나 황위 다툼에서 존재감이 없단 소리다.

눈앞에 있는 상대는 유디트가 자기소개를 하기엔 너무 거물급 인사였다.

황제를 닮은 이목구비와 검은 머리카락.

푸른 눈은 자칫 차가운 인상을 주게 마련이건만, 4황자 이든은 곱상하고 다정한 인상을 줬다.

'본인 입으로 아주 친하다고 말할 정도야.'

요전에 신입 기사 테스트 때도 그렇고, 기류와 함께 다니는 걸 보니 확실했다.

별표를 세 개쯤 치고도 남을 만큼 중요 인물이 단장과 보통 친분이 아닌 듯했다.

"일전에는 제대로 인사를 나눌 상황이 아니었지."

이든의 눈가가 둥글게 휘었다.

"저번에 기류와 검을 겨루다 다쳤던 걸로 기억하는데, 맞나?"

"……예, 기억해 주시다니 영광입니다."

어떻게 딱 한 번 마주쳤는데 그걸 기억하는 걸까?

유디트는 신기한 기분이 들었다.

물론 그 한 번이 얼마나 강렬했는지 자각 없는 사람의

생각이었다.

"실력이 대단하던데. 기류와 정면 대결할 만한 사람은 황성에 몇 명 없거든. 앞으로 기대하겠네."

"과찬이십니다. 감사합니다."

"그때 다쳤던 건 괜찮나?"

대체 왜 일개 신입 기사에게 황자가 관심을 보이는지는 모르겠으나, 유디트는 순순히 대답했다.

"괜찮습니다. 상처가 낫기 전까지는 훈련에서 열외되도록 단장님께서 편의를 봐주셨습니다."

"그래?"

이든이 살짝 의아하다는 듯 고개를 갸웃거렸다. 그러다 곧 장난스러운 얼굴을 하며 웃었다.

"이왕이면 쭉 열외되는 게 어떤가."

"예?"

"내 호위 기사직이 비어 있는데."

"황자님."

기류가 곧장 불편한 얼굴로 그를 불렀다.

"양심이 있으십니까?"

"그냥 그렇다는 거지, 뭘."

"그렇긴 뭐가 그렇습니까? 에테르 마스터입니다, 에테르 마스터."

"그래서 더 욕심이 나는 사람 아니겠나?"

인재 빼 갈 생각하지 말라는 소리에도 이든은 뻔뻔하게 대답했다.

공대를 써야 하는 상황에서 이든에게 눈치를 줘봤자 되로 주고 말로 받기라는 걸 깜빡했다. 기류는 냉큼 고개를 돌렸다.

그의 시선이 티아라를 넣어둔 상자에 닿았다.

'이걸 어쩐다.'

황제의 레어에서 나올 때만 해도 기류는 유디트에게 이 티아라를 선물할 생각이었다.

자신이 휘두른 검에 긴 머리가 싹둑 잘려 나간 유디트다. 미안한 마음에 뭐라도 챙겨 줄까, 하다가 눈에 띈 게 이것이었다.

집어 올 때만 해도 별생각 없었다. 검이 부담스럽다고 했으니 이게 낫겠지. 그런 생각이었다.

하지만 뒤늦게 깨달았다. 검 한 자루도 부담스럽다는 사람이 과연 티아라를 받을까?

기류는 귀족으로 자랐다. 포상을 내리거나 받는 일이 자연스웠고 그게 누군가에게 부담으로 다가갈 거라는 생각은 못 해봤다. 오늘 이 순간까지는.

불길한 예감은 점점 확신을 먹고 눈덩이처럼 커졌다.

그에게는 친한 친구인 이든 황자 앞에서 유디트는 바짝 곤두서 있었다. 기류는 새삼 그녀와 자신이 같은 것을 보고도 얼마나 다르게 받아들이는지를 실감했다.

그렇다고 이미 꺼내 온 물건을 도로 가져다 둘 수도 없는 노릇이다. 무려 황제의 레어에서 가져온 것이니까.

'말이라도 해? 말아?'

폐하와 사냥 중에 신입 기사 이야기가 나와서 네가 생각났다. 머리카락을 자른 대신이라고 하긴 뭐한데, 혹시 공적인 자리에서 머리 장식이 필요해진다면 쓰라고. 그렇게 말하면 되는데.

딱 그렇게만 말하면 되는데.

'……죽어도 말 못 하겠는데?'

기류는 차라리 맨손으로 순록을 때려잡는 게 나을 것 같다는 생각을 했다.

"단장님?"

유디트가 그를 불렀다.

눈알을 굴리던 제 모습이 그렇게 이상하게 보였을까 싶어, 기류는 잠시 당황했다.

결국, 기류는 헛기침과 함께 상자를 열었다.

이제 이판사판이었다.

"유디트 경…… 이거 말인데."

상자 안에는 월광석으로 꾸민 티아라가 놓여 있었다. 반투명한 빛깔의 보석은 주인을 돋보이게 하는 장식다웠다. 적당한 우아함이 있었다.

"경에게 줄 테니……."

"말씀은 감사하지만 괜찮습니다."

"……어……."

기류는 빛보다도 빠른 거절에 얻어터진 사람처럼 입을 다물었다.

그가 유디트를 바라보자, 그녀는 다시 말했다.

"거두어주십시오."

유디트는 일말의 미련을 끊으려는 듯 티아라에서 눈을 돌렸다. 그렇게 기류를 외면하더니, 한술 더 떠 황자를 향해 꾸벅 인사했다.

"명령하신다면 언제 어느 때든 황실의 검으로서 따르겠습니다. 감히 재물을 바라며 적기사단에 들어온 적은 없으니 거둬주시고, 시험에 들게 하지 말아주십시오. 단장님께서 명령하시면 언제든 4황자님의 힘이 되겠습니다."

"……."

기류가 충격으로 얼어붙었다. 왜 이든 쪽으로 인사를 하지?

한 박자 늦게 상황을 파악한 이든은 기류를 보며 속으로 혀를 찼다. 그가 구원투수로 등판했다.

"경을 시험해 보려고 한 건 아니야, 이세에피나에게 줄 선물로 챙긴 건데 생각해 보니 저번에도 티아라를 선물했지 뭐야."

"그러셨군요."

"선물이 겹친 김에 경이 받는 건 어때? 내 호위 기사직도 한번 진지하게 생각해 주게."

"아닙니다. 어느 쪽도 제 분수에 맞지 않습니다."

황자의 말을 들은 유디트는 더욱 차갑게 말했다.

"신입 기사인 제가 어찌 감히 황자 전하의 목숨을 책임질 수 있겠습니까."

"난 환영하네만?"

"미숙한 실력으로 전하를 제대로 보필할 자신이 없습니다."

칼 같은 거절이었다.

"황녀 전하의 선물 또한 탐할 수 없습니다. 부디 거두어 주십시오."

유디트는 그렇게 말하며 이번에는 고개를 숙였다.

이든은 내심 감탄했다. 못 이기는 척 받아들일 법도 하건만, 예상을 뛰어넘는 강건한 거절이다. 재물을 거들떠보지도 않는다니, 기사 중의 기사가 아닌가.

이든은 충격받은 기류를 보고 속으로 혀를 찼다. 바보 같은 놈.

유디트는 초조함을 못 이기고 입 안쪽을 지그시 깨물었다.

'낭패다.'

기류가 상자에 손을 댈 때부터, 유디트는 그 안에 보통 값나가는 물건이 든 게 아님을 간파해 냈다.

예상대로 값비싸 보이는 월광석 티아라가 드러났을 때

는 잠깐이지만 숨이 멈췄다.

'절대 받아선 안 돼.'

유디트의 얼굴이 차갑게 굳었다.

호의는 절대 거저 얻을 수 없다. 의식적이든 무의식적이든, 반드시 무언가를 바라기 때문에 베풀어지는 것이다.

4황자의 호위 기사 제안과 함께 내밀어진 티아라는 제 머리에 걸치기엔 너무 무겁다.

심지어 그것이 이세에피나 황녀 몫이었다면 더더욱.

무엇을 원해 이런 걸 건네는지는 모르지만, 절대 받아선 안 됐다.

'아침에 꿨던 꿈은 악몽이 아니라 경고였구나.'

유디트의 눈동자가 흔들렸다.

"죄송하지만."

그녀는 마음을 굳게 먹고 입을 열었다.

"제겐 검 두 자루와 똑같습니다. 부담입니다."

"……."

완고한 그 말은 거의 결정타였다.

그녀의 단호한 말에 기류는 더 권할 생각조차 하지 못했다.

수수한 보급용 롱소드 한 자루만 가진 기사에게 보검을 선물하는 것보다는 이쪽이 나을 줄 알았다. 그러나 이래저래 머리를 굴린 결과는 대실패였다.

"⋯⋯알겠다. 미안하군."

"아닙니다."

"오늘은 이만 돌아가 봐. 고생했어. 내일 늦지 말고."

"감사합니다. 실례하겠습니다."

유디트는 황자와 데샹을 향해 한 번씩 인사했다. 그러고
는 뒤도 돌아보지 않고 단장실을 나갔다.

문이 닫히기 무섭게 기어코 이든은 체면도 잊은 채 소
파 뒤로 넘어가며 웃었다.

반면 데샹은 살펴보던 서류의 오자를 고치며 무심하게
말했다.

"평가를 다시 내려야겠군요. 저 정도로 단호하면 좋다며
데려갈 곳이 많을 겁니다. 근위대직이나, 연말에 재무부에
서 세금 징수할 때 필요한 인력으로 뽑아도 좋겠어요. 훈련
교관직도 적성에 맞을 것 같군요."

꺼지고 싶으니까 혼자 있어주세요.

기류는 아무렇게나 윽박지르려던 걸 참는 대신 서류를
구겼다.

채신머리없게 굴던 황자는 드디어 복부의 고통을 이겨
내며 외쳤다.

"너 바보지? 바보지!"

"⋯⋯이든. 너 그만 가라."

"이래서 귀족들이란! 뭐든 안겨주면 좋아할 줄 안다니깐?"

"그러는 넌 황족이잖아!"

"기류, 저는 새 깃펜이 가지고 싶다고 그렇게나 말씀을 드렸는데 왜 제 건 없습니까?"

불난 집에 기름을 들이붓는 두 놈이었다.

상대할 기운도 없어, 기류는 티아라 상자나 닫았다.

✳　✴　✳

같은 시각, 단장실을 빠져나온 유디트는 진심으로 안도했다.

'다행이다…….'

부담스러웠다. 차라리 기사단에서 훈련하는 게 백배는 나았다.

세상에 쉬운 일 하나 없다더니만 단장실에 이든 황자가 온 순간부터, 체감상 3배는 느리게 시간이 흘렀다.

기류가 사냥을 마치고 오기 전까지는 괜찮았다. 지각 때문에 미운털이 박혀서인지, 데샹은 문건을 휙휙 내던지며 그녀를 우편 배달부처럼 부렸다. 그 때문에 재무부며 궁내부며, 황궁을 돌아다니느라 제법 바빴다.

기사가 할 일은 아니었지만, 딱히 상관없었다. 적당히 몸도 마음도 편한 일이었으니까.

유디트는 저를 싫어하는 사람에게 잘 보이려고 노력할

정도로 기특한 성격이 아니었다.

한 줌의 적의는 한 줌의 적의로.

한 줌의 호의는 한 줌의 호의로.

그녀는 늘 그렇게 살았다.

받은 만큼 돌려주는 건 얼마나 쉽고 편한가. 그래 봤자 어차피 한 줌의 감정이다. 제게 어떠한 파문을 일으키지도 못하고, 감정적인 빚을 지우지도 못한다.

고맙다, 미안하다, 한마디로 끝내고 넘길 수 있는 마음.

그러나 티아라 같은 게 끼어들면 전혀 다른 문제가 된다.

제르멜은 과거 유디트의 숙소 마룻바닥 아래에 황녀의 티아라가 숨겨져 있다는 걸 아는 유일한 사람이었다. 그는 티아라를 어떻게 처분할지를 물어보지 않는 대신, 더 자주 유디트를 불러냈다.

유디트는 한밤중은 물론 쉬는 날에도 임무를 위해 짐을 챙겼고, 그런 일상을 당연하게 받아들여야만 했다.

한 줌의 호의였던 것은 어느새 목줄이 되었고, 나아가 제 인생을 옭아맸다.

감당할 수 없는 호의란 무섭기까지 하다.

회귀 전에는 그걸 몰랐다.

그녀와 진정한 의미로 교류를 한 사람은 친구들뿐이었지만, 그래 봤자 모두 3년 안에 죽었다.

"……따가워."

붕대로 감긴 목이 유독 갑갑했다.

유디트는 따끔거리는 목을 쥔 채 가만히 섰다.

눈을 감으면 다시 떠올릴 수 있을 만큼 월광석 티아라는 아름다웠다.

눈앞에서 어른거리는 걸 지울 수는 없었지만, 마음에선 지워야 했다.

두 번이나 황녀의 티아라를 감히 제 것처럼 여겨서는 안 될 테니까. 그런 염치는 있어야 하니까.

＊　＊　＊

"와…… 그래서 단칼에 거절한 거야?"

"응."

"어떻게 그럴 수가 있지?"

비올레는 과자를 입안으로 쏙 집어넣으며 저를 신기하다는 듯 보았다.

"유디트. 사실대로 말해봐, 어느 날 갑자기 악의 조직에 납치당해서 세뇌나 협박이나 개조 수술 같은 거 받았어?"

"아니야."

"그럼 어느 날 또 하나의 나를 만나서 수천 년 지난 숨겨진 인격이랑 뒤바뀐 건……."

"그것도 아니야."

"그럼 어떻게 그럴 수가 있지? 나라면 덥석 받았을 텐데? 내가 아는 유디트라면 받고도 남는데?!"

비올레의 이런 반응이 이상한 건 아니었다.

연습용 칼과 구리 단추 사건으로 이미 그녀의 평판은 땅에 떨어진 상태였다. 그랬던 사람이 갑자기 태도를 바꿨으니…….

"안 받길 잘했어. 네 말처럼 황녀에게 선물하려던 티아라를 네게 준다는 건, 그만큼 원하는 게 있단 거지."

반면 칼리파는 차분히 말했다.

비올레는 아무리 생각해도 아까운 모양인지 볼멘소리를 입에 담았다.

"그래도 나라면 받았을 거야."

"비올레."

"언제 또 그런 기회가 올 줄 알고? 우리 같은 사람은 높으신 분들이 비싼 거 주면 그냥 감사합니다! 하고 받는 거야. 당장 내일 황자님이 에잇! 건방지다! 묶어서 저것을 마구 쳐라! 이런 명령 내리면 어떡하려고?"

"어쩌긴. 그냥 맞아야겠지."

예시가 너무 극단적이라 상상도 안 간다. 유디트는 살짝 쓴웃음을 지으며 차를 한 모금 넘겼다.

거절한 것 자체는 후회하지 않는다. 다만 비올레의 말도 일리는 있었다.

세상을 사는 방법은 여러 가지다. 받은 다음 입을 싹 씻는다는 선택지도 존재했다.

하지만 그렇게 살고 싶진 않았다. 그렇게 살면 예전과 다를 게 뭐란 말인가.

유디트가 차분히 찻잔을 내려놓았다.

칼리파는 그녀의 복잡한 심경을 알아챘는지 조심스럽게 말했다.

"그래도 나는 잘 판단한 거라고 봐. 일단 받아버리면 다시 돌려줄 수도 없으니까."

"돌려줄 일이 뭐 얼마나 있다구우……."

비올레는 티스푼을 빙글빙글 돌리며 자못 근엄하게 말했다.

"황자님조차도 너한테는 잘 부탁한다는 소리잖아. 그걸 거절하고 됐수다! 해버리면 어떡해. 차라리 받고 나서 난처해지면 신전에 기부하면 되지……."

"……그 생각은 못 했어."

유디트는 부드럽게 웃으며 시인했다.

기부라니.

유디트는 제 인생과 가장 거리가 먼 단어로 기부를 꼽을 수 있었다. 정말 생각도 못 해본 발상이었다.

"내 손에 들어온 걸 남과 나눈다는 게 상상이 안 가네. 내 건 내 거야. 남과 나눌 이유가 없어."

"이렇게 소유권 주장이 확실한데 티아라는 어떻게 거절 했대?"

유디트는 저를 세상 신기하다는 듯 바라보는 비올레의 뺨을 쿡 찔러줬다.

"어차피 권력자는 우리를 사람으로 안 봐. 황실 기사라 고 해봤자 그냥 쓰기 좋은, 편한 도구에 가깝잖아."

"……왜 그렇게 냉정한 말을 하고 그래."

"현실이잖아."

"유디트."

비올레가 안타까운 눈으로 유디트의 손가락을 잡았다.

유디트는 새삼 저와 친구 사이에 메우기 어려운 간극을 느꼈다.

이 자리에 있는 건 스무 살의 유디트가 아니었다. 스물 여섯 해를 살아낸 유디트였다.

저를 똑같은 스무 살로 여기는 비올레로서는 이해 못 할 소리겠지.

그러나 유디트는 비올레가 죽은 뒤로도 4년을 더 살았다.

스물에서 스물여섯까지 발버둥 쳤던 황실 기사로서의 6년. 그 세월은 유디트에게 현실과 한계를 알려주기 충분 했다.

한결 조심스러워진 분위기에 칼리파가 부드럽게 끼어들 었다.

"초면부터 그렇게 잘해주면 이쪽에서 한발 물러서야지. 조심해서 나쁠 건 없으니까."

"치이, 그래! 둘 다 좋겠다. 말 잘 통해서 좋겠어. 나만 안 통하지. 나만 철없지!"

가라앉아 가는 분위기를 못 견딘 비올레는 토라진 얼굴로 자리에서 벌떡 일어났다.

그녀는 유디트의 침대에 날다람쥐처럼 발라당 누우며 너스레를 떨었다.

"칼리파도 심지어 안 받는다네! 그래요! 속물은 나야!"

"아…… 아니야, 미안해 비올레. 내 말은 그런 의미가 아니라……."

뒤늦게 당황한 칼리파가 침대로 다가갔다. 어떻게든 비올레를 달래보려는 손길이 퍽 부드러웠다. 유디트와는 정반대되는 태도였다.

그러나 유디트는 이미 안다.

비올레가 저렇게 행동하는 건 자칫 침울해질 분위기를 뒤집기 위해서란 걸. 제 한 몸 우스갯거리로 만들면서도 친구의 마음을 편하게 해주기 위해서다.

"비올레? 침대 시트 구겨지면 네 거랑 바꿀 거야."

"너무해!"

울상을 짓는 비올레가 귀여웠다.

유디트는 가만 웃었다.

비올레는 유디트와 같은 평민 출신의 기사다. 하지만 아버지가 계급이 세습되지 않는 준남작이었기 때문에 상대적으로 부유한 집안에서 컸다. 그 영향인지 그녀는 종종 막내처럼 굴었다.

'사랑 많이 받고 자랐겠지.'

그 사랑이 비올레의 발목을 잡았다는 건 아이러니한 일이다.

위험하니 안 된다는 집안의 반대에도 비올레는 기사가 되었다.

그녀는 끝까지 가족들에게 인정받고 싶어 하며 공적에 목을 맸다. 실전만 한 훈련이 없다는 이유로 그녀는 줄기차게 마수 퇴치를 나갔고, 그 끝은 너무 이른 죽음이었다.

'……앞으로 고작 2년.'

유디트는 입을 다물어 버렸다.

그러자 살그머니 다가온 비올레가 저를 뒤에서 와락 껴안았다.

"심술부려서 미안. 그냥 내가 다 아까워서 해본 말이야. 칼리파 말이 맞아, 네가 괜찮은 거면 된 거지 뭐."

"……."

"히이이잉. 이이이잉. 화났어?"

"화 안 났어."

비올레의 애교에 유디트는 웃음을 터뜨렸다.

그래. 화날 게 뭐가 있을까.

유디트는 그저 하루하루가 낯설면서도 신기했다.

비올레가 살아 있단 것도 신기했고, 자살하게 되는 칼리파가 저렇게 근심 없는 표정을 짓는 것도 신기했다.

하지만 그중에서도 가장 신기한 건 자기 자신이었다.

그 비싼 티아라를 거절했다. 심지어 맨정신으로 한 거절이다. 그런데…….

'후회가 안 돼.'

후회는 웬걸, 후련한 기분까지 들었다.

물론 유디트는 여전히 돈이 좋았다.

가지고 싶은 물건을 탐하며 아득바득 살아온 26년의 인생이 어느 날 갑자기 사라진 것도, 욕망이 먼지처럼 사라진 것도 아니다.

하지만 선택에 대한 확신이 생겼다.

'거절하길 잘했어. 받고 나서 후회하는 것보다는 훨씬 나아.'

오랜만에 겪는 뿌듯함이었다.

그래, 잘했어.

그러다가 문득, 유디트는 자신을 이렇게 격려해 본 게 얼마 만인가 싶었다.

나 자신을 칭찬했던 게 언제였지?

황실 기사 입단 테스트에서 합격했던 날?

'……아니지, 그건 당연했었으니까.'

생각해 보니 정말 까마득한 예전이었다.

빈곤은 사람을 야박하게 만든다.

여유를 없애고 스스로를 몰아세우며 더욱 채찍질하게 했다.

그래서 유디트는 어떤 일을 해와도 자신을 칭찬한 적이 없었다. 좀 더 잘해야 한다, 왜 이것밖에 이루지 못했나 하는 생각뿐이었다.

돈이 없을 때는 자기에게 너그러워지는 것조차 힘들었다.

이세에피나 황녀를 비롯해 고귀하신 분들을 자주 접하는 황실 기사가 된 후에는 더더욱 그랬다.

그리고 그 끝이 어땠는가.

남과 저를 비교하고, 가진 것을 재어보았던 말로(末路).

황녀의 티아라를 썼던 그때, 나는 행복했던가?

'비교하지 말자.'

핏자국이 너저분하게 튄 계단과 새하얀 티아라를 생각하면 아직도 마음이 무거웠다.

그래서 유디트는 욕심을 덜어냈다.

욕심을 전부 버릴 수는 없었다. 그래도 자신을 격려하고, 다른 길을 선택하는 건 할 수 있었다.

더는 남과 비교하면서까지 제 목을 조르고 싶지는 않았다.

그게 옳은 선택인지는 모른다.

다만 후회되는 선택은 아니었다.

※　＊　※

"유디트 경, 요즘 대장간에 자주 간다며?"

"예."

"가서 뭐 해?"

"별건 없습니다. 칼날도 손보고, 오리온에게 검 손질법도 배우고."

도장을 내려놓은 기류가 그녀를 곁눈질했다.

기사단 사람도 아니고 하필 오리온이랑?

"……많이 친해졌나 봐?"

"칼날 가는 법을 다시 배운 정도입니다."

"그게 많이 친해진 거 아냐?"

유디트는 눈을 깜빡였다.

하긴 오리온이 아무에게나 칼 가는 법을 가르쳐 줄 만큼 한가한 사람은 아니었다.

안면을 튼 후 종종 마실 거라도 들고 찾아가니 이야기를 나눌 일이 늘었다. 칼날 가는 법을 다시 배운 것도 그 연장선이라 생각했는데……

"그렇군요……. 그렇겐 생각 못 해봤네요."

유디트의 입에 미소가 번졌다. 잠깐이지만 찾아가 볼까, 라는 생각이 스쳤다.

기류도 비슷한 생각을 했던 모양이다.

"그럼 오늘도 근무가 끝나면 대장간으로 가는 건가?"

"아뇨. 오늘은 바쁩니다."

"바쁘다고?"

"예. 비올레 경과 함께 수련하기로 했습니다. 일부러 시간을 맞춰둔지라……."

얼마 전 드디어 비올레의 입에서 실력을 쌓고 싶단 말이 나왔다.

유디트는 그녀가 거절할 틈을 주지 않고 제가 가르쳐 주겠노라 나섰다. 근성과 노력이란 단어를 질색하는 친구를 어떻게 끌고 갈지는 생각해 봐야겠지만, 당장은 2년 후 죽을 비올레를 살리고 봐야 했다.

유디트의 기특한 대답이 마음에 들었는지 기류의 얼굴이 밝아졌다.

"수련은 중요하지. 실력은 가르치며 늘기도 하고."

"목도 거의 다 나았습니다. 다음 주에는 훈련에 복귀할 수 있을 것 같습니다."

"그래."

유디트의 대답에 고개를 주억거린 기류가 문득 잊고 있었던 사실을 기억해 냈다.

"그러고 보니 경이 에테르를 어떻게 쓰는지 본 적이 없네. 복귀하기 전에 한번 봐야 하는데."

"직접 봐주시는 겁니까?"

"응. 당연하지."

"……."

기류는 망설임 없이 말했으나, 유디트는 적잖게 놀랐다.

에테르는 아무나 체득하지 못한다. 혹자들은 그걸 재능의 영역이라 평가했다.

검술과는 달리 정형화되거나 학문으로 전해져 내려오는 것도 아니거니와, 의견을 나눌 수 있을 만큼 체득하는 자가 드물었다.

에테르를 깨우친 자들도 결국 가르치다가 포기하는 게 에테르였다.

유디트는 혼자서 깨우치고 익혀왔던 에테르를 다른 누군가와 이야기할 수 있다는 사실 자체에 충격받았다.

그녀가 눈을 빛냈다.

"언제든 영광입니다."

"그래? 그럼 지금 바로……."

기류는 데샹에게서 쏟아진 살벌한 시선에 말을 고쳤다.

"……는 힘들겠고, 일이 끝나면 내가 가도록 하지. 제1 연무장에서 기다려. 거기 결계가 가장 튼튼하니까."

"친구도 함께인데 괜찮습니까?"

"당연히 괜찮지. 둘 다 내 부하들인데."

내 부하들.

꽤 기분 좋은 어감에 유디트의 얼굴이 묘해졌다.

요 일주일간, 기류의 말투는 제법 익숙해졌는데도 가끔 당황하게 된다. 직설적이지만 거기서 느껴지는 매력이 있다고나 할까.

'사람을 잘 받아주는데도 카리스마가 있단 말이지.'

기본적으로 시원시원한 성격인 것 같다. 대수롭지 않은 건 넘어간다고 해야 하나.

"그럼 기다리겠습니다."

시원하게 웃은 유디트가 짐짓 기쁜 목소리로 말했다.

"오실 때까지 기다리겠습니다, 단장님."

"그래. 오늘도 고생했어."

유디트가 방을 나섰다.

그리하여, 책상 위에서 자리만 차지하는 티아라는 오늘도 주인 잃은 자태를 뽐내게 되었다.

데샹이 서류 더미를 내려놓곤, 미간을 찌푸린 채 티아라가 담긴 상자를 툭툭 건드렸다. 이것 좀 치우라는 의미였다.

기류는 한숨을 푹 쉬었다.

"이거 어떻게 하지?"

"별수 없죠. 이세에피나 황녀님께 드릴 수밖에요."

"나더러 황녀 궁에 가서 '황녀님, 이걸 드리러 왔습니다' 소리 하라고?"

"황녀님께 못할 소리를 유디트 경에게는 했잖습니까."

기류가 신속하게 닥쳤다.

황녀에게 못할 말은 부하에게도 못할 말이다. 그러나 며칠 전의 그는 그걸 몰랐었고, 덕분에 직접 가져온 티아라는 처분하기 난처한 물건이 되어버렸다. 황제의 선물은 팔아버릴 수도 없었다.

"이든 황자님께 넘겨 드리세요. 대신 선물해 주시겠죠. 유디트 경한테도 그렇게 둘러댔고. 기류 당신이 직접 들고 갔다간 폐하께서 엮으려 드실걸요?"

"알아, 안다고."

안 그래도 이세에피나를 은근히 들이미는 황제다. 티아라를 직접 황녀에게 바쳤다가는 어떤 소문이 돌지…….

"황제의 부마(駙馬)로 사는 것도 괜찮지 않을까?"

"마음에도 없는 소리는 1절만 합시다. 유디트 경과 약속 잡았잖아요."

"예, 소처럼 일하겠습니다요. 부관님."

기류는 시무룩한 얼굴로 깃펜 끝을 씹다가 퉤퉤 뱉고 말았다.

※　＊　※

기념비적인 첫 수업 시간부터 유디트는 사람 가르치는

일이 호락호락하지 않다는 걸 깨달았다.

상대가 노력, 근성이라는 단어를 불신하는 비올레라서 그
런 걸까. 아니면 친구를 가르치는 게 원래 어려운 걸까. 어
느 쪽이든 수업은 이른 난관에 봉착했다.

"아니, 왜 이런 기초 훈련부터 하는 건데……."

"그럼 뭘 기대했어?"

"그야 당연히!"

거기까지 소리친 비올레가 뒤늦게 주변을 살폈다.

"에테르 마스터가 직접 전수해 주는 에테르 비법 같은
게 있을 줄 알았지……."

"요령을 알면 시도라도 해보려고?"

"응."

망설임 없이 대답한 비올레가 반짝거리는 눈으로 유디
트를 보았다.

남의 기대를 배반하는 건 영 찝찝한 일이었다.

유디트는 평소보다도 더욱 단호하게 말했다.

"그딴 건 없어."

"왜? 왜!"

"에테르를 느끼게 되는 건 사고 같은 일이야. 에테르 다
루는 사람들이 하나같이 말하잖아. 예고 없이 찾아오는
거라고."

"유디트 넌 어땠는데?"

"세 바퀴 마저 돌면 알려줄게. 참고로 말하면 들어서 좋을 거 없어. 뒷맛만 나쁠걸?"

"진짜 치사해……."

그렇게 말하면서도 비올레는 꾸역꾸역 모래주머니를 짊어 들었다. 안 그런 척했으면서 에테르 마스터가 되고 싶은 모양이다.

에테르란 순도 높은 마나를 일컫는 말이다. 마법사는 마나로 마법을 구사한다. 에테르 마스터도 그와 비슷했다. 마나를 사용한다는 점에선.

다만 차이점이라면, 대기 속에 녹아 있는 마나를 몸속에서 걸러낸 다음 사용한다는 것이다.

에테르링에서 필터처럼 걸러진 마나는 에테르가 되고, 이 에테르는 평범한 마나보다 몇 배나 위력적인 파괴력을 자랑한다.

마법사가 마나를 이용해서 제3의 무언가를 만들어낸다면, 에테르 마스터는 마나를 더욱 강도 높은 에너지로 만드는 셈이다.

당연하지만 아무나 할 수 있는 건 아니다.

이론적으로는 모든 사람의 심장께에 에테르링이 있으며, 제대로 사용하지 못하면 서른 살 전후로 사라진다고 한다.

간혹 운이 좋은 사람들은 50대에도 에테르 다루는 법

을 알게 된다지만 그건 정말 기적 같은 일이었다.

에테르를 다루는 사람은 드물다.

에테르를 장시간 사용하는 건 물론, 그걸 몸 밖으로 날릴 수 있는 '마스터'는 더더욱 드물다.

유디트가 아는 한 제국에서 가장 많은 에테르 마스터가 모여 있는 곳이 바로 이곳, 황성이 있는 수도였다.

제국 기사단에는 한 가지 관례가 있다. 기사단장은 황제가 임명한 에테르 마스터가 맡는 것이다.

때문에 적기사단장인 기류는 물론 흑기사단장인 제르멜도, 먼발치에서만 봤던 백기사단장도 전부 에테르 마스터였다.

그래서 한때는 유디트도 꿈을 꿨다. 제르멜의 뒤를 이어 흑기사단장이 되는 그런 꿈이었다.

황실 기사가 되기 무섭게, 유디트에게 관심만큼이나 질투와 비난이 쏟아졌다.

그녀는 그 드물다는 에테르 마스터인 데다 하필이면 여자라서 더욱 얕보이기 쉬웠다.

흑기사단에 들어가기 무섭게 돈이 될 만한 비싸고 어려운 임무만 골라서 다니던 것도, 아니꼽게 보이기에 충분한 이유였을 테다.

그럼에도 제르멜은 그녀를 묵인했다.

기사단의 실권자는 결국 단장이다. 감히 신입 기사가 임무를 골라 다닌다고 해도 단장이 허가하면 할 말이 없었다.

특히 흑기사단은 단장의 명령을 황제의 칙령만큼이나 목숨처럼 떠받들었다.

한때는 그것에 우쭐거렸다.

장래를 촉망받고 있다고 생각했다. 제르멜이 틀림없이, 저를 단장 후임으로 키우기 위해 눈여겨보고 있을 거라고······.

'잊자. 떠오르니 쪽팔려.'

정말 꿈도 컸다.

유디트는 더 생각하지 않기로 했다. 묵인을 호의로 착각했던 대가는 이미 크게 치렀다.

마저 세 바퀴를 돈 비올레가 다가왔다.

"고생했어. 물부터 마시고······."

"나 이야기는 다음에 들을래."

"뭐?"

유디트는 당황을 숨기는 것도 잊었다.

제 입으로 끈기나 노력은 싫다고 말했던 비올레긴 했으나 설마 첫 번째 관문부터 탈락할 줄은 몰랐다.

그새 마음이 바뀐 걸까?

"조금만 더 해보는 건 어때? 이제 막 첫 단계 끝난 거잖아."

"다음 단계는 뭔데?"

"가볍게 팔굽혀펴기 100개 4세트 정도······."

끝내 비올레가 크헝, 포효하는 사자처럼 울부짖었다.

"불량 선생이네 완전! 나 체력 단련하려고 온 거 아니거든?!"

"하지만 기초부터 시작해야지."

"그럼 좀 더 전문적으로 가르쳐 줘! 유디트 너, 솔직히 말해! 제대로 가르칠 준비 안 됐지!"

원망 섞인 귀여운 울부짖음에 한 줌 남아 있던 양심이 슬그머니 고개를 들었다.

결국 유디트는 솔직하게 시인했다.

"……미안. 가르치는 건 나도 미숙해서 허술했던 건 맞아. 좀 더 연구해 볼게."

"으흑…… 다음 주도 이런 거면 절대 안 배워!"

모래주머니를 푼 비올레는 내일 근육통이 올 게 분명하다며 온몸을 주물렀다.

"정말 가려고? 조금 있으면 단장님도 오실 텐데?"

"그러니까 가는 거야. 단장님한테 그것 조금 뛰었는데 우는소리 하냐고 지적받긴 싫거든?!"

비올레는 습관처럼 혀를 쏙 내민 다음 곧장 도망쳤다.

'첫 수업 망했네.'

너무 늦게 깨달은 유디트였다.

"누굴 가르쳐 본 적이 있어야지……."

유디트의 인생에서 스승은 딱 한 명뿐이었다. 지금은 어디서 뭘 하는지도 모르는 '선생님'이다. 그리고 그 선생도 그다지 성실한 편은 아니었다.

하긴 시간이 지났으니 추억이지, 당시에는 미워서 죽을 것 같았다.

귀찮다는 이유로 양동이 들고 반나절 버티기. 그딴 걸 수련이랍시고 시킨 사람이었다.

'……가만. 나도 똑같은 짓을 한 건가?'

갑작스러운 깨달음에 자기반성이 물밀 듯이 밀려왔다.

유디트는 돌아가는 대로 제대로 된 수업 계획표를 짜봐야겠다고 생각했다.

선생은 유디트가 바득바득 이를 갈면서도 해낸 게 용하다 싶을 만큼 대충 가르쳤던 때가 있었다.

그때는 선생이 저를 싫어해서 이딴 것만 시키나 보다, 하고 쉴 새 없이 욕을 했다.

그래서 처음으로 검을 뽑았을 때는 크게 감동했다.

촉감은 물론 얼굴을 비추던 칼날이 얼마나 깨끗했는지도 기억한다.

"……."

유디트는 아무도 없는 연무장을 훑어보았다.

다른 기사들은 이미 오전 중에 훈련을 마쳤다. 저녁까지 수련하려 드는 기사는 아무도 없었다.

그녀는 조심스럽게 검을 뽑은 다음, 처음 배웠던 동작을 취해보았다.

후려치기와 내려치기, 사선 베기.

기본 중의 기본이었지만 그 단순한 동작을 배우고 연습할 때면, 정말 기사가 된 것 같은 기분이었다.

'날아갈 듯 기뻤었지.'

그랬던 게 언제부턴가 조금씩 변했다.

제힘으로 사람을 죽이는 데 찌르기만 한 게 없다는 걸 체득한 날. 죽이는 것보다 힘줄 끊는 게 쉽단 걸 알게 된 날.

그렇게 눈처럼 쌓인 나날이 지금의 자신을 만들었다.

유디트는 직접 사람을 해치며 에테르 마스터로 각성했다.

날붙이로 찌른 상대의 심장박동이 느려져 가는 걸 끝까지 느낀 순간, 텅 빈 가슴속에 움트고 있는 무언가를 느꼈다.

그 뒤는 잘 기억나지 않는다. 몸이, 심장이, 손끝이 뜨거워서 본능적으로 마나를 흡수하고 터뜨렸다.

일대는 순식간에 난장판이 되었고, 그녀는 운 좋게 혼란을 틈타 도망쳤다.

그녀는 검으로 사람을 죽이며, 에테르를 처음 다뤄보았다.

남을 해치지 않았더라면 각성하지 못했으리라. 제게 이런 재능이 있다는 걸 평생 모르고 살았으리라.

그래서 가끔 상상해 본다.

만약 그 어린 날의 자신이 아가씨의 명령을 듣지 않았다면, 검술 수련 같은 건 싫다면서 시녀 교육을 받았다면 어떤 삶을 살았을지를……

"유디트? 왜 혼자 있어?"

"단장님."

커다랗게 한 호흡. 생각을 멈추는 데는 이만한 게 없다.

기류는 한결 편안한 얼굴이었다. 업무를 전부 끝내고 와서일까?

특유의 나른해 보이는 얼굴을 하고서 이리저리 목을 풀며 다가오는 모습이, 기사단장이라기보다는 시간 많은 한량이었다.

"오셨습니까."

유디트와 기류는 제법 체격 차가 있었다.

기류는 으슥한 밤길에서 마주치면 살짝 뒷걸음질 치게 만드는 키였다. 그녀도 평균보다 큰 편이었지만, 기류에 비할 바는 못 됐다.

그럼에도 유디트는 기류에게 큰 위압감을 느끼지 못했다.

그건 기류가 제게 유독 호의적이고, 부드러운 눈길을 보내는 사람이란 걸 알게 되었기 때문이다.

"비올레 경은 어딜 가고?"

이것 봐, 지금도.

저보다 두 뼘은 더 크면서 다정하게 고개를 숙이고 있지 않나.

"⋯⋯수업 준비가 부족해서 다음 주부터 제대로 시작하기로 했습니다."

"허어."

양심은 있어서 도망갔다고는 말하지 않았다. 기류는 안타까워하다가 일단 알겠다며 고개를 끄덕였다.

"그래, 뭐. 잘됐네. 컨디션은 어때?"

"정말 좋습니다."

"그래 보여."

기류는 검은 왜 뽑았냐고 묻는 대신 그렇게 말하며 웃었다. 유디트도 소리 없이 마주 웃은 다음 반쯤 몸을 비틀었다.

"안 그래도 에테르를 시험해 보고 싶어서 근질거리던 참입니다. 연무장 결계는 얼마나 튼튼한가요?"

"유사시에는 황족이 피난해도 될 만큼? 어지간하면 무너질 일 없을걸."

"충분하네요."

유디트는 검을 쥐었다.

그것만으로도 잡념은 사라지고, 추억과 감정이 혼탁하게 얽혔다…… 눈처럼 녹아내린다.

검을 잡지 않았으면 어떤 삶을 살았을까?

상상은 언제나 상상으로 그친다. 한계가 있다.

옛날이나 지금이나 변하지 않는 한 가지.

유디트에게는 오직 검만이 현실을 잊게 해주는 도구였다.

검을 휘두를 때만이 다른 생각이 끼어들지 못했다. 심지어 생계 걱정조차도.

"마침 딱 기분 좋게 집중될 것 같아요."

기류는 그녀에게서 두어 걸음 멀어졌다.

일대의 대기가 모두 한 점으로 집중되고 있었다.

'소름이 돋는데, 이건.'

저를 향한 게 아니라는 걸 아는데도 피부가 차갑게 식어갔다.

유디트의 목표는 연무장 한쪽에 있는 인체 모형이었다.

한계까지 끌어모은 유디트의 에테르가 칼날 끝에 맺혔다. 머잖아 섬광처럼 번뜩인 검이 눈부시게 터졌다.

일격에 연무장 전체가 뒤흔들렸다. 흡사 지진이라도 난 것 같았다.

그녀가 내지른 에테르는 모형을 산산조각 낸 것도 모자라, 일대를 쑥대밭으로 만들었다.

에테르의 충격파로 두 사람의 머리카락이 동시에 휘날렸다.

거칠어진 대기와 울렁이는 마나의 파동이 느껴졌다. 별가루처럼 반짝반짝 흩어지는 에테르가 육안으로 보였다.

희뿌연 에테르는 너저분한 먼지 같았다. 살기가 담기지 않은 탓인지, 피부에 닿아도 그리 아프지 않았다.

유디트가 가볍게 웃었다.

"아직은 이 정도네요."

"……아직은?"

기류는 그만 웃고 말았다.

그녀는 모르는 모양이다. 방금 유디트가 부순 건 평범한 모형이 아니다. 드래곤의 비늘을 얇게 제련해서 표면에 부착한 것으로, 어지간한 검은 내려치는 즉시 날이 상한다.

보통 경도를 지닌 물건이 아닌데…….

"더 강해질 자신이 있단 건가?"

유디트는 대답 대신 묘하게 웃을 뿐이었다.

저걸 어쩐다.

기류가 난처한 미소와 함께 연무장 한편을 바라보았다. 유디트가 저렇게 했다고 해도 안 믿어줄 거 같은데.

'저거 아무래도 내가 부순 걸로 처리될 것 같지?'

데샹이 신경질을 낼 게 눈앞에 선했지만, 기류는 그녀를 나무랄 수 없었다. 유디트가 우아하게 웃고 있었으니까.

"괜찮았나요?"

기류는 저 미소를 깨뜨리고 싶지 않았다. 그래서 예산이니 뭐니, 잡다한 소리는 집어치우기로 했다.

"더 바랄 게 없을 정도네."

"솔직히 말씀해 주셔도 됩니다."

"……솔직하게?"

기류가 픽 웃으며 말했다.

"경, 부단장 할래?"

"…….'

유디트의 표정이 묘하게 일그러졌다.

"……그……."

"그?"

"그런 말은 반칙입니다."

"그것 참 좋네요, 가 아니라?"

"놀리지 마십시오."

킬킬대던 기류는 곧 놀랐다. 유디트가 경직된 몸으로 시선을 피하더니 고개를 마구 저었기 때문이다.

'반응이 왜 이러지?'

유디트는 어지간한 일에는 시선을 피하지 않는다. 똑바로 마주 보고 또박또박 제 할 말 다하는 신입 기사. 그게 유디트였다.

그런데 이 반응은 뭐지?

기류가 눈을 끔뻑거렸다.

마치 망치질 한 방에 못이 끝까지 쑥 박힌 기분이었다.

깔끔하게 박혀 들어간 건 좋은데.

잠깐만, 좋은 게 아니지. 이거 어떻게 빼내?

"놀린 적 없는데? 진심인데?"

"그만두세요."

"아니 진짜. 누가 놀렸다고 그래? 내가 이럴 때 장난칠 사람으로 보여?"

"보입니다."

잠깐이지만 기류는 유디트가 저를 어떻게 평가하고 있는지 궁금해졌다.

나름대로 요 일주일간 유디트에게 건실하고 믿음직스러우며 진중한 기사단장의 모습을 잘 보였던 것 같은데?

"좀 억울한데? 난 진심으로 하는 소리야. 어디 한번 각 잡고 놀려볼까?"

"……."

유디트의 반응은 여전히 애매했다.

기류는 정수리밖에 보이지 않는 유디트가 도대체 무슨 얼굴을 하고 있을지 짐작이 가지 않았다. 그래서 태도를 바꾸기로 했다.

그가 장난스러운 어조를 버리고 진지하게 말했다.

"유디트 경. 실력이 있으면 치고 올라오는 거다. 텃세야 있겠지만 그건 이겨내야 하는 거고. 경의 실력은 그만큼 출중해."

"……."

"진지하게 들어. 난 경에게 능력이 있다면 언제든지 등을 맡길 준비가 되어 있다."

부단장급 재목라는 말이 그렇게 놀림거리로 들렸나?

신입 기사 테스트 때부터 유디트의 검이 얼마나 날카로운지는 알아보았다. 에테르를 직접 보니 더 확실해졌을 뿐이다.

그녀에게는 자신감과 자존감을 지킬 무기가 있다. 바로

재능이다.

확신에 찬 목소리가 겨우 마음의 문을 두드린 걸까. 유디트가 고개를 들어 시선을 마주했다.

'이제야 보네.'

기류는 조금 안심했다.

하지만 마음을 놓기도 전에 차갑지만 씁쓸한 목소리가 귀에 닿았다.

"그렇게 쉽게…… 사람을 믿으시면 안 됩니다."

유디트가 말했다.

"제가 어떤 사람일 줄 알고요."

"……어떤 사람이냐니."

기류는 그녀를 응시했다.

"실력 좋고, 자존심 세고, 살짝 독하고."

"……."

"신입답지 않게 황궁 사정에 자세하고, 가끔 보면 이상할 정도로 염세적이지만…… 어디에 내놓아도 흠잡을 곳 없는 재능 있는 기사지."

"저는 그런 사람이 아닙니다."

기류의 말을 정면에서 반박한 건 처음이었다.

유디트는 뒤늦게 그 사실을 깨달았지만 이미 늦었다. 그녀는 번복할 생각도, 긍정할 생각도 없었다.

"단장님께서 저를 높이 평가해 주시는 것에는 감사드립

니다. 하지만 저는 그런 사람이 아닙니다. 기사가 아니었을 때도 사람을 죽였는데 어떻게 흠잡을 곳이 없겠습니까."

"……누굴 죽였는데?"

"글쎄요. 아마 수배범이었겠죠."

유디트는 구질구질한 옛일을 덧붙이고 싶지 않았다.

처음에 어떤 마음으로 검을 쥐었는지. 그 검으로 무슨 짓을 했는지. 그런 건 남에게 말할 만한 게 못됐다.

하지만 기류 앞에서는 조금씩 그 옛일이 튀어나왔다. 마음의 장벽이 저 알아서 낮아지고 난리였다.

유디트는 어색하게 검을 집어넣었다.

"에테르를 각성하는 바람에 시체가 전부 터져 버렸던 걸로 기억합니다."

"……."

비올레에게 들어서 좋을 거 없다고 했던 건 이 때문이었다. 살점 터져 나갔을 광경을 귀담아들어서 어디에 쓰겠나.

유디트는 제가 감정적으로 대답하고 있다는 걸 알았다.

상대가 저와 같은 에테르 마스터이고, 기류라서 이러는지도 모른다.

기류는 저를 값비싼 도구라고 단언했던 제르멜과는 분명 달랐다. 그는 직설적이었고 솔직했다. 그렇다면 유디트 또한 어느 정도 솔직하게 대하는 게 예의일 것이다.

주는 만큼 받고 싶다면.

주는 만큼만 받고 싶다면, 자신 또한 기류를 솔직하게 대해야 한다. 그게 유디트의 생각이었다.

그녀는 기류의 보라색 눈동자를 들여다보았다. 차분히 말하는 건 어렵지 않았다.

"단장님. 저는 돈 때문에 불행해진 적이 있습니다."

담백한 고백은 진실만이 담겨 있었다. 그 때문인지 어딘가 모르게 건조하게 들렸다.

"과한 호의도, 과한 평가도 제게 바라는 게 있는 것 같아서 싫습니다."

티아라를 앞에 두고 눈을 돌린 것도 결국 그 때문이었다.

황녀의 티아라를 받을 염치가 없었던 건 맞다.

하지만 좀 더 근본적인 문제가 있었다.

유디트는 속내를 알 수 없는 한 줌의 호의가 무서웠다. 그 호의 뒤에 도사리는 위험이 무엇인지 모르기에 더욱 경계하고 만다.

"저는 압니다. 속내를 알 수 없는 한 줌의 호의가 얼마나 무서운지."

"……."

남의 호의를 순수하게 받을 수 있다면 얼마나 좋을까?

하지만 어떤 호의는 황금보다도 무거운 함정이었다.

"그러면 경, 하나만 묻지."

그때였다. 기류가 비스듬하게 고개를 틀었다.

"경은 한 줌의 호의 속에 독이 들었는지 약이 들었는지를 구별할 수 있어?"

"……."

"어떤 호의가 순수한지 가려낼 줄 알아?"

유디트는 할 말을 잊었다.

어떤 호의가 순수한지 가려낼 줄 아냐고?

유디트는 그런 걸 가려낼 줄 아는 사람이 어디 있냐고 반문하려다가, 그게 기류가 원하던 대답임을 알았다.

"호의란 건 결국 그런 거야, 경. 받아보기 전까진 모르는 거거든."

보라색 눈동자를 흘겨 뜬 사내가 저를 보며 웃고 있었으니까.

"너무 그렇게 스스로를 몰아세우지 말아."

예고 없이 떨어진 말이었다.

유디트는 가슴 한구석에서 감정이 울컥 치밀어 오르는 걸 느꼈다.

어쩌다가 이런 이야기가 된 걸까?

그렇게 생각하던 기류는 그를 들여다보는 눈동자가 평소보다 크게 일렁이고 있음을 알았다.

왜일까?

그녀는 칼질 한 번에 사람 셋은 죽이고도 남을 기사다. 하지만 그만한 실력을 가진 것치곤 묘하게 자조적이다.

호의는 뿌리치는 것만이 능사가 아닌데, 기꺼이 그러겠다는 듯 군다.

대체 왜?

너는 어떤 사람이길래 칭찬 한마디조차 놀림거리로 받아들이는 걸까. 대체 어떤 삶을 살았길래.

기류는 궁금한 한편, 안타까웠다.

사람은 누구나 호의와 적의를 맞대며 산다. 하지만 대부분 적의를 무서워하지, 호의를 무서워하는 경우는 적다.

유디트가 스스로를 조금 더 가치 있는 사람으로 여겼으면 좋겠다는 생각마저 들었다.

"경은……."

기류가 뒷말을 골랐다.

"경은 황실 기사에, 에테르 마스터야. 싫어도 누군가는 경에게 호의를 베풀겠지. 그때마다 거절할 생각이야?"

"그건……."

"이 황궁에는 거절이 안 통하는 상대가 많아. 그들의 호의는 거절하는 순간 적의가 되지."

유디트가 입을 다물었다.

'요령 없는 부하 같으니.'

기류는 새삼 깨달았다. 유디트는 저를 어릴 적부터 돌봐왔던 데상과 묘하게 비슷하다.

하지만 결정적인 알맹이가 다르다. 바로 자기 자신을 벼랑 끝까지 몰아가는 성미다.

제 목을 조르는 게 아닐까 싶을 만치 여유 없는 모습. 그 모습이 자꾸만 안타깝다는 감상을 불러일으켰다.

기류의 목소리가 살짝 부드러워졌다.

"안다. 경이 살인자인 것도. 사람 많이 죽여본 것도. 어떻게 모르겠어?"

"……."

"하지만 우리는 황가를 위해서라면 무엇이든 죽이는 황실 기사다. 마수는 물론, 사람까지도."

기류는 이미 알고 있었다.

칼질 몇 번 해본 놈들이 기사랍시고 작위를 받는 세상이지만, 그 대다수가 사람 숨통 한 번 끊어보지 못한 것들이다.

반면 그녀의 검은 연습만으로 익힌 게 아니다. 후두부, 안면, 눈, 팔, 허벅지, 사타구니, 심장, 폐. 급소만을 정확하게 찌르는 검은 연습만으로는 익히지 못한다.

유디트가 백날 목각 인형이나 두드리고 살았던 게 아니란 소리다.

어떤 사람일 줄 아느냐고?

아마 지독한 사람이겠지. 내장이 터진 시체를 앞에 두고서도 수배지와 비교했을.

그러나 그 지독한 사람을 필요로 하는 게 황가였다.

기류는 또한 그런 유디트를 기사단에 들였고, 부하로 두기로 했다.

그녀는 필시 어릴 적부터 여유 없이 검을 휘둘러 온 사람일 테다. 왜 그렇게까지 필사적이었는지는 모르겠지만…….

"고개 들어, 유디트 경."

"……."

"황실 기사가 아무 데서나 고개 숙이지 마라."

기류는 그녀의 상관이었다. 생과 사. 인과 연. 업을 짊어지고 사는 기사의 길. 만약 그 길에서 유디트가 휘청이고 있다면, 부축해 줄 의무가 있었다.

그가 검지 끝으로 유디트의 제복을 톡 쳤다.

"적기사단은 과거를 불문에 부친다. 경이 어떤 삶을 살아왔든 상관없어. 그 대신, 앞으로의 검은 오로지 황실을 위해 휘둘러. 그걸 위한 살인은 내가 용서하고 허락한다."

적기사단은 가장 많은 기사가 소속된 곳이다. 그건 가장 많은 살인자가 모여 있다는 뜻이다. 이제 와 그녀 한 명이 더해졌다 한들, 업보의 총량은 별로 달라지지 않으리라.

때문에, 기류는 생각했다.

너는 정말 기사로구나.

이 살인자들 속에서도 스스로를 몰아붙이기만 하고 합리화하지 않는다.

황금보다도 단단한 호박색 눈동자 안에는 언제나 불꽃이 담겨 있다. 그녀 자신을 태울 것처럼 강한 불꽃이.

어차피 말 한마디로 바뀔 유디트는 아니겠지만, 기류는 진심으로 말했다.

"경은 호의 정도는 받아도 되는 사람이야."

저답지 않게 혀가 너무 길었다.

그렇지만 기류는 후회하지 않았다.

천천히 고개를 든 유디트는, 희미하게나마 미소 짓고 있었다. 그 미소를 본 순간, 낯짝 팔리는 소리 하길 잘했다는 생각까지 들었다.

"⋯⋯돈 때문에⋯⋯ 사람 해친 적이 있다고, 말씀드린 겁니다만."

"그래. 들었어."

"기사로서는 최악입니다."

"앞으로 안 하면 돼."

"⋯⋯."

단순한 대답에 유디트는 뭐라 할 말을 잃었다.

앞으로 안 하면 되잖아. 앞으로 탐내지 않으면 되잖아. 그뿐이잖아.

눈처럼 쌓인 나날, 그 위에 새로운 눈송이 하나가 떨어진다.

기류의 말은 촛농처럼 뜨거워서, 하얗게 굳으며 그녀의 마음에 딱 달라붙었다. 마음 한구석이 화끈거렸다.

"사람들이⋯⋯ 단장님을 좋아하는 이유를 좀 알 것 같

네요."

"뭐?"

"단장님 인기 많으시잖습니까."

유디트는 살짝 웃었다. 그를 향해 거리낌 없이 인사하던 적기사며 황궁 사람들이 생각났다. 그녀가 기류를 응시하며 말했다.

"저도 단장님의 이런 점이 좋습니다."

"……어."

기류의 얼굴이 순식간에 시뻘게졌다.

"그건…… 고맙다."

유디트는 고개를 갸웃거렸다.

갑자기 왜 이러나.

그러나 머잖아, 기류가 어떤 포인트에서 얼굴이 시뻘겋게 변했는지 깨닫자 웃고 말았다.

"음…… 그……."

기류가 그녀의 시선을 피했다.

유디트가 장난기 가득한 어조로 뒷말을 채근했다.

"그?"

"……그런 말은 반칙이지."

"그것 참 좋네, 가 아니라요?"

"놀리지 말고."

기류는 어느새 그들의 대화가 완벽하게 역전된 걸 깨달

았다. 기류는 귀 끝까지 붉었다. 거의 토마토 수준이었다.

"그럼 어떤 말이 듣고 싶으시죠?"

"아주 갖고 놀아라, 사람을……."

"음? 제가 단장님을 어떻게 가지고 놀겠어요?"

"……."

기류가 그녀를 원망스럽다는 듯 노려보았다.

누굴 가지고 노는 거야. 그런 말은 반칙이지, 아주. 사람을 놀리고 있어.

그러나 볼멘소리는 한마디도 나오지 않았다.

"그만 놀려."

"싫다면요?"

"……삐진다."

기류는 겸연쩍은 얼굴로 검을 뽑았다. 그의 얼굴은 여전히 시뻘겋게 달아올라 있었다.

유디트는 저도 모르게 웃음을 터뜨렸다. 그녀가 미소를 띤 채 말했다.

"단장님이 삐지시면 곤란한데요. 배워야 할 것도 못 배우고. 어쩔 수 없이 자제해야겠네요."

"그래요. 아주우 고맙습니다. ……됐어, 이 이야기는 끝내!"

그는 부끄러우면 소리를 지르는 모양이다.

유디트는 또다시 소리 높여 웃고 말았다. 기류는 그걸 못 본 척했다.

"그런 의미로 내가 보이는 호의는 아주 특별해. 오늘이 아니면 에테르 강좌는 기회가 없을 거야. 알맹이만 쏙쏙 빼 가도록 해. 알았어?"

"알겠습니다."

그는 헛기침을 몇 번 한 다음, 평소처럼 말하기 위해 애썼다.

유디트는 그를 좀 더 놀리고 싶었지만, 상황이 상황인 만큼 자제하기로 했다.

기류가 오늘 들고 온 검은 깔끔한 바스타드 소드였다.

특별한 무늬 없는 매끈한 검신.

미끄러지지 않도록 가죽을 덧댄 손잡이는 양손으로 쥘 수 있을 만큼 넉넉한 길이였다.

유디트는 그의 검이 꽤 자주 바뀌는 걸 알고 있었는데, 오늘도 역시나였다. 신입 기사 테스트 날부터 기류가 똑같은 검을 쓰는 걸 본 기억이 없다.

하긴. 에테르 마스터 중, 검을 한 자루만 쓰는 건 자신뿐이었다.

제르멜도 쓰던 검을 자주 버렸다. 에테르 사용으로 마모된 검이 언제 부러질지 모른다며.

"에테르를 다루는 법은 사람마다 개인차가 있어. 그래도 어느 정도 감정과 집중력에 따라 위력이 변한다는 게 유력한 가설이야."

"감정과 집중력……."

"에테르 마스터끼리의 가설이라 정설과 다를 게 없지."

처음 듣는 소리였다. 유디트가 귀를 기울였다.

"내 경우에는 고독이야. 전장에서 남은 사람이 나 혼자라고 느꼈을 때, 가장 에테르가 진해지고 강도가 달라진다."

"……조금 더 자세히 설명해 주시겠습니까?"

기류는 고개를 끄덕였다.

"난전이 벌어지면 꽤 쉽게 흥분 상태가 되잖아. 아군 적군 구별이 안 되는데, 어느 순간 딱 나 혼자라는 걸 느끼게 된단 말이야. 쓰러진 아군이나, 깃발 같은 게 보이는데."

"……."

"그게 나한텐 신호 같은 거야. 그 순간부터는 앞뒤가 안 보여. 그런 순간이 없으면 좋겠지만, 생기더라고."

기류가 머리를 긁적였다. 남들 앞에서 폼 잡는 건 자신 있었는데, 어째선지 그녀 앞에서는 목각 인형이 되는 느낌이다.

기류는 멋쩍은 마음에 검을 휘휘 돌렸다.

검날이 바람을 가르는 기분 좋은 소리가 났다. 긴장을 제법 풀어주는 소리였다.

"잘 봐."

천천히, 기류의 손끝을 타고 흐르는 붉은 에테르가 검을 뒤덮었다.

눈에 보일 정도로 넘실거리는 기운. 강렬한 붉은색은 육

안으로 보아도 위협적이었다. 마치 폭풍 같다고 생각했을 때…….

"떨어져."

지면을 반으로 쪼개며 에테르가 폭발했다.

자잘하게 사방으로 튄 돌조각이 유디트를 치고 갔으나, 아파할 시간이 없었다.

코앞에서 연무장 돌바닥이 가뭄 든 논바닥처럼 갈라졌다.

발끝에서 저편까지 모든 걸 찢고 쪼개 버리는 위력.

스치는 것만으로도 따가워지는 에테르가 유디트를 한 바탕 쓸고 갔다. 피부가 저릿했다.

'죽음의 공포를 모른다는 에테르 마스터.'

유디트는 새삼 그가 검 한 자루로 가장 높은 자리까지 올라간 사람이라는 걸 실감했다.

산천초목을 모조리 찢어발기는 에테르를 휘감은 남자다. 누가 감히 죽음의 공포를 알려줄 수 있을까.

기류의 에테르는 보통 강도가 아니었다.

찌그러진 창문틀이 버티지 못하고 바닥으로 떨어졌다. 유리 조각 깨지는 소리와 함께 쥐 죽은 듯한 침묵이 찾아왔다. 문자 그대로 쥐새끼 한 마리 살아남지 못할 광경이었다.

"위력이…… 굉장하네요."

"평소보단 위력이 안 나온 편이야."

거기까지 말한 기류가 문득 두려운 얼굴로 부서진 연무

장을 돌아보았다.

……망했네, 이거.

난처함에 귓가만 긁적이던 기류였으나, 이미 벌어진 일이었다. 그가 체념하며 말했다.

"에테르의 위력을 증폭할 만한 감정은 마스터마다 달라."

"다른 마스터들을 알고 계십니까?"

"알긴 알지. 그런데 다들 사회성이 없어."

사이좋게 에테르 연구회 같은 걸 할 만한 사이는 아니란 소리다.

"그나마 대화라도 해볼 사람은 백기사단장인데, 그놈은 참, 뭐랄까……. 내가 아는 사람 중 가장 신실한 또라이라서 추천하긴 그렇고."

"그렇습니까."

유디트는 제 기억 속의 백기사단장을 떠올렸다.

이야기를 나눠본 적은 없지만, 그녀가 아는 백기사단장은 정말 잘생긴 사람이었다.

가지고 있는 인상은 그것뿐이었다.

한데 '신실한 또라이'라……. 조금 궁금해진다.

"하여간 경이 대화할 만한 사람은 나뿐일 거야. 로제타에도 한 명 있긴 한데, 지금은 제국과 껄끄러운 관계니까."

유디트의 표정이 살짝 굳었다.

로제타는 베리타스 제국과 맞닿은 곳에 경계선을 친 왕

국이었다. 5년 후에는 전면전쟁이 발발하는 곳이기도 했다.

"마스터가 정말 적긴 적군요."

"당연하지. 운 좋게 에테르를 각성했다고 해서 그걸 재깍 다루는 경우는 흔하지 않아. 한두 번 실전에서 쓰고 탈진하지."

에테르를 각성하는 기사는 있지만, 대부분 마스터라 불릴 정도는 못된다.

날고 기는 천재들이 모이는 기사단에서도 그 숫자는 적다. 실전에서 훌륭하게 활용하는 건 그만큼 다른 문제였다.

"수련법이 따로 있는 것도 아니고, 쉬운 것도 아니잖아?"

"글쎄요. 동의하긴 어렵습니다."

유디트는 동의하지 않았다. 그녀에겐 에테르를 다루는 게 밥 먹기보다 쉬웠으니까.

기류는 이 천재에게 살짝 질투가 났지만 내색하지 않고 말했다.

"내가 보기엔, 경의 에테르는 아직 발전 가능성이 있어."

"부족하단 의미군요."

"더 성장할 수 있단 소리야. 부정적으로 받아들이지 마."

제 말을 정정해 주는 기류의 모습이 자못 진지했다.

"일단, 경의 에테르를 진하게 만들 만큼 강렬한 감정을 찾아봐."

"강렬한 감정……."

분노가 아닐까?

유디트는 속단했다.

"그리고 그다음 단계는…… 정신 수양이 필수야."

"정신 수양이요?"

"해보면 알아."

기류는 긴말하지 않았다.

쉽게 한 말이지만 전부 어려운 이야기다. 그에게도 어려운데 그녀는 오죽할까.

어제까지 함께 웃었던 부하가 팔다리를 잃은 채 진창에 처박혀 있을 때, 막막한 전장에서 어떻게든 버티고 있어야 할 때 기류는 이로 말할 수 없는 고독함을 느꼈다.

그 고독감과 무력감은 원동력이 되어 상대의 골통을 깨부수는 에테르가 되었다.

문제는 그렇게 깨부수고 난 후에도 감정이 쉽사리 가라앉지 않는다는 점이다. 기류의 감정은 휘발되기까지 제법 시간이 걸렸다.

"감정이 뿌리부터 뒤흔들더라도 이성을 잃어선 안 돼. 분명한 목적을 가지고 검을 휘둘러야 비로소 에테르가 진해져."

"명심하겠습니다."

"조언이 필요하면 언제든 찾아오고."

기류는 가볍게 말했으나, 모든 신입 기사가 맨몸으로 단장실에 찾아갈 수 있는 건 아니었다. 유디트는 고개를 숙였다.

"감사합니다. 직접 보여주셔서."

"그래. 많이 감사하도록."

오늘 내로 수습하긴 글렀고, 당분간 제1 연무장은 폐쇄해야겠다.

그렇게 결정한 기류는 검을 집어넣고 유디트를 응시했다. 유디트는 그의 에테르가 남긴 흔적을 유심히 바라보고 있었다. 제복에 가려져 있긴 하지만 목을 쭉 내밀고 있어선지 옆 선이 유독 도드라졌다.

'잘 어울릴 것 같았는데.'

그놈의 티아라 생각은 이럴 때 툭 튀어나오고 난리다.

아직 한 줌의 호의조차 무거워하는 그녀이지만…….

그녀는 반드시 빛날 것이다. 티아라보다도 눈부시게.

"유디트 경."

"예."

"경은 좋은 기사가 될 거야."

조금 있으면 연무장을 부숴먹은 죄로 단장실까지 끌려가게 될 걸 알면서도, 기류는 도망치는 대신 유디트를 마주 보며 웃는 쪽을 택했다.

＊　＊　＊

현행범은 즉결심판이지만 신입 앞이니 체면은 세워달라

는 말에, 데샹은 마지막 자비를 발휘해 그를 끌고 갔다.

예산을 더 확보하지는 못할망정 깎아먹는 주범이라며 기류의 정강이를 걷어차는 발길질이 제법 매서웠다.

"어쩜 이렇게 깜찍한 짓을 하는지 모르겠습니다. 연무장이 예쁜 개판이네요, 기류."

"고맙다, 날 깜찍하게 봐주는 건 너뿐이다."

"당신 얼굴도 예쁘게 만들어주고 싶을 지경입니다. 닥치고 따라와요."

기류의 옆구리를 잡아 뜯던 데샹이 고개를 돌렸다.

"경도 이렇게 팔팔하게 연무장을 날려먹을 정도면 상처는 다 나은 것 같군요. 내일부터는 단장실로 오지 말고 정상적으로 신입 기사 훈련에 참여하세요."

"알겠습니다."

유디트가 고개를 끄덕였다.

'그런데 내가 부순 건 어떻게 안 거지?'

그녀는 사소한 의문을 품었다.

임시 폐쇄가 된 연무장을 뒤로하고 돌아가려는데, 기류가 마지막으로 그녀를 불렀다.

"아. 유디트 경. 노파심에서 하는 소리인데."

"네, 단장님."

"혹시 무슨 일 있으면 혼자 끌어안지 말고 언제든지 말하러 와."

"무슨 일이라니요?"

"어…… 뭐, 여러 가지?"

기류는 뾰족한 예시를 들지 못하고 얼버무렸다.

본의는 아니지만 유디트는 부상 때문에 신입 기사의 합동 훈련에 참여하지 못했다. 어쩔 수 없는 일이지만, 그녀가 기사단에 섞여 들지 못하는 건 아닐까. 괜한 걱정부터 들었다.

'너무 걱정을 사서 하는 건가?'

기류가 속으로 갸웃거리는 동안, 유디트는 눈만 깜빡였다.

무슨 일 있으면 혼자 끌어안지 말고 단장에게 찾아오라니…….

'……예의상 하는 소리겠지.'

이미 그녀는 기류에게 충분하고도 넘칠 만큼의 호의를 받았다. 체감상 제르멜이 자신의 방종을 눈감아주던 수준은 된다.

그런데 여기서 더 신세를 진다고?

"알겠습니다. 감사합니다."

유디트는 그의 말을 크게 신경 쓰지 않고, 가볍게 인사했다.

그녀는 그길로 숙소까지 꼿꼿하게 걸었다.

정들면 고향이라고, 이제 적기사단 숙소는 퍽 마음 편한 곳이 되었다.

유디트는 천천히 제복을 벗었다. 번듯하게 펼친 제복을 옷걸이에 건 다음, 잘 보이게 벽에 걸어놓았다. 곧바로 입을 수 있게. 내일도 입을 수 있게.

'……내일도.'

이상하게도 이 제복은 사람을 감상적으로 만든다.

이 제복을 선택하라며 손을 내민 단장처럼.

"황실 기사가 아무 데서나 고개 숙이지 마라."

모가지가 꼿꼿하면 비틀어주고 싶다던 건 언제고.

유디트는 기류의 말을 떠올리다가 웃어버렸다.

언제고 저를 집어삼킬 과거가 턱 끝까지 닥쳐오겠지만, 그 절박한 순간이 지금은 아니었다.

유디트는 마음이 조금 가벼워진 걸 시인했다. 기류 덕분이었다.

"부단장이라……."

단장이면 단장이지 부단장은 뭐야.

그렇게 생각하다가, 염치없는 스스로의 발상에 어이가 없어서 웃었다.

웃을 수 있었다. 놀랍게도.

청승도 유난도 그만 떨 때가 됐다.

유디트는 잠이나 자기로 했다.

그녀는 세면실로 향했다. 소금으로 양치하고 비누로 세면을 마친 다음 손으로 물기를 털어냈다.

'붕대…… 슬슬 풀어도 되겠네.'

아프면 돈이 나간다. 그것도 아주 많이.

유디트는 아픈 게 싫고 치료비도 아까웠다. 그래서 진료 때 들었던 말을 칼같이 지켰다.

젖은 손으로 조심조심 붕대를 풀었다. 목 주변이 순식간에 시원해졌다.

그리고 얼마 지나지 않아 이상한 점을 발견했다.

"……이거…….."

목을 스친 상처 자국은 실선처럼 희미했다. 붉게 부어오르긴 했지만, 그뿐이었다.

그것 말고는 아무것도 없어야 하는데…….

유디트의 손가락이 거울 위를 더듬었다.

처음에는 거울. 그다음에는 제 목덜미를 훑던 손가락이 바삐 움직였다. 하지만 몇 번을 더듬어봐도 변하는 건 없었다.

"……거짓, 말…….."

목덜미에 처음 보는 문신이 새겨져 있었다.

모래시계 모양의 새카만 문신.

신의 권능, 스티그마였다.

유디트는 한참 세면대 앞을 서성거렸다. 머리부터 발끝까지 얼음물을 뒤집어쓴 기분이었다.

요 며칠, 과거로 돌아왔다는 사실에 익숙해진 나머지 근본적인 의문을 잊고 있었다.

왜, 나는 죽지 않았는지. 왜, 수많은 사람 중 내가 회귀한 건지.

카르나크 신은 잊고 있던 의문을 끄집어내고 싶었던 걸까.

"왜 나한테 스티그마가……."

스티그마.

신의 권능이라 불리는 성흔(聖痕).

유디트는 신학에 대해 아는 바가 없었다.

그녀는 기본적인 읽고 쓰기는 배웠지만, 신학을 비롯한 돈 안 되는 학문은 고매하신 분들이나 배우는 거라 생각했다.

궁금하지도 않았고, 궁금할 이유가 없었다.

이렇다 보니 베리타스 제국의 바탕을 이루는 카르나크 신(神)에 대해서도 아는 바가 없었다.

그런데도 이 문신이 스티그마인 걸 알아본 이유는 간단했다. 과거에 직접 스티그마를 본 적이 있기 때문이다.

"칼리파……."

유디트가 스티그마를 알아본 건, 칼리파 덕분이다.

칼리파 임페노르.

칼리파는 기사단에서도 새카만 상복 드레스를 입고 다니는 것으로 유명했는데, 꼭 그만큼이나 임페노르 공작가의 유일한 생존자로 이름 높았다.

임페노르 공작가의 공녀.

칼리파는 가족 모두가 괴한에게 살해당하는 끔찍한 일을 겪었다.

놀라운 점은, 태어나서 한 번도 검을 쥐어본 적 없었던 공녀가 그날 이후로 엄청난 검술 실력을 자랑하는 살인의 천재로 돌변했다는 사실이다.

그게 가능했던 건, 칼리파가 지닌 스티그마 덕분이었다.

"……살육의 스티그마."

유디트는 칼리파의 등에 새겨진 해골 모양의 스티그마를 직접 보았다.

흑기사단에 들어간 두 사람은 임무가 끝나면 함께 목욕했다. 피와 얼룩진 오물을 씻기 위해서였다.

매끄러운 공녀의 등에는 유독 도드라진 까만색 문신이 있었다.

칼리파는 그걸 상당히 불편하게 여겼다. 마치 살아남은 생존자의 낙인 같다며.

'어떡하지…….'

혼란스러웠던 생각이 하나씩 가라앉는다.

하필이면 모래시계 모양의 스티그마다. 무얼 뜻하는지는 어렵지 않게 예상이 갔다.

유디트는 회귀했고, 살아 있다.

마치 모래시계를 뒤집은 것처럼.

칼리파가 지닌 살육의 스티그마도 비슷했다. 해골. 꼭 그 문양만큼의 의미를 지녔다.

칼리파 임페노르는 살인의 천재였다.

호베스티얀 성에서 70명의 기사를 모두 죽인 것도, 칼리파와 그녀가 지닌 해골 모양의 스티그마가 해낸 일이었다.

비록 그 임무가 끝나고 칼리파의 손이 물집투성이가 되었을지언정, 그녀는 사람을 죽이는 게 특기였다.

유디트는 스티그마라는 게 어떤 이적(異跡)을 발휘하는지 직접 목격한 사람이었다.

문제는, 스무 살의 유디트는 그 사실을 몰라야 한다는 점이다.

'이 시기의 내가 알 리 없지…….'

유디트는 도저히 칼리파에게 스티그마에 대해 물을 수가 없었다.

칼리파에게 스티그마를 묻는다는 건, 호랑이에게 물린 사람에게 호랑이에 관해 설명해 달라고 부탁하는 거나 마찬가지다.

칼리파에게 스티그마가 생긴 건 그녀가 가족을 모두 잃은 그날. 복수를 맹세한 순간부터였으니까.

상처를 후벼 팔 질문이다. 회귀 전이나 지금이나 물어볼 수 없는 건 마찬가지였다.

유디트가 그나마 스티그마에 대해 알고 있는 건, 칼리파가 지나가듯 이야기해 준 걸 기억하고 있어서였다.

'게다가 하필이면.'

기사단이 갈린 것도 결정적이다.

흑기사단은 허가받지 못한 외부인의 출입을 모두 금지한다.

물론 6년이나 드나든 곳이기에 그럴듯한 뒷길은 알고 있다. 하지만 그런 위험을 감수하면서까지 한밤중에 칼리파를 찾아가 스티그마에 대해 물어본다는 건…….

"……너무 수상하잖아."

칼리파, 좋은 밤이지. 실은 나도 스티그마가 생긴 것 같아서 찾아왔어. 내 스티그마가 뭐냐고? 잘은 모르지만, 시간과 관련이 있는 것 같아.

'말 못 해.'

유디트는 마음을 접었다.

백 보 양보해서 제가 회귀했다는 걸 밝힌다고 쳐도…….

'네가 자살했던 미래를 살았어, 라는 말은 못 해.'

유디트는 베개에 머리를 박았다.

신의 권능이라 불리는 스티그마다. 특별한 능력이 담긴 건 틀림없다.

'내가 직접 겪기까지 했는걸.'

이 스티그마는 분명 회귀와 관련이 있을 테지. 그거면 됐어.

유디트는 칼리파에게 물어본다는 선택지를 머릿속에서 치웠다. 차라리 혼자서 공부를 했으면 했지, 자살했던 친구의 상처를 후벼 팔 순 없었다.

'도서관에 들르자.'

빠르게 마음을 접자, 현실적인 판단이 여러 갈래로 뻗어갔다.

스티그마는 숨겨야 한다. 의미가 분명한 모래시계 모양이다. 누군가, 저처럼 스티그마를 알아볼 수도 있다. 최소한 칼리파는 알아볼 것이다.

다행히 유디트는 시간이 많았다. 회귀한 이유도, 스티그마가 뭔지 알아볼 시간도 충분히 있다.

장서관을 자유롭게 이용할 수 있는 기사 신분이다. 심지어 신학 서적은 황궁에 널려 있다. 빌리는 것도 어렵지 않다.

유디트는 웅크려 누웠다. 온갖 혼란스러운 감정이 치밀어 오르고, 먼지처럼 부유하다가 끝내 사라진다.

'신이라니…… 한 번도 믿은 적 없는데.'

왜 내게 이런 일이 생긴 건지, 의아하게 여길 시기는 지났다.

다만 혼자라는 게 불안할 뿐이었다. 언제나 그랬듯.

※　＊　※

쿵, 하는 소리에 페온 그랑은 눈을 떴다.

깜빡 잠들었나.

저녁 식사를 끝내면 수련할 생각이었는데 그대로 잠든 모양이다.

'생각보다 오래 잤군.'

페온은 투덜거리다가 화들짝 놀랐다.

그러고보니 방금 무슨 소리였지?

그의 경험으로 비추어봤을 때, 투석기로 날린 돌이 성벽을 때린 것과 비슷한 소리였다.

'습격인가? 설마 어느 미친놈이 황성에!'

그가 급히 검을 들고 나섰다.

페온 그랑은 올해로 서른일곱이었다. 황실 기사가 된 지는 십 년이 넘었고, 적기사단에서는 누구나가 인정하는 선임이다.

페온과 함께 황실 기사가 된 동기들은 진즉 죽거나, 몸 상하기 전에 한적한 시골로 내려갔다.

현역을 뛰는 건 나뿐이다.

페온에겐 그에 걸맞은 자부심이 있었다.

그러나 그 자부심은 얼마 전 박살 났다. 실력 테스트에서 저를 대놓고 모욕한 신입 기사 때문이었다.

그리고 얼마 남지 않았던 자부심은, 페온이 연무장에 도착한 순간 완전히 부서졌다.

"더 강해질 자신이 있단 건가?"

연무장에 들어서지 않았음에도 알 수 있었다. 기류의 목소리였다.

'단장이 여긴 왜?'

기류는 나이로만 따지면 저보다 한참 어린놈이었다.

새파랗게 젊은 자식. 그게 페온이 가진 기류의 첫인상이었다. 그러나 기류의 실력은 감히 페온이 범접할 수 없는 경지였다.

기류라는 사람을 겪어본 이들은, 그가 연무장에 올 일이 없다는 걸 안다.

페온도 그랬다.

분하지만 기류와 그의 실력 차는 엄청났다.

처음에는 반발심을 불러일으키던 단장이었다. 하지만 세월이 기류를 인정하게 했다.

인정할 수밖에 없었다.

저렇게 어린놈을 단장 자리에 앉히면 어떡하냐며 욕한 지 한 달 후, 기류는 남서부 크레타 지방의 마수를 모조리 퇴치했다. 그곳은 페온의 고향이었다.

이듬해 서부에서 폭발적으로 쏟아진 마수들을 때려잡은 것도 기류였다.

단장은, 정말 더럽게 강했다.

그래서 페온은 질투하지 않았다. 그날 저녁 술을 진탕

으로 때려 부었을지언정, 오히려 젊은 친구가 굉장하다며 칭찬을 아끼지 않았다.

그게 페온에게 남아 있는 마지막 자존심이었다.

사람은 코끼리를 질투하지 않는다. 기류는 우리와 같은 사람이 아니다. 그냥 다른 종이다.

이런 말을 할 때면, 이제는 그만둔 동기들도 그 말이 맞다며 킥킥 웃었다. 넌지시 동의하는 기사들 사이에서 페온도 웃을 수 있었다.

그는 현실과 적당히 타협했다.

그랬었는데…….

"경, 부단장 할래?"

페온은 깨달았다. 연무장에 또 다른 사람이 있었다.

부단장?

그가 아는 한 기류는 단 한 번도 부단장을 운운한 적이 없었다.

십년지기도 우습다는 데샹 리츠에게도 '부단장'의 권한은 주지 않았다. 오로지 부관이었다.

대관절 누구에게 이런 권유를 한단 말인가, 하고 연무장 안쪽을 들여다본 그는 벼락 맞은 사람처럼 충격받았다.

실력 테스트에서 그를 모욕했던 신입 기사.

유디트였다.

페온은 금세 깨달았다. 살 떨리게 만드는 에테르의 파

동은 기류가 아닌 그녀에게서 흘러나오고 있었다.

'그럴 리가.'

연무장에 흩날리는 에테르는 회백색이었다. 기류의 붉은색 에테르가 아니었다.

심지어 페온의 검을 몇 번이나 튕겨냈던 연습용 모형이 반파된 상태였다.

'그럴 리 없어!'

페온은 저도 모르게 주먹을 꽉 쥐었다. 그러나 다음 순간, 멱살을 잡힌 것처럼 숨이 턱 막혔다.

"내가 보기엔, 경의 에테르는 아직 발전 가능성이 있어."

더 발전한다고?

저기서 더 강해진단 말인가? 지금도 괴물같이 강한데?

페온이 에테르를 느낄 수 있게 된 건 8년 전, 스물아홉 때였다.

서른 살에는 은퇴를 고려했던 그가 적기사단에 남기로 한 건 그 때문이었다. 더 강해질 수 있으리라 믿었으니까.

그래서 페온은 유디트의 에테르와 검을 본 순간 참을 수 없는 박탈감을 느꼈다.

이루 말할 수 없는 저열한 질투가 눈앞을 까맣게 좀먹었다.

'어째서……'

쐐기처럼 박히는 찌르기.

턱 끝까지 밀어닥치는 베기.

철저하게 상대를 제압하는, 그야말로 황실 기사다운 검술.

페온이 휘두르고 싶은 검이 바로 저런 것이었다. 저것이 페온이 서른일곱까지 내내 꿈꿔왔던 재능이다.

그러나 현실은 이상과 멀었고, 여태껏 추구했던 검술이 그를 내팽개쳤다.

"일단, 경의 에테르를 진하게 만들 만큼 강렬한 감정을 찾아봐."

도무지 참을 수가 없어서 페온은 자리를 떴다.

페온은 두 사람을 뒤로하고 제3 연무장까지 걸어왔다.

검을 빼 든 손이 부들부들 떨렸다. 무엇이든 닥치는 대로 베어버리고 싶었다.

"웃기지 마……."

부단장? 그 새파랗게 어린년이?

"아아악!"

페온이 마구잡이로 검을 휘둘렀다.

그가 전력을 다해 불어넣은 에테르가 검끝에 희끄무레하게 맺혔다가 사라졌다.

페온은 에테르를 1분 이상 유지하지 못했다.

검은 모형을 내려쳤으나, 몇 번이나 튕겨 나갔다.

손목이 울렸다. 힘을 실어 휘두른 만큼 칼날이 처참하게 상했다.

누군가가 이렇게 칼을 휘두르면 검 쥘 자격도 없는 미친 새끼라며 욕했을 페온이었다.

그런데도 참을 수가 없었다.

"으아아악! 아악!"

찰나의 순간, 페온의 머릿속에 수많은 광경이 스쳐 지나갔다.

사열식 맨 앞줄에 선 기류의 얼굴. 저와 검을 마주하며 피곤하다는 듯 한숨짓던 신입 기사. 지켜보던 모두가 감탄했던 테스트. 검무처럼 아름다웠던 두 에테르 마스터의 검술…….

쿠우웅!

멀리서 굉음이 들려왔다. 페온의 움직임이 뚝 멎었다.

바닥은 물론, 기사단 건물 전체가 흔들렸다. 결계가 없었다면 어느 한 곳이 무너졌을 만한 충격이었다.

소리의 근원지가 어딘지는 뻔했다. 누가, 누구네들이 벌인 짓인지도 훤했다.

기류가 만들어낸 에테르 파동은 이미 익숙했다. 그를 수도 없이 비참하게 만들었던 단장의 에테르를 착각할 리 없었다.

페온은 참지 못하고 검을 마구잡이로 내려쳤다.

"망할…… 망하아아아알!!"

쩌저저정!

페온은 손아귀가 찢어질 듯한 고통 속에서 검을 놓았다. 부러진 칼날 끄트머리가 아무렇게나 바닥에 떨어졌다.

있는 힘껏 에테르를 실었던 검은, 끝내 연습용 모형에
상처 하나 주지 못했다.

"······아아아아아아악!!"

부러진 검이 자기 자신처럼 보였다.

볼품없었다.

Chapter 3
미안해서 그래

유디트는 신입 기사 훈련에 복귀했다.

풀었던 붕대는 다시 감았다. 제복만으로는 스티그마를 전부 가릴 수가 없었기 때문이다.

"유디트? 웬 책이야?"

"그냥, 시간 날 때마다 한 번씩 보려고. 이리 와."

"어디 보자……. 〈카르나크 열전〉, 〈신학의 근원〉, 〈신학으로 시작하는 베리타스 제국사〉……. 죄다 신학책이잖아?"

"비올레, 딴청 그만 부려. 수업 시작할 거야."

유디트의 부름을 모른 체하던 비올레는 한숨을 푹 쉬었다. 그녀는 유디트가 빌려둔 책들이 신경 쓰이는지 몇 번 흘끔거리며 다가왔다.

"저거 다 읽을 수 있겠어? 양이 상당한데?"

"있겠지, 뭐."

"대답이 뭐 그렇담?"

제가 생각해도 무성의했던 대답이다. 유디트는 말문을 돌렸다.

"오늘부턴 비올레 네게 맞춤형으로 수업할 거야. 생각해 보니 내가 너무 안일하게 수업 계획을 짰었어."

"아냐……. 다시 생각해 봐 유디트. 안일하게 해도 괜찮아."

유디트가 철저하면 곡소리를 내는 건 비올레였다

물론 만류해 봤자 어림도 없는 소리였다. 이미 너무 늦었다.

"가르치는 이상 철저하게 해야지."

"그냥 지금이라도 안 하면 안 될까? 내가 너무 성급했던 거 같아."

"배움에는 성급함이 없어."

"일단 네게 배우기로 한 게 성급했어."

비올레가 슬슬 뒷걸음질 쳤으나, 가만 내버려 둘 유디트가 아니었다.

흑기사인 칼리파와 적기사단에 입단한 레이먼, 루이는 그 광경을 지켜보았다. 셋은 공터 돌계단에 옹기종기 자리를 잡았다.

"왜 저렇게 쓸데없는 데 힘을 쓰나 몰라. 어차피 유디트한테서는 벗어나기 힘들 텐데."

레이먼이 옥신각신하는 두 사람을 보며 혼잣말했다.

그 옆에서, 루이는 칼리파가 앉을 자리에 손수건을 깔았다. 백작가의 장남인 루이는 아무래도 이런 흙바닥에 공녀를 앉히는 게 신경 쓰였다.

"앉으시지요, 공녀."

"고마워. 그리고 공대는 슬슬 완전히 관둘 때가 되지 않았니."

"노력하고 있어. 그래도 가끔은 안 되네."

루이는 칼리파가 앉은 걸 확인한 다음 착석했다.

"세상 오래 살고 볼 일이지. 내가 살다 보니 저런 광경을 다 봐."

레이먼이 주머니에서 꺼낸 아몬드를 씹었다.

어떻게든 수련에서 도망치려 드는 비올레와 그림자처럼 따라붙는 유디트. 둘 다 고집쟁이긴 하지만, 유디트는 그 중에서도 쇠고집이라고 할 만했다. 저 실랑이는 벌써 결말이 보였다.

"루이, 누가 포기하는 쪽에 걸래? 난 비올레가 수련한다에 2만 골드."

"나도 그쪽에 10만 골드쯤 걸 수 있어."

"유디트를 내기 대상으로 삼았다는 걸 들키면 그 네 배는 뜯길걸."

"이크."

칼리파의 지적에 레이먼이 무섭다는 듯 몸을 부르르 떨었다.

비올레, 칼리파, 유디트, 루이, 레이먼.

다섯 명은 전혀 접점 없이 살아왔다. 그들이 인연을 맺은 건 훈련소 시절, 5인 소대에 배정되었을 때였다.

루이와 칼리파는 귀족. 그에 비하면 비올레, 유디트, 레이먼은 평민 신분이었다. 백작가와 공작가의 자제가 평민과 만났으니, 누구도 이 소대가 제대로 굴러갈 거라곤 예상하지 않았다.

그러나 요리는 뚜껑을 열어봐야 아는 법.

칼리파와 루이는 좋은 집안에서 잘 배운 사람들이었다. 신분 차는 있으나 기본적으로 남을 배려할 줄 아는 성격이었고, 소대에 녹아들고자 하는 의지도 강했다.

레이먼도 허파에 바람이 들긴 했지만, 기본적인 인성이 있는 남자였다.

비올레는 말할 것도 없었다. 그녀는 햄스터처럼 남에게 사랑받는 재능이 있었다.

문제라면 딱 한 사람.

"너는 저 광경이 믿어지냐? 비올레한테 수련하자고 쫓아다니는 유디트의 저 건실한 모습이?"

"보고 있으니 못 믿을 것도 없지만…… 신기하긴 하네."

훈련소 시절, 비올레의 속을 제일 많이 썩인 건 누가 뭐래도 유디트였다.

에테르 마스터라는 화려한 타이틀을 달고 나타난 유디트는 훈련생 중에서도 눈에 띄었다.

네 사람은 각기 다른 시선으로 유디트를 보았었는데, 그 시선은 일주일 만에 하나로 합쳐졌다. 사고뭉치를 보는 시선이었다.

"그때 역시 홀을 골랐어야 했는데……."

"아직도 그 소리야?"

루이가 픽 웃었다.

합숙 첫날. 유디트는 소대 지원비를 멋대로 들고 나가 옆 소대와 홀짝을 벌였다.

결과는 대박 중의 대박이었다. 세상이 무너진 것처럼 달려와서 이러면 안 된다고 매달리던 비올레도 도박의 맛을 보고 나니 사람이 달라졌다.

그다음은 모든 게 일사천리였다. 가끔 이성이 돌아온 비올레가 진짜 이래선 안 된다며 정신을 차리고 말렸지만, 그건 아주 가아끔이었다.

여기까지 와서 발 빼는 게 어딨냐고 다그치다가도, 소대 지원비가 늘어나면 우리 모두 좋은 거라며 비올레를 어르던 유디트는 보통내기가 아니었다.

물론 도박이라는 게 다 그렇듯 마지막은 쓸쓸한 법이다.

유디트와 네 사람은 마지막 판돈을 걸고 상대가 가져온

주사위를 굴렸다.

결과는 장렬한 패망이었다.

유디트는 결과에 승복하는 건 개나 주라며 펄펄 날뛰었고, 결국 소란을 피운 끝에 교관에게 붙잡혀서 끌려갔다.

"그때 홀만 골랐더라면 대박이었는데……."

과거의 헛된 영광에 취한 레이먼이 중얼거렸다.

당연한 말이지만, 소대 지원금은 모조리 압수당했다. 레이먼이 빼돌려 둔 비상금이 아니었다면 다섯 명 다 쫄쫄 굶었을 게 분명했다.

지금 생각하면 어떻게 4주 치 훈련 지원비를 들고 도박할 생각을 했는지 미스터리다. 역시 도박은 사람의 눈을 멀게 만든다.

"그래도 난 좋았어. 진 건 아쉬웠지만…… 재밌었으니까."

칼리파가 잔잔하게 웃었다. 훈련소에서 벌였던 홀짝은 공녀로 자란 칼리파가 인생 최초로 경험한 도박이었다. 그래서인지 칼리파는 잊지 못했다. 훈련 마지막 날, 함께 먹었던 벌꿀 머핀이 얼마나 맛있었는지를.

"머핀 정말 맛있었는데."

"그 머핀, 내가 식당에서 훔쳤던 거야."

"……그랬어?"

"원래 훔친 게 더 맛있는 법이거든요, 공녀님."

처음 알았다는 듯, 까만 베일 너머로 신기하다는 눈빛이 따라붙었다. 칼리파의 푸른 눈동자가 쉴 새 없이 깜빡였다.

레이먼이 히죽거리며 과거의 활약상을 읊어대기 시작했다. 주로 얼마나 손버릇이 나빴는지, 어떻게 음식들을 슬쩍했는지에 관한 이야기였다.

루이는 그 대화를 가만 흘려들었다. 그는 유디트를 응시하고 있었다.

'……저런 사람이 아니었는데.'

루이는 백작가의 장남으로 태어났다.

그는 21년간 제국의 귀족으로서 길러졌으며, 아버지의 가르침을 철석같이 따랐다.

"사람을 다루고 싶다면, 사람을 바르게 봐라."

루이는 어릴 적부터 신분을 막론하고 다양한 사람과 만났다. 덕분에 그는 사람들이 뭘 원하는지 파악할 줄 아는 청년으로 자랐다.

그런 루이가 파악하기에, 유디트는 저런 사람이 아니었다. 누군가를 가르친다는…… 품이 많이 드는 일에 자기 시간을 공짜로 쓸 사람이 아니었다.

'처음에는…….'

훈련소 합숙 첫날부터 그랬다. 유디트는 자기소개조차 건성이었다.

주눅 든 비올레나 저를 시험했던 레이먼과는 달랐다. 이름만 덜렁 알려주고 끝이었다.

유디트는 매사가 비슷했다. 훈련소에 벼락이 떨어지든 훈련 일정 중에 태풍이 몰아치든 알 바 아니란 태도였다.

까놓고 말하면 과거의 그녀는 돈 안 되는 일에는 관심이 없었다.

그래서 요즘 루이는 혼란스러웠다.

'……내가 유디트를 잘못 봐왔던 건가?'

루이의 시선 끝에는 유디트가 있었다.

유디트는 비올레와 맨몸으로 대치 상태였다. 목검을 든 비올레와 맨몸의 유디트. 누가 봐도 비올레가 압도적으로 유리했으나, 목검은 유디트에게 닿지 못했다. 심지어 유디트는 왼쪽 어깨가 계속 빈다며 지적하는 것도 모자라 맨손으로 제압하기까지 했다.

'이상해……'

얼마 전까지만 해도 저러지 않았다.

유디트는 휴일마다 황궁 밖에 나가서 황실 기사의 이름을 팔아대던 사람이었다. 소매치기의 돈을 털고, 떼먹은 돈을 받아주고 왔다며 담담하게 말했다. 회색 단복에 피를 묻히고 들어올 때도 있었다.

'사람이 저렇게 바뀔 수가 있나?'

유디트를 보던 그의 시선이, 이번에는 그녀가 빌린 신학 서적으로 옮겨갔다.

서적 위에 돌가루가 튄 건 그때였다.

"어이쿠, 여기 사람이 있을 줄은 몰랐다. 미안?"

"……선배님."

루이는 레이먼과 거의 동시에 자리에서 일어났다.

기사단에서 조금 떨어진 공터라, 인적이 드문 장소였다.

"누가 네 선배야? 여기가 아카데미인 줄 알아?"

"실례했습니다, 프레릭 경."

적갈색 눈동자가 험상궂었다. 프레릭은 그들과 대여섯 살 차이가 나는 적기사였다. 그는 신입 기사라면 누구든 갈궈댈 기세였다.

"쪼르르 모여 있으니 발로 찰 뻔했잖아."

루이의 눈살이 살짝 찌푸려졌다.

루이는 기사단 특유의 서열 문화가 언제나 불편했다. 줄 세우기는 어디에나 있다지만, 기사단은 특히 심했다.

신분을 무시하고 반말을 찍찍 내뱉을 기회. 내가 신입 때 당했으니 너희도 당해봐야 한다는 특유의 보상 심리도 컸다.

"최소한 공녀께는 안 그러시는 게 예의입니다."

"예의는 얼어 죽을. 요즘은 공작가에서 쫓겨난 것도 공녀라고 쳐주냐?"

그 말에 칼리파가 자리에서 벌떡 일어났다.

"에이, 왜 이러십니까. 저랑 저쪽으로 가시죠. 여기서 이러지 말고."

레이먼은 살갑게 웃으며 끼어들었다. 프레릭과 칼리파 사이에 냉큼 끼어든 그가 손을 이리저리 흔들었다. 배알 없는 웃음은 그의 특기였다.

"아무리 그래도 임페노르입니다, 임페노르 공작가."

"뭐야 이 자식은. 어디서 친한 척 굴고 있어?"

프레릭이 레이먼을 밀쳤다. 지저분한 흙먼지를 풍기며 레이먼이 한 발자국 물러났다.

레이먼은 여전히 웃고 있었으나 이마에는 핏줄이 돋아 있었다.

"살다 보면 친한 척 좀 할 수 있지, 왜 밀고 그러십니까?"

"살다 보면 칠 수도 있지, 어디서 눈알을 부라리고 그래?"

프레릭이 레이먼의 눈알을 파버리는 시늉을 했다.

"가던 길 가시죠."

그때 만류하려던 루이의 등 뒤에서 덤덤한 목소리가 흘러나왔다.

유디트였다. 어느새 다가온 그녀의 등 뒤로 비올레가 종종걸음을 치며 쫓아왔다.

유디트는 한 치의 동요 없이, 호박색 눈동자를 나른하게 치켜떴다.

"뭐라고?"

"살다 보니 에테르에 거시기 터지는 경험도 당해봤다. 그런 소리 하기 싫으면 가던 길 가시라고요."

루이는 하마터면 돌계단에서 굴러떨어질 뻔했다.

그가 뜨악한 말에 경악하는 사이, 프레릭의 얼굴이 시뻘겋게 달아올랐다.

"유디트."

칼리파가 넌지시 그녀를 불렀다.

유디트는 한숨과 함께 좀 더 얌전하게 표현을 고쳤다.

"저도 기둥과 방울을 분리하는 작업은 아직 미숙해서요. 좀 꺼져주시겠어요?"

유디트는 유독 마지막 문장에 힘을 실어 말했다.

'……역시 이상해!'

루이는 진심으로 그렇게 생각했다.

남사스러운 표현에 제 얼굴이 빨갛게 물들고 난리였다.

듣고 있던 사람이 다 부끄러워질 만큼 상식 없는 표현이었다. 프레릭이 분노에 치를 떠는 건 당연했다.

그가 유디트를 향해 손을 치켜든 때였다.

"프레릭."

들어본 적 있는 목소리가 그를 불러 세우는 것도 모자라 손을 막았다. 상급 기사인 페온 그랑이었다.

"어딜 갔나 했다."

"페온 경!"

프레릭의 얼굴이 씰룩거렸다.

페온은 유디트를 향해 눈길 한번 주지 않고 말했다.

"양파 좀 가지러 가지."

"젠장, 이 상황에 무슨……!"

프레릭이 발작적으로 터뜨린 분노에도 페온은 눈 하나 깜짝하지 않았다.

"아……."

하지만 얼마 안 가 프레릭이 화를 멈췄다. 그의 입가에 비열한 웃음이 번졌다. 페온이 무슨 말을 하고 싶은 건지 깨달은 사람처럼.

"그러네요."

히죽거리던 프레릭이 손을 내렸다.

"야, 나중에 보자?"

프레릭이 유디트와 레이먼을 흘겨보았다.

"재밌을 거야."

그게 무얼 의미하는지 알게 되는 데는 오래 걸리지 않았다.

다음 날, 프레릭과 페온이 그들 앞에 자루 하나를 집어 던졌기 때문이다.

적기사단의 오전 훈련 시간이었다.

항상 오던 교관은 어딜 가고, 프레릭과 페온이 함께 왔다.

"오늘은 재밌는 훈련이다."

루이는 좋지 않은 예감이 들었다. 자루를 내려다보는 비올레와 레이먼도 표정이 비슷했다.

반면 유디트는 별 감흥 없는 모습이었다. 돈 안 되는 일에 엮였을 때와 표정이 똑같았다.

"자기 잘난 맛에 사는 놈들이 황실 기사쯤 되었는데, 훈련이나 해대는 게 재미없었을 거야. 그렇지?"

프레릭이 퍽 유쾌한 어조로 말했다.

"오죽 기어오르면 우리가 괜찮은 훈련법을 좀 가져왔겠어. 이름하여 양파로 남의 눈물 빼기 훈련."

그렇게 말하며 프레릭이 자루에서 양파를 꺼내 들었다.

그때까지만 해도 유디트는 여전했다. 무심하게, 훈련 이름 한번 개 같다고 생각했다.

'뭘 하려는 거지?'

루이를 비롯한 대다수의 신입 기사가 의아해했다.

"지금부터 공격과 방어로 나눠서 둘씩 짝을 지어주겠다. 양파를 받은 놈이 방어다."

프레릭이 자루에서 꺼낸 양파를 집어 던졌다.

유디트는 날아온 양파를 엉겁결에 받아 들었다. 방어를 맡으란 소리였다.

페온의 손가락이 한 명씩 사람을 골라냈다.

유디트의 짝은 루이였다.

"방어자는 발등에 양파를 올려놔라. 절대 떨어뜨리지

말고. 공격자는 3분 동안 파트너를 공격한다.”

“이건 무슨 훈련입니까?”

“마수 풀에 발목을 감겼을 때를 대비한 훈련이다. 옴짝 달싹 못 해도, 상체는 재깍 움직일 줄 알아야 살아남지.”

페온은 대답을 준비해 둔 것처럼 빠르게 말했다.

루이는 어쩔 수 없이 유디트를 마주했다.

이때까지만 해도 루이를 비롯한 모든 신입 기사는 이 훈련의 가장 악질적인 부분을 몰랐다.

“양파를 떨어뜨리면 파트너가 대신 맞을 테니 집중하도록. 책임은 연대로 져야지.”

“예? 잠시만 기다려 주십시오.”

누군가가 큰 소리를 내며 반발했다.

“실수는 직접 책임지겠습니다. 파트너가 체벌 당할 이유가…….”

“황실 기사가 마수를 못 막으면 어차피 제국민이 피해를 보지. 책임은 언제나 연대로 지는 처지다만?”

“하지만 이건 단순한 훈련이지 않습니까.”

“훈련을 실전처럼 여기지 않을 거라면 나가라. 책임은 네 파트너가 지면 될 일이다.”

듣고 있던 루이가 이를 악물었다.

루이의 눈에는 유디트가 발등에 올린 양파가 당장에라도 굴러떨어질 듯 위태로워 보였다.

유디트의 실수로 그가 맞는 건 두렵지 않다. 루이가 무서워하는 건 그 반대였다.

안 그래도 미운털이 박힌 유디트가 저 때문에 얻어맞는다면?

"경고하는데. 적당히 하는 게 눈에 보이면 그 자리에서 허리를 걷어차 주겠다."

페온의 목소리가 매서웠다.

"……유디트."

"괜찮아. 집중해."

유디트는 그렇게 말했지만, 루이는 도무지 집중할 수가 없었다.

"시작해라."

페온의 말이 떨어지기 무섭게, 훈련장 곳곳에서 당혹에 젖은 탄식이 흘러나왔다. 자기도 모르게 발등에서 양파를 떨어뜨리자 **빽** 소리를 지르는 이들도 있었다.

훈련이 시작된 이상 어쩔 수 없었다. 루이는 검을 휘둘렀다.

유디트는 큰 호흡을 들이쉰 후 숨을 멈췄다.

그녀가 정교하게 루이의 검을 비껴 쳐내기 시작했다.

유디트의 왼쪽 발등은 미동도 없었다. 그녀의 롱소드가 세 번이나 루이의 검을 흘려보냈다.

정면으로 떨어진 칼날을 왼쪽 아래로 뿌리치더니 부드

럽게 올려 쳤다. 미미한 반동이 일었으나, 양파는 굴러떨어지지 않았다.

몇 번의 공방이 오갔으나 상황은 달라지지 않았다.

루이는 유디트를 향해 사선으로 검을 내려쳤다. 이번에는 힘이 실린 검이었으나, 유디트가 손목을 위쪽으로 틀더니 부드럽게 밀어냈다.

그 후로도 비슷한 상황의 반복이었다.

유디트는 초인적인 집중력으로 루이의 검이 찔러오는 궤도를 읽었다.

바이올린 줄이 활대와 맞닿는 것처럼, 짧은 마찰이 연속으로 일었다. 미끄러지듯 뻗어 나간 롱소드가 루이의 금발을 몇 번이나 스쳤다.

"대충 하지 마."

페온이 루이의 허리를 걸어찼다.

루이는 그런 적 없다고 반박하려다, 주변 상황을 깨달았다.

유디트를 제외한 모든 훈련생이 진즉 양파를 떨어뜨린 상태였다.

루이는 한눈팔았다는 이유로 다시금 허리를 걸어차였다.

"그만."

더 해봤자 의미가 없단 걸 알아서인지, 페온이 두 사람을 멈췄다.

팔에서 힘이 쭉 빠졌다.

루이는 진심으로 검을 놓고 싶었다.

"양파 떨어뜨렸다고 실망할 것 없다. 보통 아닌 사람도 있긴 하지만……."

페온이 유디트를 흘끔 보더니 비웃었다.

"괴물 같은 것들은 어딜 가나 있게 마련이지. 공수 교체 한다."

'괴물 같은 것들'이라는 표현은 결코 칭찬이 아니다. 오히려 모욕에 가까웠다.

그러나 그런 걸 지적할 틈이 없었다.

루이는 땀에 젖은 금발을 아무렇게나 쓸었다. 붉은 눈동자가 혼란에 젖은 채 쉴 새 없이 움직였다.

루이는 양파를 발등에 올려둔 순간, 유디트의 재능이 얼마나 대단했었는지를 깨닫고 말았다.

온몸의 신경이 죄다 발등에 몰린 것 같았다.

……이걸 어떻게 떨어뜨리지 않을 수가 있지?

"시작해라."

유디트는 잠시 간격을 두고 움직였다.

그녀의 롱소드가 정면을 찌르고 들어왔다. 교본에 실린 것처럼 정석적인 공격이었다.

루이의 검이 어영부영 그걸 후려쳤다. 동시에 양파가 발등에서 굴러떨어졌다.

1분은커녕 그 절반도 버티지 못했다.

루이는 참담함에 고개 숙였다.

다른 사람들도 상황은 비슷했다.

비올레와 짝을 이룬 레이먼은 자기가 떨어뜨린 양파를 보고 입술을 씹고 있었다.

"그만."

페온이 입술을 혀로 핥으며 유디트 쪽을 바라보았다.

기묘한 침묵이 훈련장을 채웠다.

"마수 풀을 만나도 살아남을 사람은 한 명밖에 없나 보군. 에테르 마스터에 비하면 여기 있는 놈들은 죄다 짐짝이니 쓸모가 없어."

프레릭이 웃으며 훈련장 문을 잠갔다.

"동료를 잘못 두면 목숨을 잃는 법이지. 유디트 경, 동료를 잘못 사귀었군."

페온이 양파를 발로 차며 말했다.

"파트너가 양파를 떨어뜨린 사람은 모조리 엎드려라."

페온이 명령했다.

그러자 엎드리지 않고 훈련장에 서 있는 사람은 루이뿐이었다.

루이는 진심으로, 유디트가 아닌 제가 엎드리고 싶었다. 혼자 우두커니 서 있는 비참함은 생전 겪어본 적 없는 무력함이었다.

페온이 무표정한 얼굴로 엎드린 기사들을 걷어차기 시작했다.

프레릭은 연무장의 문이 잠겼는지 다시 확인했다.

"가혹하다고 생각하나? 첫 임무에 들어가면 알게 될 거다. 나한테 고마워할 놈들이 분명히 있지."

화풀이처럼 보이기도 하는 발길질이었다. 몇몇 신입 기사가 신음을 흘렸다. 뒹굴거나 자세가 무너지면 다시금 옆구리를 걷어차는 일이 반복되었다.

한 바퀴 빙 돌아, 페온이 마지막으로 도착한 곳은 유디트 앞이었다.

"마수 풀은 불에 약하다. 1인분을 하고 싶다면, 발목이 잡힌 채로도 검으로 잘라내거나 화염석을 재빨리 쓸 줄 알아야 하지. 꼴을 보아하니 이번 신입들은 죄다 죽어나갈 모양이군. 그렇지 않나, 유디트 경?"

유디트가 대답하기도 전에 페온이 그녀의 복부를 걷어찼다.

무자비한 발길질을 보자마자, 루이의 얼굴이 새하얗게 질렸다. 그녀가 조그맣게 신음 참는 소리를, 루이는 분명 들었다. 죽고 싶은 기분이었다.

페온이 숨을 고르더니 유디트의 팔을 잡고 들어 올렸다.

"선임으로서 충고하지. 동료는 잘 사귀는 게 좋아. 너무 약한 동료에게 등을 내주면 경이 지켜주다가……"

"제 동료는 제가 알아서 합니다."

유디트가 팔을 확 뿌리쳤다. 그녀의 눈빛이 한껏 성나 있었다.

"최소한 경처럼, 후임을 상대로 같잖은 화풀이나 벌이는 사람은 피하고 싶으니까."

사방이 고요했다.

침묵 속에서 두 사람이 서로를 노려보는 걸 모든 기사가 빠짐없이 지켜보았다.

페온의 오른쪽 입꼬리가 살짝 올라갔다. 그가 뿌리쳐진 손을 그대로 치켜들었다.

유디트는 시선을 돌리지 않았다. 저 손이 뺨으로 향하는 순간 즉시 페온의 손가락을 꺾어버리겠다는 눈빛이었다.

그때 누군가가 훈련장 문을 부술 듯이 두드렸다.

"이거 뭡니까? 문 열어요."

페온의 손이 허공에서 우뚝 멈췄다.

프레릭이 조금 불안한 눈을 했다. 적갈색 눈동자가 이리 저리 굴렀다.

"……페온 경."

"열어줘라."

페온이 손을 내리며 말했다.

프레릭은 페온의 말을 듣자마자 잠가둔 훈련장 문을 열었다.

문을 열고 상대를 확인한 프레릭의 얼굴이 미세하게 굳었다. 밖에 서 있는 사람은, 어떤 의미로는 단장보다도 위험한 자였기 때문이다.

"데샹……."

그를 못 알아볼 적기사는 없었다.

데샹의 조각 같은 이목구비는 심하게 찡그러져 있었다. '심기 불편'이라는 네 글자를 얼굴에 구겨 넣은 것 같았다.

프레릭과 달리 페온은 별다른 동요 없이 훈련장을 둘러보았다.

"훈련 교관은 지병으로 며칠 자리를 비우게 됐다. 당분간 오늘 했던 훈련을 반복할 테니 연습해 두도록."

페온이 해산을 명령하자 기사들이 제각기 훈련장을 나섰다.

물론 유디트는 끝까지 페온을 노려본 채 움직이지 않았다.

"해산하라고 했다."

루이와 비올레가 그녀의 팔을 한쪽씩 잡고 나서야 유디트는 걸음을 돌렸다. 페온을 지나치는 유디트의 입가에 한심하다는 미소가 묻어났다.

페온은 그걸 놓치지 않았지만, 유디트를 불러 세울 수 없었다. 데샹 때문이었다.

"프레릭 경, 자리 좀 비우셔야 할 것 같습니다."

데샹이 자리를 비키지 않으면 거꾸로 묶어서 매달아 버

리겠다는 눈으로 상대를 쏘아보았다.

설설 기듯 눈치를 보던 프레릭은 군말 없이 자리를 비웠다.

훈련장에는 그렇게 둘만 남았다.

"페온 경. 단도직입적으로 묻겠는데요."

데샹이 발로 훈련장 문을 닫고는 페온에게 다가갔다. 그의 녹색 눈이 짜증으로 새파랗게 빛났다.

맹랑하다고 평가하기엔, 상대가 데샹 리츠다.

전지(全知)의 기사.

적기사단에 막 들어온 많은 신입 기사는 데샹을 단순히 기류의 부관이라 평가하는 데 그친다.

그러나 데샹의 진가는 선임으로 올라갈수록 깨닫게 된다.

데샹 리츠는 검을 뽑지 않는다. 어차피 모든 승부에서 이길 방법을 알기 때문에, 누구도 싸움을 걸지 않는다.

작은 키와 커다란 눈망울 때문에 우습게 봤다가 그에게 코뼈를 내준 사람만 세어봐도 열 손가락이 부족했다.

"제가 적기사 사이에서 데샹 놈의 새끼라고 불리는 거 모르십니까?"

"모를 리가."

"그래요? 모르는 것 같아서 일부러 알려 드리러 온 건데?"

데샹이 페온의 말을 잘랐다.

"제가 데샹 놈의 새끼라 불리는 이유는 간단합니다. 기류가 할 생난리를 제가 먼저 피우기 때문이에요."

그가 페온을 쏘아보며 말했다.

"지금 제가 뭐 때문에 온 건지, 감이 잡히시길 바랍니다."

"잘나신 부관께서 직접 행차하실 만큼 중요한 일이길 바라지."

데샹의 분노가 녹아내린 촛농처럼 뚝뚝 떨어졌다.

"중요한 일이죠. 상급 기사인 당신이 앞장서서 신입 기사를 괄시하는데, 중요한 일이 아닙니까?"

"고작 그런 말이나 하려고 바쁘신 몸을 끌고 왔나?"

"고작? 체면 세우려고 염병 떨지 말고 똑바로 들으세요. '고작' 당신 콧대 좀 세우려고 신입들 잡다가 기사단의 기강이 흐트러지면, 그땐 나도 기류도 가만히 안 있습니다."

기류와 데샹이 황명으로 적기사단을 맡게 된 건 3년 전이었다.

갑자기 하늘에서 뚝 떨어진 기사단장과 부관을 두 팔 벌려 환영하는 사람들은 없다시피 했다. 당시 적기사단은 좋게 말하면 기사다웠고, 대놓고 말하면 타성에 절어 있는 깡패 집단이었다.

때문에 기류는 수없이 사선에 섰고, 부하의 신임을 사기 위해 적잖은 노력을 했다.

데샹 또한 마찬가지였다.

데샹은 까칠하고 히스테리 넘치는 제 성격으론 남의 신임을 살 수 없단 걸 알았다. 그래서 기류와는 정반대 방향으로 노력했다.

데샹은 기강을 무너뜨리는 기사는 모조리 갈아치웠다.

곱상한 외모와 어울리지 않게, 그는 개인적인 결투도 불사하며 기사단에서 악전고투했다.

그 1년간 데샹의 히스테리에 갈려 나간 인간이 한둘이던가.

하지만 그걸 알면서도 페온은 빈정거림을 입에 담았다. 그러지 않고선 견딜 수가 없어서.

"가만히 안 있으면 뭐, 묘기라도 보여주려고?"

"……."

"네 잘나신 전지(全知)의 스티그마가 내 모가지 날릴 방향이라도 알려주던가?"

"……낮술 했어요? 여기서 스티그마 이야기가 왜 나옵니까?"

데샹이 짜증을 냈다.

"넘겨짚기가 그쯤 되면 예술이네요. 자기보다 실력 좋은 신입 들어올 때마다 이러는 거 쪽팔리지도 않습니까?"

"무슨 소린지 모르겠는데."

"에테르는 저도 못 다룹니다. 단장과 유디트 경 말고 우리 기사단에서 10분 이상 에테르를 유지하는 사람은 열 명도 안 돼요."

데샹이 무심하게 대꾸했다.

에테르를 다룰 수 있다는 건 그것만으로 특별하다.

특이한 존재는 어딜 가나 가장 먼저 배척받게 마련이다. 하지만 그게 폭행을 정당화하나?

"제 몫 할 때까지 이끌어주지는 못할망정, 개밥에 도토리나 올리고 앉았으니 경이 한심하다는 소리 아닙니까."

"……."

데샹이 양파를 발로 찼다. 썩은 양파가 날아가더니 훈련장 벽에 부딪혀 찌그러졌다.

"이딴 거 구할 시간에 수련을 하시든가요. 나이 먹어서 상급 기사 꿰차더니 남의 앞길 막느라 바쁩니까?"

"너처럼 잘난 능력을 가진 사람은 그런 말 할 자격이 없어."

"스티그마는 잘난 능력이 아니라……."

"기류 단장은 새로 들어온 에테르 마스터가 아주 마음에 드시나 보던데."

페온의 그의 말을 잘랐다.

"부단장 제의니 뭐니, 신입에게 과하게 흥미가 있어 보이더군."

"……."

데샹이 표정을 굳혔다.

페온은 자기가 한 말이 영 쓸모없는 건 아니라고 확신했다.

"그렇게 잘나서 관심받을 사람이면 욕먹을 준비도 같이 해야지. 적당히 균형을 맞춰야 기사단 생활도 순탄하지 않겠어?"

"그래서 그 균형을 경이 맞추시겠다고?"

페온은 대꾸하지 않았다.

"하……."

데샹은 대단히 짜증이 났다.

유디트가 실력이 좋은 기사인 건 맞다. 에테르 마스터니까.

하지만 정확하게는 '실력만' 좋은 기사였다. 데샹 눈에 비치는 유디트는 그래 봤자 지각하는 햇병아리 삐악 기사였다.

그녀가 아직 미숙하다는 걸 일일이 설명해야 하는가?

대관절 제 입으로 유디트를 감싸야 하는 이 상황은 뭔가. 그리고 뭐? 부단장 제의? 난 들은 적도 없는데?

역시 뭐든 기류 탓이다. 데샹의 골치 아픈 일의 7할은 기류가 원인이었고 오늘도 그 법칙은 깨지지 않았다.

기류를 묵사발 내겠다는 충실한 맹세와 함께, 데샹이 입을 뗐다.

"코로 물 마시는 소리 작작 하세요. 경은 자기보다 실력 있는 기사가 싫을 뿐이잖아요. 부단장 제의고 뭐고, 자기보다 잘난 인간이 더 칭찬받고 인정받는 게 꼴 보기 싫은 거잖아요? 아니면 지금 반박하세요."

"……."

"균형? 웃기고 있네. 기류가 상급 기사 대련 때마다 당신더러 자세 좀 고치라고 몇 번을 지적했습니까? 경이 좋아하는 전지의 스티그마로 세어봐 줘요?"

데샹은 분노로 열이 확 오르는 걸 느꼈다.

"몇 년 동안 개코로도 안 듣더니 지금 와서 균형 타령? 창피한 줄 아세요. 나라면 쪽팔려서 기사단 관둡니다."

어차피 입만 아프다는 걸 아는 상대이기에, 데샹은 마지막 경고를 건넸다.

"적당히 하세요. 오늘로 마지막입니다."

"……."

"한 번만 더 당신 때문에 기사단의 기강이 엉망이 되면, 그만한 대가를 치러야 할 겁니다."

데샹은 더 이상의 시간 낭비는 싫어서 걸음을 돌리려고 했다. 씨근덕거리며 화를 내는 페온만 아니었더라면 그대로 문을 박차고 나갔을 텐데.

"너처럼……."

"……."

"너처럼 재능도 있고 인맥도 있는 놈들이 내 마음을 알겠냐?"

뭐?

데샹은 이제 머리가 아파졌다.

서른일곱을 처먹고 저런 소리 하는 사람을 지금껏 선임이라고 존중한 시간을 쓰레기통에 밟아 처넣고 싶을 지경이었다.

아카데미에서나 들을 소리를 기사단 한복판에서 들어야 한다니. 이게 사는 건가.

데샹이 싸늘하게 대꾸했다.

"누가 알고 싶기나 하답니까."

쾅, 훈련장 문이 부서져라 세게 닫혔다.

데샹은 훈련장을 뒤로했다.

'작작 좀 했으면 좋겠다.'

물론 작작 할 인간이면 저러지도 않았겠지. 페온이 적당히 균형 맞출 줄 아는 사람이었다면, 그가 전지의 스티그마가 보여준 미래 때문에 부랴부랴 훈련장에 들이닥칠 일도 없었다.

양파를 발등에 올리는 훈련은 그럴듯한 괴롭힘 중 하나였다.

명목이야 좋았다. 마수 풀 대응 훈련.

하지만 마수 풀에 대응하는 방법이 어디 저것뿐이랴. 저훈련은 그냥 핑계일 뿐이다. 선임들이 후임을 그럴듯한 이유로 괴롭힐 핑계.

'조금 더 빨리 올 걸 그랬어.'

그랬으면 현행범으로 그 자리에서 붙잡을 수 있었는데.

아무리 후임이라 해도 머잖아 등 뒤를 맡길 동료다. 그런 상대를 일방적으로 폭행한다니.

처음 있는 일이었다. 프레릭이 문만 잠그지 않았더라면, 현장을 덮쳐서 그 자리에서 징계를 내렸을 것이다.

'그렇다고 신입 기사에게 캐묻자니……'

데샹은 고개를 저었다.

내부 고발자라는 역할은 누구도 맡기 힘든 일이다.

상급 기사에게 얻어터졌다는 걸 당당하게 단장 앞에서 말했다간, 다른 의미로 선임에게 찍힐 게 뻔하니까.

분노로 뇌를 자글자글 졸이는 느낌이다.

'이럴 줄 알았어!'

실력 좋은 기사, 에테르 마스터가 들어올 때부터 어찌 보면 예정된 일이었다.

그러니 '이럴 줄 알았는데도' 기사단에서 벌어진 폭행을 막지 못했다는 점에서 데샹은 책임을 느꼈다. 분노도 함께 느꼈다.

"데샹?"

그리고 하필 화가 난 데샹과 마주치게 될 기류는 그와 인연이 깊었다.

아무것도 모르는 얼굴을 하고서, 기류가 훈련장 쪽으로 걸어오고 있었다. 데샹이 전지의 스티그마로 봤던 모습 그대로였다.

"이……!"

"잠깐, 너 왜 화났……?"

"베르크스 서부에서 지원 요청이 올라온 게 언제인데

팔자 좋은 한량처럼 기사단에서 유유자적입니까아! 제가 분명히 인선 끝내기 전까지는 단장실 밖으로 한 발자국도 나오지 말라고 했을 텐데요!!"

데샹의 사자후가 복도를 강타했다. 기류는 데샹이 보통 화난 게 아님을 간파했다.

분노 수치 극대. 이 새끼 왜 성질이냐고 화냈다가는 중간도 못 갈 정도였다. 닥치고 사려야 했다.

"잠깐 머리 식힐 겸 나온 거야! 마침 신입 기사들 훈련 중이라길래 적당한 사람 없나 보려고……."

"됐어요, 훈련 끝났으니 돌아가세요!"

"뭐야? 너 보고 온 거냐? 치사하게 나만 단장실에 처박아두고?!"

"돌아가요!"

데샹이 그를 떠밀었다.

칭얼거릴 기회도 주지 않고 다그치는 말투가 매서웠다.

"알았어, 알았어. 가면 되잖아. 내가 잘못했어. 화내지 마라, 응?"

기류의 말에 데샹은 울컥했다.

데샹은 르왈흐메이 백작가에서 컸다. 그의 아버지 세자르 리츠는 기사로서 걸출한 사람이었다. 그는 양아들인 데샹을 데리고 르왈흐메이 백작가에 정착하여 생을 마쳤다.

데샹에게 기류는 어릴 적부터 모셔야 할 도련님이고, 함께 검을 배운 동문이며, 친구이며, 가족이었다.

물론 타고난 신분 차는 있다. 기류는 언제든 데샹의 시건방진 성격을 고쳐주겠다며 두들겨 팰 수 있는 사람이었다.

하지만 기류는 그러지 않았다.

기류는 법 없이도 살 사람이었다. 좋은 의미로.

지금처럼 그는 화를 내기보다 저를 달래듯 항복하며 양손을 든다. 산책 좀 하고 싶었는데 탈주 실패라며 넉살 좋게 웃는다.

그래서 데샹은 기류가 욕먹는 게 싫었다.

화를 내도 내가 내지, 별 같잖은 것들이 기류를 헐뜯는 건 꼴 보기 싫었다. 가서 확 그것들 콧구멍에 손가락을 쑤셔 버리고 싶을 만큼 싫었다.

데샹은 그의 양아버지가 죽은 날, 기류와 기류의 동생인 알펜이 저 대신 울어줬을 때 느낀 고마움을 아직도 기억했다.

그래서 딱 고마웠던 만큼만 르왈흐메이 가문을 섬기겠다고 결심했다. 어린 날의 맹세는 십 년 넘게 이어지고 있는 현재진행형이다.

그러니까 기류에게 소중한 건 제게도 소중했다. 기류가 하는 노력은 제가 한 노력과 똑같았다.

기사단장이라는 굴레가 기류에게 무겁다면, 저에게도 무거운 굴레다.

닭 잡는 데 소 잡는 칼 쓸 필요 없다고, 이런 일까지 기류가 일일이 신경 쓸 필요는 없다. 이런 일쯤은 제 선에서 끝내면 된다.

그렇게 생각한 데샹이 말문을 돌렸다.

"기류. 제가 모르는 사이에 부단장 뽑았습니까?"

"아…… 뽑은 건 아니고, 눈여겨봤지."

"유디트 경이죠?"

기류는 낮은 웃음과 함께 대답을 생략했다.

그가 앞서 있어 다행이다. 제 얼굴이 구겨진 걸 못 봐서 다행이다.

"쉽지 않을 겁니다."

"에테르 마스터인데 뭐가 어렵겠어? 지금이야 신입이지만 반년만 있으면 다를걸?"

"칼만 잘 다루면 아무나 단장 합니까. 유디트 경은 아직 남을 이끌 만한 그릇이 아니에요."

"그건 그렇긴 한데, 뭐…… 두고 보자고. 단장을 하란 것도 아니잖아."

과연 날카로운 지적이라 기류는 부정하지 않았다.

그러나 후일을 기약할 정도로, 기류는 그녀에게 기대를 걸고 있었다.

그래서 데샹은 진심으로 기원했다.

제발 열등감에 절어 사는 페온 그랑이 그녀를 데리고 쓸

데없는 짓 좀 그만하기를.

기류와 함께 책임감으로 바로 세운 기사단의 기강이 흔들리지 않기를, 진심으로 바랐다.

물론 세상사는 바람대로 흘러가지 않는 법이다.

그걸 알면서도 그렇게 바라는 수밖에 없었다.

기류는 순순히 단장실로 돌아왔다. 옆길로 새지 않겠다는 데샹과의 약속을 지키기 위해서였다.

데샹은 단장실에 들어오기 무섭게 서류에 코를 박았다.

기류는 다시 마주 보게 된 단장실 책상 앞에서 발끝을 까딱까딱 움직였다.

'음…… 역시 그건가.'

세월은 많은 걸 시사한다.

분노에도 급이 있다고, 기류는 데샹의 태도에서 많은 걸 읽어냈다.

데샹은 훈련장 쪽에서 걸어왔고, 뜬금없이 유디트 이야기를 꺼냈다. 훈련장에는 얼씬도 하지 말라며 등을 떠밀더니 단장 몰이를 해댔다.

그것도 화를 내면서.

'유디트 때문에 나한테 뭐 보여주기 싫은 게 있었나 본데.'

기류는 어렵지 않게, 신입 기사를 굴리는 선임들을 상상해 냈다.

분기마다 신입이 들어오고, 날고 기는 수재와 천재가 몰려오는 기사단이다.

위계질서를 세우기 위해서는 생각보다 치사한 짓이 많이 벌어지는데, 데샹은 그걸 끔찍할 정도로 싫어했다.

"실력 없으면 노력이라도 하든가요. 텃세 부리는 놈들은 오줌도 줄 서서 싸게 해야 해요. 개자식들."

데샹은 미움 사는 걸 잘했다. 구구절절 맞는 말만 해대며 팩트로 뼈를 때리기 때문이다.

선임의 괴롭힘은 좀 치사한 구석이 있다.

예를 들면 북문에서 남문까지, 물리적으로 불가능한 거리를 10분 내로 왕복해서 다녀오라고 시킨다든가. 챙겨 준 적 없는 장비를 챙겨 줬다고 우긴다든가. 한 번도 써본 적 없는 훈련 일지를 완벽히 적으라고 트집 잡는 것들이 그것이다.

'유디트도 고생하고 있겠지.'

유디트는 이질적으로 강하고 자존심이 세다.

설상가상 훈련 기간 초반에는 열외되었었으니 다른 상급 기사들과 안면을 틀 기회도 적었다.

녹아들기는 쉽지 않으리라.

그래도 그녀라면 괜찮을 거라고, 기류는 이성적이지 못한 판단을 했다.

유디트는 강하고 세상에 무서울 것 하나 없는 맹수처럼 굴다가도 이상한 부분에서 반듯했다.

말수가 적긴 하지만 대답은 지지 않고 꼬박꼬박 잘한다.

이야기를 나눠보면 진가를 알아보는 건 어렵지 않다. 훌륭한 기사라는 건 금방 모두가 알게 될 것이다.

'이겨낼 거야. 걔라면. 부단장 재목이면 이겨내야지.'

텃세를 기합으로 이겨낼 수 있을 거라 믿는 남자는 얼마나 순진하고 단순한가.

'무슨 일 있으면 오라고도 했고. 정 힘들면 말하겠지.'

그때까지만 해도 기류는 제가 실수했다는 걸 깨닫지 못했다.

기류는 자기 눈에 괜찮아 보이는 사람은 남들 눈에도 괜찮아 보일 거라는, 주관적인 생각으로 판단을 마쳤다.

사람이기에 저지를 수 있는 실수였으나, 사견 섞인 실수는 금방 뼈아픈 사건을 불렀다.

이틀 후, 훈련장에서 부상자가 나오는 난투극이 벌어졌다.

핵심 인물은 물론 페온과 유디트였다.

❋　　✳　　❋

"다시."

루이의 손에서 검이 떨어졌다. 잘게 떨리는 금발이 동요에 젖어 있었다.

그러나 페온의 명령은 변함없었다.

"다시."

"그만하십시오."

루이가 고개를 저었다. 그가 울상을 하고 페온 앞을 가로막았다.

"제발 그만하세요, 페온 경. 도를 넘으셨습니다."

"별로 그런 것 같진 않은데."

페온이 심드렁하게 대답하며 양파를 주웠다.

훈련 삼 일째였다. 오늘따라 집요한 페온이 불행에 기름을 부었다.

"본인도 별말 없잖나. 다시 해."

유디트를 저러다 내장을 쏟는 게 아닐까 싶을 만큼 걷어찬 페온이다. 얼굴색 하나 변하지 않는 건 페온이나 유디트 둘 다 똑같았으나, 루이는 더 이상 견딜 수가 없었다.

"차라리 제가 맞겠습니다. 양파를 떨어뜨린 사람은 전데, 빌어먹을, 왜 유디트가 맞아야 합니까."

"그럼 의미가 없지."

"개인적인 원한이라도 있습니까?"

"하나도 없는 게 이상한 거 아닌가?"

페온이 그를 나무라듯 바라보았다.

"프레릭에게 다 들었다. 선임에게 기본적인 말본새도 갖출 줄 모르는데. 그만큼 마음대로 지냈으면, 콧대 뭉개질 각오도 하고 살아야지."

"진심이십니까?"

"아닌 것 같아?"

유디트를 부축한 손아귀에 무심코 힘이 들어갔다. 루이는 분노를 누르며 대꾸했다.

"됐습니다. 더는 훈련에 참여하지 않겠습니다. 징계를 내리든 말든 마음대로 하십시오."

"누구 마음대로."

"그럼 언제까지 이런 화풀이에 어울려 줘야 합니까! 경이 마음대로 하게 내버려 두진 않을 겁니다!"

루이가 매섭게 말했다.

맞은 곳을 문지르던 유디트는 잠시 놀랐다. 그녀는 루이가 이렇게 화내는 걸 본 기억이 없다. 날카롭게 대답하는 그가 마치 다른 사람 같았다.

루이는 회귀 전 훈련소 같은 소대에 배치되었을 뿐, 그이후로는 기사단이 갈렸다. 친구라기보다는 친한 지인에 가까웠다.

그래서인지 낯설면서 미안했다. 루이가 죽었을 때 제가 했던 행동을 생각하면 더더욱…….

'으으, 같잖은 것들 상대해 주기 싫어서 대충 맞고 끝내려 했는데.'

이래선 루이를 위해서라도 물러설 수가 없잖아.

유디트는 한숨을 쉰 다음 중얼거렸다.

"그럼 마지막으로 한 번만 더 하겠습니다."

"뭐?"

"한 번 더 한다고요."

유디트가 페온에게서 양파를 빼앗아 들었다.

황금처럼 빛나는 호박색 눈동자가 단단한 결심과 함께 노랗게 빛났다.

"발등에서 떨어뜨리지만 않으면 된다, 그거죠? 한 입으로 두말하지 마시죠."

"유디트."

유디트는 루이의 검을 주워 건넸다. 루이는 엉겁결에 양파와 검을 받아 들었다.

그의 눈이 불안함에 젖었으나, 그녀가 고개를 까딱였다. 계속하자는 말이었다.

"거기서 구경이나 하세요."

자신감 넘치는 그녀와 달리, 루이는 여전히 불안했다.

유디트는 벌써 저 때문에 다섯 번 넘게 걷어차였다. 다섯 번 실패했는데 여섯 번이라고 다를까?

요 며칠간 적기사단은 난리였다.

양파가 없으면 감자를 발등에 올려서라도 훈련하는 신입 기사 천지였다.

페온의 강압적인 훈련 때문에 기사단의 분위기가 경직된 건 말할 것도 없었다.

루이도 그랬다.

루이는 자신 때문에 유디트가 얻어맞는 걸 보았다. 다른 사람에게 피해를 줬다는 죄책감에 밤잠조차 설치며 훈련해 왔다. 그것도 비올레를 가르치던 유디트의 옆에서.

"괜찮아. 넌 하던 대로 하면 돼."

"……."

"날 믿어."

유디트가 너무 자신만만하게 말했기에, 루이는 떨떠름하게 고개를 끄덕였다.

루이는 일단 발등에 양파를 올린 채 검을 꽉 쥐었다.

'하던 대로 하라고? 어떻게?'

그러한 의문이 이어지기도 전에, 롱소드가 소리 없이 닥쳐왔다.

'어?'

루이는 좀 전과는 다른 느낌을 받았다.

버릇대로 유디트의 롱소드를 안쪽으로 내쳤다. 그런데 맞닿은 검날이 조금도 흔들리지 않았다.

일격도, 이 격도 마찬가지였다.

유디트의 검이 크게 한 바퀴 돌았다. 사선으로 휘둘러진 검이 왼쪽 어깨를 노리고 닥쳐왔다.

'아⋯⋯.'

간단한 페이크.

축이 흔들린 몸을 왼쪽과 오른쪽, 번갈아 가며 베러 들어온다.

루이는 롱소드를 밀어내며 소름이 돋았다.

'내 버릇을 전부 외웠어⋯⋯?'

유디트는 루이의 움직임을 모조리 읽고 있었다. 버릇을 파악하고, 반동이 생기지 않도록 계산하며 검을 찌르고 들어왔다.

루이가 하체에 힘을 줄 필요도 없었다.

잘게 떨리는 검날 너머로 집중하는 그녀의 눈동자가 보였다.

믿으라는 말대로, 유디트는 루이가 불안해할 틈도 주지 않았다. 수직으로 쳐낸 검이 빠르게 상단을 찔러왔다.

평소라면 잔상만을 남기고 사라졌을 검이 루이의 금발을 스쳤다.

꼼짝없이 긴장한 루이가 숨을 크게 쉰 순간.

캉!

검날 부딪치는 소리가 너무도 깨끗했다. 마치 똑똑히 지켜보라는 듯 깔끔하다.

짧은 마찰과 기교 섞인 떨림.

마치 바이올린 줄 위를 누비는 활대처럼 그녀의 롱소드

가 움직였다.

루이는 가슴이 떨려오는 걸 느꼈다.

최연소 에테르 마스터니, 천재니 들려오는 말은 많았지만 제대로 유디트의 검을 마주하는 건 루이도 처음이었다.

이 정도였나, 그녀의 재능이라는 게.

상대의 움직임을 원하는 대로 통제하던 롱소드가, 정확히 3분이 지나자 루이의 발등 위를 스쳤다.

서걱!

제한 시간이 다 됨과 동시에 양파가 정확히 반으로 갈라졌다.

"됐습니까?"

지켜보던 사람들은 저도 모르게 탄성을 터뜨렸다.

루이는 뺨을 타고 흐르는 땀방울을 닦을 생각도 못 했다. 방금 겪은 일이 믿기지 않았다. 귀신이 저 대신 검을 쥐고 있었던 것 같다.

"안 됐어도 후임에게 화풀이 좀 작작 하세요. 같잖아서 정말."

유디트가 아무렇게나 롱소드를 집어 던졌다. 페온은 그 칼에 찔린 사람처럼 딱딱하게 굳었다.

"……."

너무나도 분명하고, 압도적인 실력 차이.

에테르 마스터는 사람이 아니다. 이것들은 힘 좋은 코끼리나 마찬가지다. 그러니 억압하고 뭉개 버려도 상관없다. 길들이는 데는 이만한 방법이 없으니까.

하지만 오판이었다.

그가 상대하던 코끼리는, 사실은 힘만 좋은 게 아니라 사람과 똑같은 지능을 가진 코끼리였다. 언제든 조련사를 짓밟아 버릴 수 있는……

페온의 동공이 흔들렸다.

"가자, 루이. 이런 떨거지한테는 뱉을 침도 아까워."

이번에는 유디트가 루이를 잡아끌었다.

뒤늦게 정신이 든 페온이 손을 뻗어 유디트의 어깨를 잡았다.

"기다려!"

유디트는 쉽게 팔을 뿌리쳤으나, 페온의 손이 이번에는 그녀의 머리카락을 쥐었다.

"거기 안 서?!"

"큭…….."

"뭐 하는 겁니까!"

눈 깜짝할 사이에 벌어진 일이었다. 페온이 다가온 루이를 걷어찼다.

"익……!"

며칠 묵은 분노가 그렇게 터졌다.

무릎을 얻어맞은 루이가 곧바로 페온에게 달려들었다.

"이거 안 놔?!"

머리카락을 잡힌 유디트에게서도 거를 것 없는 분노가 터져 나왔다.

상황은 금방 어수선해졌다.

말리러 다가온 비올레가 페온에게 휘말려 넘어졌다. 그러자 레이먼이 놀라서 팔을 쭉 뻗었다.

"자, 잠깐…… 악!"

비올레는 넘어진 상태에서도 어떻게든 둘 사이를 떼어 놓으려 했지만, 페온이 홧김에 그녀를 후려쳤다.

그걸 본 순간, 유디트의 꼭지가 완전히 돌았다.

쳤어? 루이와 비올레를 쳤어?

"내 친구를 쳤어? 이 새끼야?!"

고맙고 미안해서 감히 언성 한번 높이지 못했던 친구들이었다. 미안하고 또 미안한 사람들인데, 쳤어?

"죽고 싶어?!"

쾅!

훈련장 바닥에 실금이 갔다.

에테르를 실은 유디트의 주먹이 바닥에 꽂혔다. 어찌나 세게 쳤는지 손가락 마디가 시큰거렸다.

손끝에 맺힌 에테르는 페온의 앞니를 몽땅 부러뜨리고도 남을 위력이었다.

설마 폭력 사태가 될 거라곤 예상 못 한 프레릭이 다가

가기 무섭게 유디트의 발에 턱주가리를 얻어맞았다.

체급 차가 확실했지만, 그딴 건 알 바 아니었다. 혼비백산하고도 남는 난투극 속에서 유디트는 바닥을 구르며 페온의 낭심부터 걷어찼다.

프레릭이 유디트에게 보복하려는 걸 비올레가 막고, 레이먼이 막았다.

그 와중에도 루이와 페온, 유디트가 한데 얽혀 훈련장은 눈 깜짝할 사이에 난장판이 됐다.

"컥……."

페온의 주먹이 유디트를 치더니 우악스럽게 목을 졸랐다. 유디트의 숨이 막혀왔다.

루이는 페온의 손목을 떼어내려 애쓰며 바르르 떨었다.

"당신 미쳤어?! 놓으라고!"

루이 덕분에 손목의 힘이 느슨해진 순간, 화가 난 유디트는 있는 힘껏 페온의 머리통에 박치기를 날렸다. 대비못 한 일격에 페온이 신음을 흘렸다.

유디트도 아픈 건 매한가지였다. 골이 띵했다.

그나마 유디트의 손에 검이 없는 게 천만다행이었다. 그녀는 정말 페온을 죽일 기세였다.

검이 없으면 주먹으로라도 뼈와 살을 분리해서 순살로 다져 버리겠다고 결심했을 때였다.

"그만두지 못해!"

난장판 속에서 쩌렁쩌렁 목소리가 울렸다.

루이를 걷어차는 페온의 발길질도, 코뼈를 뭉개려 드는 유디트의 주먹도 우뚝 멈췄다.

훈련장 입구에는 기가 막힌다는 얼굴로 기류와 데샹이 서 있었다.

"당장 떨어지지 못하겠나!"

기류가 무지막지한 분노를 터뜨렸다.

데샹은 손바닥으로 얼굴을 가린 채 저도 모르게 천장을 올려다보고 말았다.

유디트의 눈썹이 움찔거렸다.

'······젠장.'

한겨울에 속옷 바람으로 쫓겨난 사람처럼 정신이 퍼뜩 들었다.

신입 기사가 훈련 중에 선임 폭행. 참 잘하는 짓이라는 비아냥이 쏟아지고도 남았다.

"먼저 놔."

"네가 놔라."

"둘 다 놓지 못해!!"

기류의 불같은 호통이 떨어졌다.

두 사람은 거의 동시에 신경질적으로 서로의 옷깃을 놓았다.

"따라와라."

그다음은 별로 예상을 벗어나지 않는 코스였다.

세 사람은 나란히 단장실로 불려 갔다.

유디트는 데샹의 그윽한 눈빛을 보는 순간 제 운명을 알았다.

……살짝 망했다.

유디트는 제 인생이 고달픈 이유를 안다. 돈과 자존심을 함께 챙기며 살고 있기 때문이다.

세상 사람 대부분이 둘 중 하나를 포기하며 산다.

하지만 유디트는 도무지 그럴 수가 없었다. 둘 다 포기하기 싫었다.

지금도 그랬다.

'그까짓 치료비를 물어줬으면 물어줬지.'

어쩌면 이런 마인드가 인생을 더 힘들게 만들었는지도 모른다.

꽤 예전부터 알고 있었다. 새삼 자각했을 뿐이지.

유디트는 돈이 없어서 자존심을 지키려 했고, 자존심을 지키려면 돈이 있어야 했다. 끝나지 않는 굴레였다.

오늘도 그 굴레 속에서 벌어지는 일이다.

사실대로 말하면 흑기사단 시절에는 이것보다 심했다.

식당에서 밥을 먹는데 주스에 침을 뱉길래 포크로 콧구멍을 새로 뚫어줬다.

에테르가 담긴 포크는 관통력이 뛰어났다. 유디트가 선임 기사의 콧구멍을 여섯 개로 만들었다는 소식은 금방 퍼져 나갔다.

'치료비는 엄청 물었지만.'

덕분에 그 일 이후로는 함부로 시비 거는 사람이 사라졌다.

오늘도 똑같은 일이 반복된 것뿐이다.

성깔을 부리며 폭력적인 실력을 보이고, 건드리면 피 본다는 걸 증명함으로써 대우받는 과정.

성질머리대로 사는 인간들은 저러다 큰코다칠 거라며 손가락질받았지만, 사실 그렇지도 않다.

미친개에게 물리고 싶어 하는 사람은 없다. 이렇게 살아도 누군가는 알아서 맞춰줬고, 알아서 피해줬다.

'그래, 평소와 똑같은 일일 뿐이야. 반복된 것뿐이라고.'

유디트는 애써 담담하게 기류의 뒤를 따랐다.

단장실로 세 사람을 데려오는 내내 기류의 표정은 무섭게 굳어 있었다. 하지만 유디트는 크게 신경 쓰지 않았다. 큰일이 아니라고 생각했기 때문이다.

"단장으로서 별의별 일을 다 겪어봤지만."

데샹에게 짧은 보고를 들은 뒤, 기류가 의자에 앉아 입을 열었다.

그의 목소리가 무서울 정도로 냉정했다. 목소리만 들어

도 알 수 있었다. 기류는 분노를 눌러 참고 있었다.

"오늘 같은 경우는 처음 본다. 기사단 창설 이래 최초길 바라지."

보라색 눈동자가 세 명을 나란히 훑었다.

"페온."

"……."

"실망이 너무 커서 할 말도 없다. 넌 가장 마지막까지 남아 있어라."

기류는 우선 거기까지만 말했다. 페온에게 할 말은 너무 길어서, 작정하면 오늘 새벽까지 할 수도 있을 것 같았다.

기류는 페온을 밖으로 내보냈다. 싸움이 붙은 이상 둘을 붙여놔야 좋을 일은 하나도 없다.

페온이 나가자 방 안은 정말 조용해졌다.

무표정인 유디트와 달리, 루이는 기류를 마주하자 더 긴장한 눈치였다.

기류가 먼저 입을 열었다.

"유디트 경, 루이 경. 용케 칼을 안 뽑았다고 칭찬해야 하나?"

"……죄송합니다."

루이가 반사적으로 사과했다.

맞고 때려본 경험이 없는 루이는 유독 다친 티가 심하게 났다.

반면 유디트는 험한 몸싸움이 익숙한 눈치였다. 그녀는 영혼 없는 시선으로 눈만 내리깔고 있었다. 곧 죽어도 반성은 안 한다는 태도였다.

"서로를 믿고 의지해야 하는 기사단원이 황궁 한복판에서 주먹질해 대는 경우는 처음이다. 너희가 뒷골목 잡배냐?"

"소란을 일으킨 건 죄송합니다. 하지만."

다음 순간, 루이는 물론이고 기류도 기함했다.

유디트가 상의 제복을 손끝으로 말아 올려 맨살을 드러냈다. 그녀의 복부가 곰팡이 핀 식빵처럼 얼룩덜룩했다.

그녀의 맨몸에 번진 퍼런 멍 자국을 본 순간, 기류는 뇌가 표백제로 씻은 것처럼 하얘졌다.

"후임을 일방적으로 폭행하는 훈련이 있었습니다."

"유디트!"

"다른 기사단에서도 이런 예는 없는 걸로 압니다만."

쩔쩔매는 루이가 어떻게든 유디트의 맨살을 감추려 들었다.

아무리 이런 상황이라지만 남에게 맨살을 훤히 드러내다니! 루이의 얼굴이 벌겋게 달아올랐다. 그가 어떻게든 유디트의 손을 내리려고 안간힘을 썼다.

그 와중에도 기류와 유디트는 오랫동안 서로를 마주 보았다. 기류는 그녀에게 옷 좀 내리라고, 그런 일이 있었냐며 호들갑 떨지 않았다.

다만 입술이 터진 그녀를 보고 어금니를 물었다.

"……그 말이 사실이라면 조사를 통해 페온을 비롯한 폭행범 전원에게 합당한 책임을 묻겠다."

한참 후 기류의 입에서 나온 말은 유디트가 생각했던 것보다 싸늘했다.

"그러나 경이 폭력으로 해결하려 한 게 정당했는지는 별개의 문제다."

"……."

"에테르 실은 주먹으로 사람을 치면 턱뼈가 으스러진다. 그게 경이 선택한 해결법인가?"

유디트의 얼굴이 잠시 당혹으로 물들었다.

"불합리한 폭행에 대해서, 경은 나와 데샹에게 말할 수 있었을 거다. 단장실 문이 그리 어렵게 열리지 않는다는 걸 저번 주 내내 봤을 테니까."

유디트는 반박할 수 없었다.

기류의 말은 사실이었다.

무슨 일이 있으면 언제든지 찾아오라는 소리를 했던 게 단장이다.

심지어 단장실에서 근무하는 내내, 유디트는 기류가 얼마나 열린 마음으로 사람의 말을 듣는지 직접 목격했다.

신입 기사인 저를 비롯해 비올레의 훈련까지도 봐주겠다며 시간을 냈을 정도다.

말한다면 어렵지 않게 들었을 건 분명하다.

"유디트 경. 적당히 흘리고, 거슬리면 사람 패서 입 닥치게 만드는 게 버릇으로 굳어진 모양인데……. 주먹 내지르기 전에 다른 방법을 생각해 본 적은 있었나?"

"……."

그 물음에는 입이 백 개라도 할 말이 없었다.

결국, 유디트의 입에서도 루이와 똑같은 말이 나왔다.

"……없습니다. 죄송합니다."

유디트는 그제야 사과했다.

기류의 말은 부정할 수 없었다.

법보다 주먹이 빠르다. 그럼 주먹을 피할 이유가 무언가. 세치 혀는 자르면 그만이다. 자르고 나면 기껏해야 살 토막이다.

폭행을 고발하는 것도, 대물림되지 않도록 노력하는 것도 그녀는 귀찮았다. 페온을 개자식이라고 욕하는 게 더 쉬웠으므로 딱 거기까지 했다.

규율은 적당히 지킬 것만 지키고, 내 일이 아니면 관심 끌 것.

앞으로 들어올 후임이 똑같은 폭력을 당해도 그녀가 알 바는 아니었다.

언젠간 고쳐지겠지. 원래 신입 때가 다 이런 거지.

기류에게 이야기하는 걸 생각 안 해본 건 아니지만, 그냥 귀찮았다. 그런 번잡한 일에 휘말리는 것 자체가.

그래서 넘겼다.

똥은 더러우니 피하면 그만이고 밟아버리자니 신발이 더러워진다.

그녀에게 페온은 신발만도 못했다. 페온은 실력도, 인성도 짚신만 못했다.

다른 방법? 원만한 해결? 그런 건 애초에 고려도 안 했다. 페온 같은 것들이 한두 명이던가?

그런 놈들을 일일이 물어뜯을 시간이 있으면 수배범 전단지나 뒤지는 게 유익했다.

"경이 기사답게 살겠다던 방식은 이런 거였나."

"……."

"그렇다면 실망이다."

기류는 다른 말을 하지 않았다.

유디트는 처음으로 남에게 시선을 외면당하는 게 괴로울 수도 있다는 걸 알았다.

"너는 기사가 됨으로써 기사가 추구해야 할 가치를 몰라보는 삶을 살 거다."

황실 기사의 가장 큰 원칙은, 황가를 위해 검을 들 것.

그리고 그보다 중요한 기사의 맹세는.

약자를 보호할 것.

비로소 유디트는 느꼈다.

그녀는 26년간 한 번도 약자를 위해 검을 들지 않았다. 언제나 좀 더 단순한 이유로 재능을 살렸다.

제 자존심부터 지키기.

부자와 강자가 되기 위해 앞에 놓인 걸 모조리 짓밟기.

필요하면 아첨하고, 부당한 일은 못 본 척하고, 직접 생각하는 건 금세 관두었던 26년.

같은 방식으로 살지 않기로 했다.

그러나 정신 차리고 보니 또다시 같은 선택을 했다.

습관 같은 선택과 합리화.

웃고 칭찬하며 인정해 주던 기류의 실망이 유독 깊게 박힌 건 그 탓이었다.

"후임을 폭행하는 훈련은 없어져야 하는 일이 맞다. 상급 기사와 훈련 관리에 소홀했던 점은 내가 사과하지."

"아닙니다."

"아닙니다."

루이와 유디트가 동시에 대답했다.

기류는 둘을 보지 않고 말했다.

"선임 폭행에 관한 점은 감시가 부족했던 내 책임도 있으니 참작한다. 그러나 훈련 중의 난동 및 훈련장 파손, 적기사단 규율 무시의 책임을 묻겠다. 두 사람 다 감봉 2개월이다."

"감사합니다."

"……."

루이는 진심으로 안도했다.

선임 폭행은 엄연한 하극상이다. 그런데 정직도 해임도 아닌 단순 감봉 조치라니. 보는 눈이 몇 쌍이나 있었는데 그 정도로 넘어가도 괜찮나, 싶을 만큼 단순한 징계였다.

선임 폭행 같은 위계질서의 붕괴는 명령 불복종으로 이어진다. 이는 명령에 따라 목숨이 오가는 임무를 수행해야 하는 기사단에서 치명적이었다.

이 정도 선에서 그친 게 천운이었다.

물론 유디트의 생각은 정반대였다.

'방금 뭐라고? 감봉?'

감봉이라니!

유디트는 태어나서 한 번도 감봉을 당해본 적이 없었다.

그녀에겐 해임이고 감봉이고 똑같았다. 밥벌이에 벼락이 떨어진 건 똑같단 말이다.

눈앞에 진짜 벼락이 떨어졌어도 이렇게 놀라진 않았으리라. 도무지 웃을 수가 없었다.

'참을걸, 제기랄!'

뒤늦게 반성 아닌 반성이 몰려왔다. 루이가 그녀를 쿡 찔렀다.

그녀는 이를 악물었다.

"······감사, 합니다······."

"나가보도록."

할 말 많아 보이는 유디트를 루이가 끌고 나갔다.

감봉당한 분노가 담겼는지, 유독 거칠게 문이 닫혔다.

그 문을 열고 다음으로 들어온 건 페온이었다.

기류가 입을 떼는 데는 오랜 시간이 필요했다.

기사단에서도 오래된 현역 기사로 손꼽히는 페온이다. 남들보다 하나를 더 가르쳐 줄 거라 생각했던 사람이, 오히려 폭행 사건을 나서서 주도했다는 게 아직도 믿기질 않았다.

쥐새끼 한 마리 지나다니지 못할 침묵이 오랜 시간 계속됐다.

결국 페온이 먼저 입을 뗐다.

그는 좀 전에 나온 루이의 표정이 밝았다는 점부터 물고 늘어졌다.

"설마 근신이나 감봉 같은 가벼운 징계를 내리신 겁니까?"

"네가 없었다면 감봉도 없었겠지. 가장 큰 문제는 너다."

기류가 선을 그었다.

"할 말이 있으면 해봐라."

"할 말 없을 것 같으십니까?"

페온이 눈이 뒤집힌 듯 반문했다.

"에테르 마스터가 다 뭡니까. 들어온 지 며칠 안 된 신입 기사가 저렇게 건방지게 변할 만큼 단장님께서 저 여자를 특별 취급하신 걸 못 느끼시겠습니까? 그래 놓고 고작, 고작 감봉입니까?"

"……."

"재능만 있으면 뭐든 괜찮습니까? 그래서 저년이 단장실에 쪼르르 달려와서 말하면 뭐든 편애하고 들어주실 작정이셨습니까? 연무장에서 개인 교습하시던 것처럼?"

"변명 아주 잘 들었다. 후임 패놓고 무슨 소리를 하나 들어봤더니, 뭐? 편애? 고작 감봉?"

기어코 기류의 분노가 폭발했다.

기류는 더도 말고 덜도 말고 딱 이틀 전으로 돌아가고 싶었다. 돌아가서, 일단 저 자신을 확 파묻어 버리고 싶었다.

그다음은?

페온을 땅끝까지 처박고 싶었다.

실력이 출중해서 받는 질투는 당연한 거라 여겼다. 기류 자신이 여태껏 그런 시선을 받으며 지냈으니까.

기류는 자기만의 기준으로 만사를 판단했다. 그러나 적당히 기합으로 이겨내고 인정받을 수 있을 거라 생각한 결과가 이것이다.

"실력이 있으면 대우받는 건 당연한 거다! 여기가 아카데미야? 실력 차가 있어도 모두 다 함께 공평하게 대해주세요, 그런 말을 하고 싶어서 단장실에서 억울하다는 눈

을 하고 있어? 설마, 경은 실력이 있어도 연차가 낮으면 무
조건 알아서 기어야 한다고 생각하나?"

걷어차인 유디트의 배를 본 순간 기류는 진심으로 후회
했다.

공평한 척, 안 그러는 척하지 말고 차라리 진짜 가까이
에 두고 아껴줄 걸 그랬다고.

"차라리 편애했다면 이런 일도 없었겠지. 그래, 정말 작
정하고 편애하겠다고 치자. 경이 어쩔 건데?"

페온을 향한 기류의 눈빛은 잡아먹을 듯 매서웠다.

페온은 당황했다. 저 대답은 그가 원하던 게 아니었다. 예
상했던 것도 아니었다.

서서히 페온의 얼굴이 벌겋게 달아올랐다.

"이 정도로 남에게 실망하는 거, 참 오랜만인데. 그래서
유디트가 천하의 역적이 되면 경의 사정이 좀 더 나아지
나? 망해가던 집안이 일어나고, 형편이 더 좋아져?"

고작 이 정도였냐며 바라보는 시선은 뼈아팠다.

"신입 기사 뼈라도 부러뜨리고 깎아내면 경의 입지가 살
아날 것 같았나? 네 입으로 말해봐라!"

페온은 아무 말도 할 수 없었다.

송곳처럼 후벼 파는 말이었다.

"네가 한 짓은 위계를 이용한 일방적인 폭행이다. 정당
했나?"

변명이 있으면 해보라는 눈빛 앞에서 도리어 페온의 입이 다물어졌다.

정당?

그런 게 있었다면 프레릭을 시켜 문을 잠그라고 하지도 않았다. 훈련 교관인 후임에게 며칠 쉬고 오라며 눈치 주지도 않았다.

적반하장이란 걸 안다. 그딴 걸 누가 모르겠는가.

그러나 손쓰기엔 너무 늦은 감정이었다.

페온의 눈앞에는 아직도 유디트의 검술이 아른거렸다.

재능. 그 빌어먹을 재능. 루이와 검을 마주하며, 보란 듯이 훈련을 성공시킨 폭력적인 재능.

사람은 코끼리를 질투하지 않는다. 코끼리는 언제나, 그냥 거기 있을 뿐이다. 거대한 덩치를 자랑하며 이리저리 돌아다닐 뿐.

유디트 또한 그저 거기 있었을 뿐이다.

하지만 이제 페온은 견디기 힘들었다.

질투라는 건 그리 단순한 감정이 아니다. 일방적인 패배감. 은밀한 듯 노골적인 부러움과 그 속에 똬리를 튼 증오. 그 모든 응집체가 질투였다.

가늘 길 없는 질투가 페온의 가슴을 쉴 새 없이 때렸다.

유디트는 그저 거기 있을 뿐이지만, 이제 페온에게는 견딜 수 없는 존재였다.

그의 가슴이 울화로 꽉 찼다. 한껏 부풀어 올라 터질 일만 남은 것 같았다.

"그래서 절 어쩌고 싶으시단 겁니까."

하찮아서 죽을 것 같은 제 행동이 혐오스럽다.

한편으론, 제 마음을 헤아려 주기는커녕 몰아세우는 기류가 원망스러웠다.

페온이 기류를 노려보았다.

"제가 뭘 그렇게 잘못했습니까? 신입 기사들 기합 몇 번 준 거로 황실 기사 관두라, 그런 소릴 하고 싶으십니까? 웃기지 마십시오! 해임을 당했으면 당했지, 제 발로 나갈 일은 없을 겁니다!"

서른일곱까지 현역에서 뛰는 황실 기사.

그것만이 페온이 지니고 있던 벼랑 끝 자존심이었다.

그걸 버리면, 저는 정말 아무것도 아니었다. 곳곳에 널린 빌어먹을 천재들과 수재들 사이에 섞인 범재일 뿐.

흥분과 함께 빽 소리 지른 페온이 숨을 가다듬었다.

그를 향한 기류의 시선은 더욱 싸늘해졌다.

"내가 평가했던, 높이 샀던 페온 그랑은 자기 한계를 알았다. 고집과 자존심을 적절히 양립했었지. 그에 대한 실망이, 지금 매우 크다."

과거형이었다.

페온의 눈썹이 일그러졌다.

새파랗게 어린 단장이 쏟아낸 칭찬에 들뜨다가도 비참해지는 게 싫었다.

"감봉 12개월 및 영창 2주. 수감이 끝나는 대로 파케시 해안령으로 전출이다. 이의는 안 받아."

남서부 파케시 해안령은 사실상 좌천지였다. 이조차도 10년 넘게 임관한 페온이기에 좌천에 그친 것이다.

그러나 페온은 커다란 충격을 받았다.

좌천?

고작 이런 일로?

지금 이 시기의 전출은 '나 좌천당했소'라고 동네방네 떠드는 것과 똑같았다. 기류는 사실상 퇴임 권고를 한 것과 마찬가지였다.

페온은 참을 수 없었다. 그가 상상하고 계획했던 퇴임은 이런 식이 아니었다.

어떻게 그럴 수가 있나.

입 안쪽을 어찌나 세게 깨물었는지, 은은한 피 맛이 났다.

"지금의 널, 대체 어떤 후임더러 믿고 따르라고 할 수 있겠나. 페온 그랑. 지금의 넌 신입 기사를 가르칠 자격이 없어."

"……."

"나가. 널 제 발로 걸어 나가게 하는 게, 내 마지막 배려다."

축객령이 떨어질 때까지, 결국 페온은 한마디도 하지 않았다.

문이 열렸다.

단장실 바깥에는 병사와 함께 데샹이 서 있었다.

"후회하실 겁니다."

페온은 목 끝까지 차오르는 화를 눌러 참으며, 밖으로 걸어 나갔다. 쾅 소리를 내며 문이 닫혔다.

"······후회?"

기류는 헛웃음을 흘렸다.

어이가 없었다. 대답을 들려주지 못한 게 한이 될 정도였다.

"그건 아까부터 하고 있어!"

기류의 손에서 잉크병이 날아갔다. 잉크병은 문에 부딪히더니 바닥을 데굴데굴 굴렀다.

페온은 2년 전만 해도 저렇지 않았다. 서른다섯 살까지, 그는 신입 기사들 사이에서도 제법 듬직한 존재였다. 그는 기류보다도 오래 적기사단에 있었다. 후배들이 존중할 만한 사람이었으며, 일선에 선다는 것만으로도 자부심을 가질 만한 사람이었다.

그러나 나이란 잔인한 것이다.

페온의 나이는 이제 서른일곱. 아무렇지 않았던 훈련이 점점 버거워지고, 기량과 체력은 눈에 띄게 떨어지는 나이였다.

축적된 노하우와 전술 덕에 살아남았다고는 하나, 반대

로 말하면 그것밖에 내세울 게 없는 기사가 되었다.

상급 기사인 그를 시험하듯 신입 기사는 계속 들어왔다.

갈수록 떨어지는 기량을 느낀 탓인지, 페온은 일선을 고집했다. 동료였던 기사들을 경쟁자로 여기기 시작한 것도 그쯤이었다.

승급과 발령 제안은 몇 번이나 있었다. 경력이 있는데도 일선만을 고집하는 선임은 난처한 존재다.

그럼에도 페온은 기사단에 남았다. 기류가 그를 존중했기 때문이다.

기사로서 죽겠다는 페온의 말에, 기류는 한 명쯤은 그런 사람이 기사단에 있어도 좋을 거라고 생각했다.

묵묵하게 자기 자리를 지키며 후배들에게 좋은 본보기가 되어주리라 여겼건만.

'억지로라도 보낼 걸 그랬어. 라드파스칼 군영이든 어디든.'

기류는 뒤늦게 후회했다.

페온의 존재가 이런 악수(惡手)로 돌아올 줄은 상상도 못했다.

상사의 눈에 보이는 부하와, 부하 눈에 보이는 상사는 분명히 다르건만.

'간과해선 안 됐는데…….'

텃세는 예상했다.

위계질서가 철저한 집단 속에서 텃세가 없기를 기대하

는 건 바보 같은 짓이다. 인간은 끊임없이 자기가 설 자리를 찾고 자기 위치를 확인하는 존재니까.

그러나 폭행은 예상하지 못했다.

자기 자리를 찾기 위해 폭력을 행사하는 건, 나이 먹고 골방에 들어앉아 가족에게 술병을 휘두르는 날건달과 똑같지 않은가.

기류가 예상한 텃세는 기껏해야 연병장 뺑뺑이나 황궁 위치 잘못 알려주기, 훈련 일지로 트집 잡기 정도였지 피멍 드는 구타가 아니었다.

마수 풀 훈련 또한 마찬가지다.

기세등등한 신입 기사의 콧대를 납작하게 꺾고, 성공할 때까지 반복 훈련을 시키기 위한 수단.

그러나 실패가 폭행으로 이어진 건 이번이 처음이다. 얼핏 본 멍 자국을 떠올리니, 그의 내장이 뒤틀리는 기분이었다.

페온은 도를 넘었다. 저 정도로 심한 폭행은 전무후무했다.

황실 기사라는 직함을 달기 위해 쏟은 노력을 생각하면, 폭행이나 구타 같은 불명예스러운 일로 해임당하고 싶어 하는 자들은 아무도 없다.

텃세는 텃세로만. 칼은 내려놓고. 주먹은 쥐었어도 입에 넣기. 모두 그 정도 상식은 있었다.

시기상으로는 곧 첫 번째 임무가 배정될 때다.

수저 뜨는 법부터 눈깔 굴리는 방향까지 마음에 안 들던 놈도, 등 뒤에 두면 든든해질 시기가 다가온다는 소리다.

적기사단의 텃세는 그렇게 사라져 왔다. 함께 마수를 베고, 사람을 베고, 사선을 넘나들면서.

페온도 유디트도 날건달은 아니다. 기류는 그리 믿었으나, 오늘 그 믿음이 깨졌다.

페온은 선임 기사가 가장 해서는 안 될 행동으로 그에게 실망을 안겼다.

유디트도 마찬가지였다. 그녀의 실력이 아무리 뛰어나도, 뭐든 폭력으로 해결하려 든다면 적기사로 인정할 수 없다.

기류는 어제 막 황자와 함께 유디트의 첫 임무를 결정한 참이었다. 그런데 그 임무를 전달하기도 전에 이런 일이 터질 줄은 몰랐다.

"대체 왜……."

충격을 받은 유디트의 얼굴이 떠올랐다. 더불어 얻어맞은 그녀의 복부가 함께 떠올랐다.

왜 그랬나. 너 대체 왜 그랬어.

그런 얼굴을 할 거면, 그렇게 맞았다면 차라리 말하면 됐을 텐데.

흑, 백, 적. 세 기사단 중 가장 단장실 문턱이 낮은 곳은 누가 뭐래도 적기사단이다. 그런데 왜 내게 말하지 않았나.

'그렇게까지 얻어맞았으면서, 왜?'

기류는 그녀의 당당함이 좋았다.

저 정도의 당당함이라면 무엇이든 능히 해낼 거라 생각했다.

분기마다 들어오는 신입 기사 중, 절반이 넘는 숫자가 1년을 버티지 못하고 그만둔다.

하지만 기류는 유디트가 버티고 남을 거라 믿어 의심치 않았다.

그런데 이젠 모르겠다. 왜 말하지 않았을까?

세 번이나 생각해 봤는데도 모른다는 건 정말 모르는 것이다.

기류의 얼굴이 점차 일그러졌다.

'최악이야.'

기류 르왈흐메이는 22살에 황명을 받아 적기사단을 맡았다. 그러나 3년이 지난 지금에도 기류는 단장직이 어려웠다.

단장직이 천직인 사람이 있을까? 적어도 저는 아니었다.

사실, 저를 향한 높은 평가는 허황된 구석이 많았다.

빛날 수 있는 별은 단 하나기 때문에 다른 별들이 구름 속에 가려졌을 뿐. 저보다도 대단하고 훌륭한 부하가 많았다. 기류를 목숨 걸고 지켜주며 따른, 별처럼 빛나는 부하가 있었기에 비로소 지금의 그가 이 자리에 있는 것이다.

기류가 평가하기에, 그 자신은 세간에서 말하는 그렇게 완벽한 단장도 뭣도 아니었다.

알펜만 아니었더라면 자신은 데상과 함께 백작저에서 배나 긁으면서 살고 있었으리라.

그래서였을까?

내가 믿음직스럽지 못한 상관이라 말하지 않았나?

부하를 질책한 뒤에는 상급자인 기류의 기분 또한 가라앉았다. 물음표가 샘솟는 건 금방이었다.

부하를 질책하는 방식은 나쁘지 않았나? 유디트를 향한 기대는 타당했나? 페온을 향한 징계는 적절했나? 나는 단장으로서 옳은 판단을 내린 게 맞나?

"……."

알 수 없는 일이다. 아무것도 확신할 수 없다.

모든 이의 신임을 받는 건, 카리스마나 노력만으론 안 된단 말인가?

그럼 뭘 어떻게 해야 하지?

기류는 부하들에게 좋은 상관이, 완벽한 상관이 되고 싶었다.

그리고 이렇게 고민하는 것은 완벽하지 않다는 증거였다. 그 점이 종종 기류를 우울하게 했다.

몰러드는 착잡함에 미간을 주무르던 때였다. 노크 소리와 함께 풀 죽은 목소리가 들렸다.

"기…… 단장님, 들어가겠습니다."

"들어와."

데샹이었다. 기류는 차갑게 얼굴을 굳히며 물었다.

"알고 있었나?"

"……죄송합니다. 아까도 말씀드렸지만 돌아오시면 보고드린다는 게, 베르크스 인선 때문에 바쁘기도 해서, 그냥……."

"알고 있었다는 거지?"

"네, 죄송합니다."

기류는 빈말로도 괜찮다고 하지 않았다.

얄궂게도, 함께 지내온 세월이 세월인지라 그의 눈에는 데샹의 생각이 훤히 보였다.

'그래. 알았겠지.'

알았지만 자기가 경고하는 선에서 끝날 거라고 생각했거나, 이렇게까지 일이 커질 줄 몰랐으리라.

아마도 데샹은 스티그마로 찰나의 미래를 봤을 것이다.

스티그마란 카르나크 신이 남기고 간 권능으로, 제각기 다른 사용법과 능력을 갖추고 있다.

데샹이 가진 능력, 전지의 스티그마는 길면 72시간 전의 과거까지 단편적으로 볼 수 있다. 미래도 볼 수 있지만, 그건 단편적인 광경 몇 초를 훔쳐보는 것과 같았다. 심지어 스티그마는 절대, 무슨 수를 써도 데샹이 바꿀 수 없는 미래만을 보여주었다.

데샹은 이 능력을 활용해, 몇 번이나 전황을 뒤집는 소식을 가져왔다.

하지만 한계가 없는 능력은 아니었다.

데샹의 스티그마는 쓸 때마다 심한 두통을 느꼈다. 체력적인 문제로 사용할 수 있는 건 많아봐야 하루 서너 번이었다.

'……게다가 스티그마로 물어온 정보는 어차피 심증일 뿐. 물증이 없다.'

기류와 데샹이 아무리 막역한 사이라고 하나, 기사단원을 처벌하는 일이다.

데샹의 말만 믿고 징계를 내릴 순 없다. 물증이나 자백 중 하나는 필수였다.

하지만 물증이 없을지언정 보고는 했어야 했다. 이는 분명한 직무 유기였다.

"책임지고 너와 내가 수습한다."

"제가, 제가 할게요. 하겠습니다. 단장님은……."

"폭행당한 신입 기사의 규모, 당시의 상황, 증언, 무슨 수를 써서라도 네가 전부 알아내고 확보해 놔."

기류가 그의 말을 잘랐다.

"오늘부터 허가받지 않은 상급 기사의 개별 지도는 금지한다. 상급 기사 소집시켜. 내일 훈련은 쉰다."

"준비하겠습니다."

백발의 부관은 비 맞은 강아지처럼 고개를 떨궜다.

"……죄송합니다."

사과가 이어서 들려왔지만, 기류는 대답하지 않았다. 그 사과를 들어야 할 사람은 자신이 아니었으니까.

❄　✦　❄

'감봉이라니.'

진짜 개 같다.

유디트가 눈물을 삼켰다.

흑기사단에서는 배를 칼로 쑤셔 버리겠다는 무시무시한 협박에도 눈 하나 깜짝 안 하던 유디트였다. 그러나 지금의 그녀는 누가 봐도 주눅 들어 있었다.

'얼마나? 몇 할이나? 언제부터?'

당장 다음 주부터 갚아야 할 돈이 턱 끝까지 차 있다.

식비 좀 줄이면 될까? 그걸로 퉁칠 수 있는 금액일까?

신입 기사 초봉이 월 35만. 그중 3할만 깎여도 24만.

단순 셈법으로 요양원에 보낼 돈과 최소 생활비를 합하면 이미 수입보다 지출이 컸다.

유디트가 손바닥으로 얼굴을 가렸다. 하늘을 손바닥으로 가리는 것과 마찬가지였다. 아무짝에도 쓸모가 없다.

'내가 아직 살 만했구나.'

감봉에 데고 나니 정신이 번쩍 들었다.

유디트는 맨정신으로 신을 찾았다.

'카르나크 신이시여. 한 번만 더 회귀시켜 주세요.'

한 번 더 시간을 돌릴 수 있다면 더도 말고 덜도 말고, 딱 2시간 전으로 돌아가서 주먹을 봉인하리라.

차라리 맞아서 치료비를 청구하면 청구했지. 절대 같이 때리진 않았을 텐데!

'개인 청구서는 분할 납부가 되던가? 페온이 치료비를 청구하면 어떡하지?'

유디트의 동공이 흔들렸다.

그러고 보면 흑기사단에서 포크로 콧구멍을 뚫어준 선임에게도 어마어마한 치료비를 물어줬었다.

'내가 진짜, 살 만했구나.'

그녀가 허탈하게 웃었다.

인생이 고달픈 이유를 안다고 생각했다.

돈과 자존심을 함께 챙기며 사는 나는, 잘못되지 않았다고 생각했다.

여차하면 또다시 콧구멍을 뚫어주면 그만이라고. 성깔을 부리고 폭력적인 실력으로 대우받으면 된다고 생각했다.

회귀와 함께 변했다고 생각했으나, 기저에 깔린 생각과 판단 기준은 쉽사리 변하지 못했다.

'……데어보니 알겠다.'

유디트가 스티그마를 숨긴 목덜미를 쓸었다.

'그러는 게 아니었는데.'

사람은 반드시 변한다. 하지만 하루아침에 변하지는 않는다.

그럼 대체 무엇이 사람을 변하게 하는 걸까. 그럴듯한 사건? 똑똑한 선택?

유디트는 회귀라는 사건을 겪었다. 적기사단이라는 선택을 했다. 그럼에도 제 본질은 아직도 완전히 변하지 못했다.

유디트는 이제 알았다. 진정한 결심, 확실한 목표가 따라오지 않으면 변화는 방향성을 잃고 흐지부지된다.

회귀 한 번으로 변한 줄 알았다.

하지만 여차하면 예전처럼 사는 방식이 튀어나왔다.

깨닫고 나니, 이젠 정말 후회스러웠다.

'그러지 말걸……. 사람 패면 된다고 생각하지 말걸. 폭력으로 해결하면 된다고 생각하지 말걸.'

걸, 걸, 걸의 향연. 감봉과 함께 찾아온 깨달음은 아찔했다.

'……이러면 안 되는데. 예전처럼 행동하면 안 돼.'

변할 수 있단 걸 어떻게 장담하는가. 자신은 예전처럼 땅에 떨어진 돈 없나, 눈을 부라리고 있는데.

돈에 눈이 멀어 같은 짓을 하지 않는다고 어떻게 장담하는가. 예전처럼 사람 패는 저 자신이 여기 있는데, 대체 어떻게.

유디트가 우울해할수록 안절부절못하는 건 루이였다. 그녀가 너무 침울해하자, 눈치를 살피던 루이가 결국 입을 열었다.

"유디트, 혹시 아직도 많이 아파?"

"……괜찮아."

"목은?"

"다 괜찮아. 아무 문제 없어."

그런 것치고는 전 재산을 잃고 길거리에 나앉은 표정이다. 루이는 유디트에게 드리운 암운을 보며 책임감과 죄책감을 느꼈다.

"미안해. 내 책임이 커."

루이가 고개를 푹 숙였다.

"내가 한 번만 성공했으면……. 아니, 아까 참았더라면 이렇게까진 일이 커지지 않았을 텐데."

"됐어. 괜찮다니까. 지나간 일인데 따져서 뭘 해."

지나간 일은 따지지 않지만, 다가올 감봉은 뼈아픈 그녀의 한마디였다.

루이는 자책하고 있지만, 유디트가 보기엔 그럴 필요가 없는 일이었다.

저부터가 프레릭에게 기둥과 방울이 어쩌고 같은 소리를 했었다. 선임의 미움을 사긴 충분했다.

페온 그랑?

'그 새끼는 그냥 쓰레기고.'

뭐 새삼스럽다고 일일이 따지고 앉아 있나. 유디트는 드러눕고 싶어졌다.

한편, 루이는 확신했다. 유디트는 아마 자신이 페온의 쌍방울을 외방울로 만들어놨어도 괜찮다고 했으리라.

그가 희미한 웃음을 지으며 고개를 저었다.

"말이라도 그렇게 해줘서 고맙다."

그의 미소 속에 고마움과 미안함이 함께 담겼다.

"아무래도 내가 널 오해했던 것 같아, 유디트."

"뭐?"

"난 네가 좀 더 냉혈하고, 자기 일만 챙기는 사람인 줄 알았어."

"……"

"돈 밝히고, 남에겐 별로 관심 없는 그런 사람인 줄 알았거든."

루이는 레이먼이 가져다준 연고를 손끝에 덜어냈다.

문득, 유디트는 루이와의 거리가 제법 가깝다는 걸 자각했다.

"가만있어 봐. 발라줄 테니까."

루이는 한 손에는 연고 통을 든 채, 나머지 한 손으로 연고를 처덕처덕 발랐다. 연고 특유의 텁텁한 이질감이 느껴졌다.

행여라도 따가울까 봐, 연고를 바르는 루이의 손길이 퍽 조심스러웠다.

"내가, 아직 사람 보는 눈이 부족한가 봐."

"그……."

그렇지 않아. 나는 여전히 돈이 중요하고 남에겐 별로 관심 없어.

차마, 그렇게는 말할 수 없었다.

유디트는 결국 입을 다물었다. 적절한 대답을 찾지 못할 땐 차라리 침묵이 나았다.

물론 유디트의 속마음을 알 리 없는 루이였다. 연고를 발라주는 그의 마음은 점차 울렁이고 있었다.

'내가 정말 사람을 잘못 봤구나.'

요 이틀간, 루이는 유디트의 새로운 모습을 보았다.

유디트는 루이를 포기하지 않았다.

훈련은 알아서 하라고 내치기는커녕, 비올레와 함께 양파를 가지고 수련하는 루이를 격려했다.

훈련 내내 신학책을 놓아둔 곳을 흘끔거리다가도, 자세가 무너지면 칼같이 지적했다.

엄격함과 다정함이 함께했다.

'……너 때문이라며 원망할 수도 있었을 텐데.'

루이가 그녀를 다정하게 바라보았다. 연고를 바르고 떨어진 손끝이 조금 따뜻했다.

시선을 피한 유디트만큼이나 루이도 겸연쩍었다.

"음, 사실 우린 같은 소대가 아니었다면 말도 나눠보지 않았을 거잖아? 지금이야 친구지만…… 그런 사이였잖아."

"응."

어쩌다 같은 소대에 배치되지 않았더라면 지금까지 말도 안 나눠봤을 사람이었다. 유디트와 루이는 서로가 그 사실을 알고 있었다.

"너랑 어쩌다 친구가 돼서 참 다행이네."

"……."

"앞으로 내가 널 도울 만한 일이 있으면 뭐든 말해줘. 최선을 다해 도울게."

"별로……."

없다고 말해야 했다. 그렇게 말하던 게, 26세의 흑기사 유디트였다. 그 결과는 어떻게 됐던가.

유디트는 루이를 바로 보았다. 살짝 부어올라 비대칭이 된 뺨이며 긁힌 자국 가득한 손등.

마지막으로 보았던 기억 속의 루이와는 확연히 달랐다.

정면에서 마주 보니 확신했다.

'이때는 좀 더 얼굴 윤곽이 갸름했구나.'

루이는 시체가 가장 온전히 남았던 친구다. 마수에게 왼쪽 어깨를 씹혔던 비올레나, 자살했던 칼리파보다는 나았다.

지금으로부터 2년 후인 412년의 겨울. 루이는 출혈 과다로 죽었다.

비올레를 등지고 도망치다가, 그렇게······.

"네가 그러고도 사람이야?"

잊지 못할 기억이 파편처럼 잘게 부서진다.

죄스러운 추억이 가슴을 찌를 때면, 유디트는 언제나 죄인이었다.

그녀는 더는 들을 수 없는 이들을 향해 사죄하고 싶었다. 지금 눈앞에 있는 그들이 아닌, 26살의 유디트와 함께 살았던 그들에게.

유디트는 '어쩌다 같은 소대에 배치돼서 친해진' 친구들에겐 항상 고개를 들 수 없었다.

그때의 유디트는 비올레와 루이의 가족에게 보낼 거라는 기사단 위로금조차 아까웠다.

"그게 할 말이냐? 비올레가, 루이가 죽었는데······ 어떻게 그렇게, 돈이 아깝다는 얼굴로, 뭐라고? 이러니까 약한 사람은 기

사가 되면 안 된다고? 너는, 그런 말을 할 거면서 친구라는 낯짝으로 상판을 들고 다녔어?!"

레이먼은 울면서 화를 냈다. 유디트의 위로금을 내던지는 손길에 거리낌이 없었다.

"네가 그러고도 친구냐?"

화를 내던 레이먼의 앞에서, 유디트는 **빳빳한** 봉투를 든 채 한숨을 쉬었었다.

루이와 비올레의 죽음은 너무 당연했다. 둘의 실력은 저와 확연한 차이가 났으니까.

답답함에 그런 말을 했었다. 이래서 약한 사람은 기사가 되면 안 되는 거야, 라고.

"……."

그때는 정말로 그렇게 생각했다.

돈도 아까웠고, 레이먼에게 화가 났다.

너는 도대체 칼리파가 죽을 때 뭘 했냐며 레이먼이 따졌고, 유디트도 지지 않고 너야말로 뭘 했길래 혼자 살아남고 고개가 **빳빳**하냐며 맞고함을 쳤다.

몇 달 후 레이먼도 죽었다.

친구들과는 그렇게 끝이었다.

'그렇게 살아선 안 됐었는데.'

후회는 아무리 빨라도 늦다.

유디트는 늦은 인간이었다. 눈 깜짝할 사이에 친구들을 빠르게 잃었다.

칼리파가 자살하고, 루이와 비올레는 마수에게 죽고, 마지막으로 레이먼이 광룡 폭주에 휘말려 죽었다.

유디트는 금방 혼자가 되었다.

회귀하자마자, 눈 뜨자마자 가장 먼저 본 사람은 제 손을 잡아주던 비올레다.

유독 그들이 애달프게 다가오는 건, 20살로 회귀했기 때문일까?

'아니야……'

아니다. 그들이 먼저 내 손을 잡아주는 사람들이었기 때문이다.

유디트는 한평생 저 사느라 바빠 누군가를 챙길 여유가 없었다.

친구들이 약해서 걱정되긴 하지만, 칼리파가 종종 종적을 감추고 며칠간 사라지긴 하지만, 레이먼이 도벽을 못 고치고 있단 건 알지만.

어쨌든 남의 일이었다. 내 일은 아니었다.

평생을 그렇게 살았다.

왜 그렇게 야멸차게 살았을까?

유디트는 이제 과거와 결별하고 싶었다. 그 시절은 추억 거리조차 못됐다.

"별로 도울 일 없다고? 요즘 신학에 관심 있는 거 아니었어?"

"······어떻게 알았어?"

"어떻게 알긴, 요즘 계속 신학책을 들고 다녔잖아. 나 때문에 읽을 시간은 없었겠지만."

루이가 연고 통을 닫았다.

"신학이라면 내가 조금 가르쳐 줄 수 있어. 헤마와티 선생님께 홈스쿨링으로 배웠거든."

"······."

"거절하지 말고. 내가 뭐라도 해주고 싶어서 그래."

유디트가 몇 번 눈동자를 깜빡였다.

가장 먼저 든 생각은, 이거라는 확신이었다.

'놓치면 안 돼.'

이건 기회였다.

신학은 어려운 학문이다. 말도 어렵고, 비슷한 단어는 쉴 새 없이 쏟아진다. 문장은 길고, 문단은 더 길다. 도무지 요점이 파악이 안 될 정도로 유디트에겐 어려운 것투성이였다.

지금 유디트가 빌려 온 책 중에는 그녀의 수준에 맞는 신학 서적이 하나도 없었다.

그녀가 원한 신학 서적은 이를테면 8세 유아용 서적. 태초에 카르나크 신이 있었습니다. 카르나크 신이 스티그마를 남겼습니다. 스티그마는 이것입니다, 저것입니다……. 그 정도였다.

물론 그렇게 요점만 쏙쏙 적혀 있는 서적은 없었다.

하지만 사람이라면?

"그럼 부탁할게. 마침 잘됐다. 나한텐 너무 어려웠거든."

유디트의 태도 전환은 빨랐다.

그녀는 망설이지 않았다.

부탁받은 사람인데도, 어쩐지 루이의 표정이 환했다. 오렌지색을 띤 빨간 눈동자가 의욕으로 타올랐다.

그때 누군가가 휴게실 문을 노크했다.

칼리파가 돌아왔나 싶어 고개를 돌린 유디트는, 전혀 예상하지 못한 사람을 마주했다.

기류였다.

붉은 머리카락이 복잡한 마음을 대변하듯 헝클어져 있었다. 살짝 걸친 제복 코트는 단추 하나 잠겨 있지 않았다.

"단장님? 여긴 왜……."

그리고 어떻게? 대체 어떻게 알고 찾아온 걸까?

유디트와 루이는 숙소로 곧장 돌아가지 않고 휴게실에 처박혔다.

연고를 부탁했던 레이먼 말곤 두 사람이 여기 있는 줄

아무도 모를 텐데.

　잰걸음으로 달려온 것 같은 기류가 멀찍이 떨어져 둘을 살폈다.

"루이 경, 잠시 자리 좀 비켜줄 수 있겠나."

"아…… . 예. 알겠습니다."

　루이가 기류에게 인사한 다음, 유디트를 향해 말했다.

"신학 서적은 내가 골라둘 테니 걱정하지 마. 나중에 보자."

"……그래."

　루이가 휴게실을 나갔다.

　문 닫히기 무섭게, 기류가 복잡한 표정을 하고 물었다.

"……신학을 배우나?"

"정확히는 배워볼까 하는 단계입니다."

"그다지 돈 되는 학문은 아닐 텐데."

"……."

　참 놀라울 만큼, 예전에 제가 하던 생각과 똑같았다.

　스티그마 때문이라는 말은 할 수 없었기에, 유디트가 어색하게 대꾸했다.

"그렇게 됐습니다. 어쩌다 보니."

　둘러대는 말치고는 이것만큼 상투적인 게 없었다.

　기류의 눈이 그녀의 목덜미로 향했다.

"……그래. 경이 결정한 거라면 그럴 만한 이유가 있겠지."

　머잖아 기류의 시선이 더욱 복잡한 빛을 띠었다.

유디트의 차가운 반응은 예상했던 바다. 하지만 실제로 마주하니 좀 죽고 싶어졌다.

기류는 평소 죽고 싶다는 말을 바닷가를 노닐며 열대 과일 주스나 쪽쪽 빨고 싶다는 의미로 사용했기에, 이 기분은 퍽 남달랐다.

"유디트 경."

"예."

"……."

"……."

침묵이 이어졌다.

감봉의 효과는 실로 어마어마했다. 두 번은 열렸을 유디트의 입이 한 번 열릴까 말까 했다.

그녀를 불편하게 만드는 건 기류도 원하는 바가 아니었다. 시선을 노골적으로 피하는 모습이, 기류의 마음을 한없이 무겁게 만들었다.

기류 스스로가 놀랄 정도로 마음이 복잡했다.

고작 시선 좀 엇갈렸을 뿐인데.

'미움받았나, 역시.'

기류는 제 감정이 전부 갈무리되지 않았음을 알았다.

하고 싶은 말은 가득 쌓여 있었다.

특히나 가장 묻고 싶은 건, 왜 내게 말하지 않았냐는 점이다.

그러나 이 상황에서 그런 걸 물으면 추궁하는 꼴밖에 안 된다.

결국, 기류가 말을 돌렸다. 그는 다른 문제부터 해결하기로 했다.

"페온 그랑 경은, 당분간 감옥에서 머리를 식힌 다음 전출을 갈 테니 그렇게 알고 있고…… 프레릭 경에게도 징계를 내렸다."

"그렇군요."

페온이 다른 곳으로 가는 건 양팔 벌려 환영이다.

어차피 매일 사건 사고가 터지는 기사단이니, 이번 일도 금방 묻히겠지.

그보다도 급한 건 일단 감봉이었다.

"이번 일에 엮인 신입 기사는 데샹이 책임지고 치료와 수습할 예정이다. 원하는 게 있으면 말하도록 해. 선임 폭행 건과는 별개로, 경도 치료받아야지."

"아뇨, 딱히. 원하는 것도 없습니다."

유디트는 방금 거짓말을 했다. 지금 당장 감봉 물러달라고 하고 싶었다.

망할 감봉! 이럴 줄 알았으면, 맞아주고 깻값이나 받을걸!

"정말 원하는 게 없나?"

"없습니다."

언제나 앞만 보고 가던 기류의 보라색 눈동자가 오늘은

어쩐 일로 바닥행이었다.

유디트는 잠시 의아해졌다.

왜 저러지?

기류는 좀 이상한 얼굴이었다. 후추를 잘못 삼킨 사람처럼 숨을 멈췄다가 쉬길 반복했다.

한참 후, 그는 체념한 듯 고갤 끄덕였다.

"알겠다. 그럼 이거 말인데……."

기류가 코트에서 봉투 하나를 꺼냈다. 편지 봉투보다 한 사이즈 작았다.

"받아."

"……?"

유디트가 의아한 얼굴로 봉투를 건네받았다.

대체 무슨 일인가 싶었다.

안쪽이 비치지 않는 갈색 종이봉투였다. 평범한 종이보다 훨씬 두꺼운 게 제법 고급스러운 종이다. 모양새도 감촉도 어딘지 모르게 익숙했다.

내용물을 확인한 순간, 유디트는 깜짝 놀랐다. 하마터면 토끼처럼 제자리에서 펄쩍 뛸 뻔했다.

"목의 상처, 아직도 다 안 나은 것 같은데 정말 괜찮은 게 맞나?"

기류는 마음이 복잡했다.

병 주고 약 주게 되는 이 상황이 정말 싫었다. 그럼에도 이렇게 물을 수밖에 없었다.

오늘 아침에 집사가 수표를 챙겨 줬을 때만 해도, 이런 일이 생길 줄은 몰랐는데.

유디트가 꺼낸 수표는 색에 따라 최대 지급금이 정해진 수표였다.

'백색은 무제한, 적색은 최대 천만, 그리고 이 청색은…… 최대 백만 골드까지 지급하는 수표.'

푸른 수표 사용인의 이름에는 유디트의 이름이 적혀 있었고, 발행인 부분에는 가문의 인장이 찍혀 있었다.

검은 용과 세 개의 보석 문양. 르왈흐메이 백작가의 문장이 확실했다.

"원래 이렇게 주고받는 건 상식에서 벗어나지만…… 치료비 청구서가 아무리 기다려도 안 오길래."

"아……."

"적합한 금액을 써서 은행에 가져가면 된다."

개인끼리 대놓고 얼굴을 마주 보며 수표를 주고받는 건, 귀족 사회에서는 상식 밖의 일이다. 확인만 하면 부랴부랴 숨기는 게 일반적이었다.

그러나 유디트는 말없이 수표를 들여다보았다.

적합한 금액?

'무조건 백만 골드 적는다.'

유디트는 굳게 다짐했다. 수표가 엄청난 속도로 제복 안으로 들어갔다.

양심이 있다면 치료비로 30만 골드쯤을 적는 게 보통이지만 유디트는 이 기회를 놓칠 생각이 없었다. 감봉까지 당했는데 양심을 찾을 만큼 세상 물정 모르는 꼬마가 아니었다.

돈만 좇는 삶은 살지 말자.

회귀와 함께 그런 생각을 했으나 유디트의 안에는 여전히 양보할 수 없는 게 있었다.

그녀는 아직도 빵과 고기 중에선 고기를 먹고 싶단 점이다.

여전히 유디트는 구리로 도금된 검집보다는 은제 검집이 좋았다.

은색 수실보다는 금색 수실이 잘 어울린다고 생각했으며, 장신구는 역시 크고 비싸고 화려한 게 최고였다.

양보할 수 없는 선은 분명 존재했다. 기준점은 달라지지 않았다.

그러나 그 때문에 오히려 선명해지는 판단 기준이 있다.

'이건 받아도 되는 돈이다.'

인생은 실전이고 현실이다. 이상만을 좇다간 굶어 죽는다.

기사의 명예, 기사의 정의, 기사의 성실. 그런 게 밥을 먹여주던가.

그래서 회귀 전의 저는 오로지 현실만을 좇았다. 빚을

갚고도 초조함과 불안함에 과욕을 부렸다.

하지만 유디트는 이제 진정으로 변하고 싶었다. 과욕을 부리지 않고, 스스로를 파멸로 몰아가는 길에서 벗어나고 싶었다.

어떤 돈을 받아도 되는지, 어떤 호의를 내쳐야 되는지. 그녀는 이제 선택하고 판단할 수 있었다.

'변할 거야. 변하자. 할 수 있어.'

변하자.

폭력으로만 내 가치를 증명하지 말자.

이 회귀를 헛되게 만들지 말고, 현실 속에서 이상을 바라보자.

지나간 시간과 다가올 시간을 통해서라면 분명히 변할 수 있다.

유디트는 그렇게 믿었다.

"감사합니다. 바쁜 일이 많아 미처 신경 쓰지 못했습니다."

유디트가 살짝 고개 숙였다.

"시간 되는 대로 은행에 들르겠습니다."

"청구 기한은 넉넉하니 상황을 봐서 다녀오도록 해."

"그렇게 하겠습니다."

기류가 고개를 끄덕였다.

다시금 어색한 침묵이 감돌았다.

끊겨 버린 대화 속에서 기류는 저를 들여다보는 호박색

눈동자를 응시했다.

사실, 기류는 그 어느 때보다도 긴장하고 있었다.

커리어에 흠집이 나는 정직 처분보다는 기물 파손으로 인한 감봉으로 처리하는 게 그녀를 위하는 길이었다.

하지만 그녀는 돈 때문에 불행해진 적이 있다고 했다.

유디트가 감봉당한 게 조금 전이니 누굴 놀리냐고 불만을 나타낼 수도 있다고 생각했다.

보통은 기사단장에게 그러지 못하지만, 유디트는 달랐다.

그녀는 일반적인 기사와는 다르다. 조만간 황궁에 직접 드나들 게 거의 확실시된 에테르 마스터지 않나.

그래서 더욱 이해할 수가 없었다.

'너는 왜……'

대체 왜 페온에게 맞고도 가만히 있었는지를. 에테르 마스터나 되는 사람이, 대체 왜.

물론 그러한 기류의 마음을 유디트가 알 턱이 없었다.

"유디트 경."

"예."

"또 이런 일을 겪으면……."

"시정하겠습니다. 그럴 일은 없을 겁니다."

"아냐, 책망하려는 게 아니라."

기류가 머리를 헝클어뜨렸다.

"오히려 그 반대야. 나나 데샹 경에게 꼭 말하도록 해. 힘들면…… 언제든."

"……"

유디트는 잠시 입을 다물었다. 그러더니 피식, 웃으며 고개를 끄덕였다.

"알겠습니다. 보고드리겠습니다."

그건 비웃음과는 조금 달랐다.

아.

기류는 확신했다.

그녀는 또다시 이런 일이 있어도 절대 말하지 않으리라.

지금 제 앞에서 알겠다고 하는 유디트의 저 말은 어디까지나 겉치레다.

그리고 기류의 확신은 틀리지 않았다.

유디트는 하마터면 기류의 면전에서 웃어버릴 뻔했다.

고마운 말이다.

그러나 거기까지였다. 듣기 좋은 말이지만 별로 의미가 없다.

'힘들면 말하라니, 뭘 어떻게?'

기류는 어차피 남이다.

그는 저에게 호의적인 사람이고 똑같은 에테르 마스터지만, 어차피 상사고 타인이다.

백만 골드를 거침없이 적을 수 있는 것도 그 때문이다.

친구라면 오히려 눈치를 봤겠지만, 남에게는 좀 뻔뻔해

져도 상관없다. 기류는 저보다 훨씬 많은 돈을 버는 데다, 백작위를 가진 사람이기도 했다. 돈 좀 과하게 청구해도 쩨쩨하게 굴지는 않겠지.

"너무 그렇게 스스로를 몰아세우지 말아."

좋은 사람이라는 걸 안다.

하지만 그래서 뭐?

기류는 좋은 말을 해주는 상관이지만 결국 남이었다.

힘든 일.

비올레나 칼리파라면 말할 수 있다.

만약 두 사람이 힘든 일 없는지 묻는다면, 유디트는 볼품없는 말솜씨로나마 제 사정을 털어놓았으리라. 페온이라는 나쁜 놈이 있어, 감봉당했어, 라고.

하지만 기류에겐 말할 수 없었다.

상사가 어쩌고저쩌고하는 문제가 아니었다. 그는 어차피 남이기 때문이다.

'내 사정을 털어놓을 사람이 아닌걸.'

힘들다는 말을 남에게 해서 뭐 하나. 제 사정만 비참해질 뿐이다.

유디트는 비참한 게 싫었다.

물론 기류의 호의는 고마운 것이다. 제가 촉망받는 인재라서 그러는 것도 있겠지만.

'제르멜이랑은 정말 다르네.'

그래서 유디트는, 그냥 그렇게만 생각했다. 이 단장은 제르멜과는 천지 차이라고.

흑기사단을 관통하는 가장 큰 정체성은 개인주의와 실력주의, 그리고 절대복종이다. 약육강식의 분위기는 모두를 날카롭게 만들었다.

단장의 말이 곧 법. 불만이면 퇴임.

임무 평가는 얼핏 보기에는 공정했으나, 자세히 따지면 그렇지도 않았다.

'사실상 제르멜 마음대로였지.'

제르멜은 실력이 있는 자들을 아꼈다. 그 '아낀다'란 각별한 관심을 기울이거나 자주 부른다는 뜻이 아니었다. 실력주의인 흑기사단에서 제 입지를 다질 기회를 좀 더 많이 주는 것에 불과했다.

제르멜은 기사단의 전체적인 기강에는 별 관심이 없었다. 황제가 기사단에 관심이 없는 것과 비슷했다.

제르멜은 같은 임무를 나간 흑기사 넷 중 한 명의 팔이 잘렸더라도 네 선택이었고 네 실력이 부족했다며 마이너스 평가를 내리는 사람이었다.

'그조차도 귀찮아서 내게 맡긴 적도 있었고.'

서류 처리는 누가 봐도 대충이었다.

기류와는 달리, 제르멜은 따로 부관을 두지 않았다. 잡무는 끝까지 미뤘고, 서류가 오면 한번 읽어보고 사인만 하기 일쑤였다.

보다 못한 유디트가 몇 번 도와줄 때면, 이따금 생각났다는 듯 빼돌린 전사자의 값비싼 유품 몇 개를 던져줬다.

유디트가 그걸 챙겼음은 말할 것도 없었다. 그것도 기뻐하면서.

"……."

유디트의 입가에 잠시 씁쓸한 미소가 감돌다가 사라졌다.

그 모습을 지켜본 기류의 가슴이 덜컥 내려앉았다.

'미움…… 받은 건, 아닌 건가.'

하지만 그뿐이겠지.

텃세를 기합으로 이겨낼 수 있을 거라 믿은 생각은 순진하다 못해 바보 같았다.

그리고 그 생각이 폭행이라는 칼날이 되어 돌아왔다.

저를 향한 칼날이라면 떳떳하게 맞으면 될 일이다. 한데 칼날은 애먼 유디트에게 향했다.

사람이기에 저지를 수 있는 실수였다. 하지만 뼈아픈 실수였다.

뼈는 쉽게 낫지 않는 부위다. 보이지 않고 닿지 않는다.

눈길이 닿지 못하는 어딘가에 분명하게 새겨지는 상처.

기류는 주먹을 질끈 쥐었다.

사과해야 했다.

하지만 어디서부터 어디까지 사과해야 하는 걸까.

경을 개인적으로 신경 써주지 못해서 미안하다고? 경을 감봉시켜서 미안하다고?

그게 상사로서 해도 되는 말인가? 기사단장인 제가 할 수나 있는 말인가?

기류는 마음에서 우러나오는 죄책감과는 별개로, 지독한 혼란을 느꼈다.

부하의 실책은 상사의 실책이다. 기류 또한 이번 일의 책임에서 자유로워질 수 없었다.

모든 것이 그냥 다 제 잘못처럼 느껴지는 한편, 어떤 감정으로 그녀에게 다가가야 할지 모르게 되어버렸다.

그렇게 넘기지 말아줬으면 했다.

다음에는 보고하겠다는, 너도나도 다 아는 거짓말 섞인 대답 앞에서 그는 소리 없이 무너졌다.

어떠한 벽이나 텃세는 조직에서 인정받는 개인이라면 해결할 수도 있지만, 대부분은 그렇지 않다.

머리로는 알고 있었다.

정말 머리로만 알고 있었다.

제가 앉은 자리는 이 정도만 하면 됐지, 라는 말은 통하지 않았다. 언제나 더 잘해야 했다. 그것이 무엇이든지 간에.

착잡한 마음은 엉망으로 뒤엉킨 털실 같았다.

그녀를 향한 미안함과 그녀의 잘못을 가리는 일과, 제 감정 사이에서 갈피를 잡을 수 없었다.

감정이 접시 위에서 지저분하게 흩어진 생선 살 같았다. 손 댈수록 엉망이 된다.

"미리 말씀드리지만…… 금액, 좀 높게 쓸 겁니다. 저 감 봉당했으니까요."

"그래."

"정말 괜찮으신 겁니까?"

"그래."

"정말로요?"

"정말이야."

"나중에 다른 소리 하지 마세요."

"그래. 그럴게."

기류가 고개를 끄덕이자 유디트의 얼굴이 조금 환해졌다.

"감사합니다."

구관조가 된 것 같았다. 그녀의 말에 '그래'라는 대답 밖에 못 하는 제가 너무나도 한심해, 기류는 주저앉고 싶 었다.

"……유디트 경. 조만간 4황자 전하께서 개인적인 외유 를 위해 경을 부를 예정이다."

"임무입니까?"

"그래."

"알겠습니다. 대기하겠습니다. 이만 가봐도 되겠습니까?"

"그래."

"다음에 뵙겠습니다."

유디트가 나간 휴게실에서 기류는 주저앉아 양손으로 눈가를 쓸었다.

정돈되지 못한 말이, 가슴속에 뒤엉킨 채였다.

수표에 얼마든지 적으라고. 할 말이 있으면 뭐든 하라고.

"대체 왜……."

그러나 들어줄 사람 없는 말은 휴게실을 떠돌 뿐이었다.

혼란 속에서 한 가지는 확실했다.

기류는 다음이 아니라 내일도 그녀를 보고 싶었다는 점이다.

❈　✳　❈

쾅, 하는 소리에 페온 그랑은 눈 하나 깜짝하지 않았다. 복도 저편의 철문이 닫히는 소리였다.

벌써 몇 시간째 잠들지 않았다. 잠들 수가 없었다.

'좌천이라니.'

화가 난 페온은 우그러뜨린 종이를 집어 던졌다.

도무지 납득이 안 갔다. 말도 안 되는 일이었다.

뭘 그리 잘못했단 말인가?

몇몇 후임이 찾아와, 상급 기사인 그에게 사과문을 쓰는 건 어떻겠냐며 넌지시 권했다. 그들은 기꺼이 페온의 정상참작을 바라며 탄원서를 올리겠다는 뜻을 내비쳤다.

물론 페온은 분노에 몸을 떨며 길길이 날뛰었다. 그의 반응에 동료 기사들은 학을 떼며 돌아갔다.

사과문?

'누구에게? 내가 왜?'

적어도 그가 계획하고 상상했던 퇴임은 물 건너갔다.

적기사단에서 지방으로 좌천당한 황실 기사가 말년에 어떤 취급을 받는지는 동료들을 보아와서 알고 있다.

그 추잡하고 볼품없는 일을 제가 겪어야 한다니.

"젠장…… 젠장……!!"

참을 수가 없었다. 페온이 마저 벽을 치며 소리를 질렀다.

분노로 악을 지르는 페온 말고는 아무도 없는 지하였다.

그렇게 얼마나 지났을까.

씩씩대며 숨을 몰아쉴 때였다.

"화가 많군."

등줄기를 따라 소름이 돋았다.

착 가라앉은 목소리였다. 시선을 돌리자, 로브로 몸을 감싼 남자가 벽에 기댄 채 페온을 보고 있었다.

언제부터 거기 있었을까. 철문은 한 번도 열린 적이 없었는데, 언제 사람이 들어왔단 말인가.

그러나 그런 것을 고민할 틈도 없이 남자가 성큼성큼 걸어왔다.

"누, 누구……."

"멋지게 모욕당한 느낌은 어떤가."

"……."

페온이 입술을 질끈 물었다.

그리고 이어진 남자의 말에 페온의 입은 서서히 벌어졌다.

"페온 그랑. 서른일곱 살. 적기사. 에테르 각성은 29세. 입단은 26세, 하지만 턱걸이 입단이 실패하니 다음 해 뒷돈으로 나이를 한 살 낮춰 속이고 입단. 마지막에 입단 성공이라니 다행이더군. 꽤 늦었던데."

"그걸…… 어떻게……."

목 졸린 사람처럼 페온의 얼굴이 창백해졌다.

페온이 나이를 속였던 건 십 년 전 일이다. 그의 터부를 알고 있을 법한 사람은 진즉 은퇴를 했거나 황실을 떠났다.

그런데 이제 와서 누가 어떻게 알고?

목소리가 떨리는 페온에 비해 철창 너머의 남자는 아무 반응이 없었다. 그저 이렇게만 말했다.

"복수하고 싶다면 도와줄 생각이다."

"……."

순간 소름이 끼쳤으나, 곧 알 수 없는 상대를 향한 적의
가 날카롭게 뻗어 나갔다.

페온이 씨근덕거렸다.

"복수? 네가 뭔데? 내가 누구한테 하고 싶을 줄 알고?"

"모두에게."

"……."

"모든 걸 망쳐주고 싶은 기분이겠지."

철창 앞까지 다가온 남자가 손가락만 한 유리병을 품에
서 꺼냈다.

유리병이 데굴데굴 구르더니, 곧 페온의 발치에서 멈췄다.

유리병 속에는 붉은 액체가 찰랑거리고 있었다. 홀린 듯
유리병을 집어 든 페온이 파르르 몸을 떨었다.

"조만간 탈옥할 기회를 주지. 복수를 원한다면 노스카
나 공작성 방향으로 와라. 네 능력을 확실하게 펼칠 기회
도 주겠다."

"……."

"선택은 네 몫이다."

남자는 그렇게 말하며 한 걸음 뒤로 물러났다.

"기, 기다려! 물어볼 게……."

유리병을 살피던 페온이 뒤늦게 철창으로 다가갔다.

그러나 방금 전까지 냉엄한 목소리로 말했던 사내는 어
둠 저편으로 사라져 버렸다.

남겨진 페온은 유리병을 쥔 채 망연자실하게 서 있었다.

곧, 귀신에게 홀린 것처럼 멍했던 그의 눈에 살의가 깃들었다.

페온 그랑의 탈옥 소식이 들린 건 그로부터 며칠 후였다.

Chapter 4
지랄 총량의 법칙

유디트가 100만 골드를 한꺼번에 받자마자 가장 먼저 한 일은 석 달 치 요양원 빚 선납이었다.

수중에서 한꺼번에 75만 골드가 사라졌는데 마음이 날아갈 듯 가벼웠다.

단 몇 달간이라도 빚이 사라졌을 때의 해방감은 빚져본 사람만이 안다.

'남은 건 295만!'

빚도 갚다 보면 뿌듯해지게 마련이다.

특히 앞자리가 줄어들었을 때의 희열은 말로 다 할 수가 없다. 단위 수가 달라지면 희열은 곱절로 늘어난다.

유디트가 16살일 때 쓰러진 어머니는 2년간 요양원을 전전했다.

요양원과는 별개로 약값과 진료비로 떠안은 돈은 황실 기사가 되기 전 악착같이 벌어 갚았다.

이제 남은 건 요양원 빚뿐.

사정을 고려해서 기다려 주던 아르파 요양원도 슬슬 독촉장을 자주 보내기 시작했으나, 황실 기사가 되니 사정이 조금 달라졌다. '이 이상 어떻게 믿고 기다려?'에서 '그럼 믿고 기다리겠습니다'로.

황실 기사는 겸업이 불가능하다는 단점이 있지만, 숙소와 식사 지원비가 나온다. 무엇보다 신분이 확실해지고 신용이 생긴다.

비빌 곳 없는 유디트에게는 더없이 좋은 일이었다.

'이래서 황실 기사 신분을 못 버리지.'

내일 당장 내야 할 돈을 다음 달에 낼 수 있는 유예기간. 유디트는 그 유예기간을 황실 기사라는 직함으로 사고 있었다.

감봉 처분도 생각보다는 가벼웠다.

최악의 경우 절반 가까운 감봉을 각오했으나, 뚜껑을 열어보니 2할 감봉으로 그쳤다.

데샹이 폭행 건을 끝까지 조사한 뒤, 훈련장 파손과 규율 위반에 대한 책임만 적용해 주었기 때문이다.

'데샹 경. 당신 좀 재수 없지만 내 인생에 도움이 되는군요'라는 말은 물론 할 수 없었다. 눈 밖에 나긴 싫으니까.

데샹은 모든 일이 끝나고 유디트를 비롯한 신입 기사에게 정중히 사과했다. 유디트는 어렵잖게 사과를 받아들였다.

여하튼 유디트는 기뻐서 맨땅에 앞구르기라도 할 수 있을 것 같았다.

감봉당한 월급으로 20만 골드씩 내면, 석 달 후의 빚은 무려 235만 골드로 줄어든다.

순조롭다. 매우 순조롭다.

'나머진 땅만 팔면 어떻게든 될 거야. 그나저나 토지 업자한테선 왜 연락이 없는 거지?'

유디트가 갸웃거리며 은행 창구에서 멀어졌다.

"유디트, 다 끝났어?"

"응. 기다려 줘서 고마워."

저편에서 하품하던 비올레가 살갑게 웃으며 다가왔다.

요양원에 송금까지 하느라 제법 시간이 걸렸는데도 비올레는 불평 한마디 없이 기다려 줬다.

"고맙긴. 일은 다 본 거지?"

"응."

"그럼 가자!"

비올레가 방방 뜨며 유디트의 등을 떠밀었다. 유디트는 픽 웃으며 말했다.

"외출 한 시간밖에 안 남았는데 괜찮아?"

"휴, 당연하지. 내가 한 시간 동안 얼마나 알차게 놀 수 있는지 보여준다아악!"

비올레는 그렇게 말하며 유디트를 끌고 나섰다. 유디트는 키득키득 웃으며 그녀의 뒤를 따랐다.

목돈이 들어온 건 정말 오랜만이었다.

요전에 비올레를 시무룩하게 만들었던 아이쇼핑 때가 생각나, 큰마음 먹고 외출을 권했는데…….

'권하길 잘했다.'

신이 난 비올레를 보며, 유디트는 진심으로 그렇게 생각했다.

곳간에서 인심 난다고, 수중에 돈이 있으면 마음도 넉넉해진다. 여차하면 뭔가를 살 수 있다는 여유. 그 자체가 유디트에겐 귀중했다.

이럴 때일수록 과소비는 경계 대상 제1 순위라 일부러 금화는 적게 들고 왔지만 말이다.

이곳저곳 돌아다니던 두 사람이 가장 오래 걸음을 멈춘 건 모자 가게였다.

요즘 수도에서는 동물 귀를 단 모자가 유행이었다.

'모자에 토끼 귀를 달아놓다니, 어쩌자고 이런 걸 만들어둔 거람? 누가 쓴다고?'

유디트가 토끼 귀 모자를 내려놓으며 고개를 절레절레 저었다.

그때 승마용 모자를 벗은 비올레가 소리쳤다.

"와! 그거 완전 귀엽다! 유디트! 한번 써봐!"

"……싫어."

"왜? 잘 어울릴 텐데."

"죽어도 싫어."

"그러지 말고 써봐, 한 번!"

"돈을 줘도 싫어!"

"혁, 진짜 싫은가 보네……."

비올레는 더 권하지 않았다.

물론 진짜로 돈을 준다면 열 번 넘게 쓸 수 있지만, 세상에 그런 호구가 있을 리 없지.

'남들 눈엔 이런 게 귀여운 건가? 내 눈이 이상한 거야?'

유디트는 뾰로통한 얼굴로 챙이 넓은 보닛을 골랐다.

"그거 사려고?"

"아니. 그냥 구경만."

말은 그렇게 했으나, 유디트는 꽤 오랫동안 보닛을 매만졌다.

크림색 모자는 거리에서 파는 물건치곤 제법 우아한 느낌을 줬다. 멀리 휴양을 떠날 때 쓰면 딱 좋을 것 같았다.

살까.

돈이 없는 건 아니다. 하지만…….

'됐어. 지금 내가 이런 거나 살 때가 아니잖아.'

모자 장수는 살사노산 비단 실이니, 공작 깃털이니, 말이 많았지만 결국 유디트의 마음을 돌리지는 못했다.

마음에 드는 물건을 애써 내려놓을 때면 가슴 한구석이 씁쓸했지만, 자주 느꼈던 감정이니 괜찮았다.

유디트가 한참을 매만지던 크림색 보닛을 애써 내려놓고 물었다.

"비올레, 다음엔 어딜 갈까?"

"……음, 난 모자 구경 좀 더 하고 싶은데."

"괜찮아. 기다릴게."

"그럼 기다리는 김에 커틀릿 좀 사다 줄래? 요 앞에 무화과 잼이랑 햄 치즈 넣은 커틀릿을 파는 곳이 있어. 세 개 사서 칼리파랑 나눠 먹자."

"햄 치즈에 잼이 웬 말이야?"

"먹어보고 눈물 흘리지나 마셔."

비올레가 동전을 건넸다.

"루이와 레이먼 몫은 없는 거네. 불쌍해라."

"후…… 유디트, 사실 햄 치즈 커틀릿은 여자들끼리만 나눠 먹는다는 오래된 전설이…… ."

"거짓말하지 마."

비올레는 코가 늘어나는 시늉을 했다.

"참 나."

유디트가 픽 웃었다.

커틀릿 가게는 그리 멀지 않은 곳에 있었다.

유디트가 부탁받은 대로 커틀릿을 세 봉지 사서 돌아왔을 때는 비올레도 구경을 끝낸 후였다.

그녀는 모자가 든 종이봉투를 달랑달랑 흔들며 저를 반겼다.

두 사람이 느긋한 걸음걸이로 황궁을 향했다.

"과즙 얹은 빙수 먹고 싶다."

"곧 겨울인데? 비쌀걸."

"겨울엔 눈 퍼 오면 되잖아. 과즙만 있으면 되니 오히려 돈이 굳지."

"……!"

유디트는 새로운 깨달음을 얻었다.

"겨울에 빙수 장사나 해야겠어."

"누가 먹는다고?"

"비올레 너한테 팔면 되지."

"안 사요!"

시답잖은 대화를 나누고 나니 벌써 황궁이었다.

비올레는 유디트가 품에 안고 있던 커틀릿 봉투를 두 개 빼 들었다. 그러곤 꼭 빈 곳을 채우듯, 모자가 든 봉투를 욱여넣었다.

"커틀릿 심부름값이야."

"뭐?"

유디트가 두어 번 눈을 깜빡였다.

……설마.

유디트는 허겁지겁 봉투를 풀었다.

아니나 다를까. 종이봉투 속에는 리본으로 한 바퀴 묶은 크림색 보닛 모자가 들어 있었다. 아까 전 한참 동안 만지작거리다가 내려놓길 반복했던 모자였다.

"……비올레."

"나 모자는 저번 달에 이미 샀어. 속았지? 속았지? 깜짝 놀랐지?"

"……."

친구가 감동하는 모습을 보고 싶었던 비올레는 눈을 반짝였다.

유디트는 크림색 보닛을 한참 매만졌다. 그러다 조금 다른 의미로 환하게 웃으며 내일의 지옥문을 열었다.

"비올레. 우리 내일부턴 훈련량 3배 늘리자."

"뭐? 싫어! 지금 감동할 타이밍 아냐?!"

"엄청나게 감동받았어. 그래서 이래."

"거짓말!"

비올레는 믿지 않았지만, 유디트는 진심이었다. 웃음이 멈추질 않았다.

"너무 고마워."

유디트가 모자를 끌어안았다.

"아껴서 쓸게. 진짜로. 정말 소중히 쓸게."

어쩌면 너무너무 아끼는 모자가 되어서 한 번도 못 쓸 수도 있겠다. 그러한 예감 같은 마음으로, 유디트가 활짝 웃었다.

왜 훈련량이 3배 더 늘어난 건지는 모르겠지만, 유디트가 워낙 기뻐 보였으므로 비올레는 따지지 못했다.

유디트는 챙이 넓은 크림색 보닛을 몇 번이고 썼다가 벗었다.

"잘 어울려?"

"잘 어울려."

두 사람이 마주 보고 웃었다.

❋　✦　❋

황실 기사는 자진해서 휴일을 반납해야 할 때가 있다. 황명이 내려졌을 때다.

4황자 이든이 일몰 무렵 유디트를 불렀으므로, 외출은 해 뜬 동안에만 누릴 수 있는 사치였다.

유디트는 챙이 넓은 크림색 보닛 모자를 협탁 위에 올려 두었다. 당분간은 모자만 봐도 배가 부를 것 같았다.

제복으로 갈아입고 향한 4황자 궁은 크지도 작지도 않은 아담한 연못이 인상적이었다.

위엄이 서린 본궁이나 휘황찬란한 황제 궁과는 달랐다.

깔끔하게 잘 관리되고 있다는 인상을 주는 곳이었다.

"유디트 경, 어서 오게."

"4황자 전하를 뵙습니다."

유디트가 고개를 숙였다. 이든 황자는 휘적휘적 손을 저었다.

"그렇게 딱딱하게 굴지 말고, 이리 와서 앉게."

"괜찮습니다."

황자가 앉으라고 진짜 앉는 기사가 어디 있나.

유디트의 정중한 사양은 필수적인 허례였다. 그래서인지 이든도 오래 권하지는 않았다.

"기사단이 소란스러웠다 들었네."

"염려를 끼쳐 드려 송구합니다."

"아니야, 나야 기류 그 자식이 쩔쩔매는 거 옆에서 구경하는 재미나 보는 거지. 얼핏 경이 엮였다는 말은 들었는데, 아무 일 없고?"

"예. 배려해 주신 덕분입니다."

"다행이네."

이든은 더 뜸을 들이지 않고 본론을 꺼냈다.

"오늘 경을 부른 이유는 다름이 아니라 부탁할 게 있어서야."

"무엇이든 편히 말씀해 주십시오."

4황자의 호출 소식을 듣자마자 예상했던 이야기다.

황자가 농담 따먹기나 하자고 저를 불렀을 리는 없으니.

"이틀 후 외유를 나갈 생각일세. 인원은 그리 많이 대동하지 않을 생각이고."

황족의 외출은 마음먹기에 따라 얼마든지 거창해질 수 있다.

호위 기사와 시종 몇 명만 데리고 나가는 경우부터 황자의 말을 돌볼 말구종까지 데려가는 대행렬까지. 상황에 따라 달랐다.

"이 시기 노스카나 공작성은 절경이 따로 없거든. 헤디키움 꽃도 그렇고, 보고만 있어도 마음이 푸근해져서……. 그래서 말인데."

"예."

"경이 호위를 좀 해줬으면 하네."

"알겠습니다. 맡겨주십시오."

유디트는 망설임 없이 대답했다.

어느 정도 이런 내용일 것이라 예상했기 때문이다.

'가장 무난한 길이지. 가까워질 만한…….'

일개 기사였다면 황자에게 손수 부탁한다는 말까지 들을 리 없다.

하지만 유디트는 에테르 마스터고, 이든은 누구보다도 그 실력을 먼저 알게 된 황자였으니 이런 식으로 나올 거란 예상은 어렵지 않았다.

"공작성 부근까지 아무 어려움이 없도록 편히 모시겠습니다."

"고마워. 그렇게 말해주니 든든해. 형님도 기뻐하실 거야."

"······예?"

유디트의 목소리가 잠시 붕 떴다.

순간, 등줄기가 차게 식었다.

"내 호위는 언제나 그랬듯 기류가 맡을 걸세. 이번에 경에게 부탁할 사람은 다른 사람이야. 나와 함께 가는 형님이지."

형님?

이든의 형님은 셋이 있다.

1황자 알베르트. 2황자 에드워드. 마지막으로······.

제 손으로 죽였던 3황자.

'그럴 리가 없어.'

아니야. 아닐 것이다.

카르나크 신이 아무리 속내가 꼬여 있다 해도, 제게 그런 운명을 들이대지는 않을 것이다.

남의 팔다리 힘줄은 끊었어도 돈을 위한 살인은 안 했던 유디트가 처음으로 선을 넘은 순간이 있었다.

사람이 이렇게 많은 피를 토하는구나, 새삼 깨닫게 한 사람이었다.

3황자. 윌리엄 오스카 베리타스.

'그럴 수는 없어.'

그러나 유디트의 기대를 산산이 부숴놓듯, 이든은 다정하고도 부드러운 목소리로 하명했다.

"이틀 후, 경은 윌리엄 형님을 비롯한 황자비 내외를 수행하게 될 거야."

모든 것이 아득해지는 순간이었다.

'잘못 들은 게 아닐까?'

심장이 걷잡을 수 없이 뛰었다. 뱃멀미하는 것처럼 가슴 속이 울렁거렸다.

윌리엄. 3황자 윌리엄.

"마……."

말도 안 된다.

그렇게 말하려던 유디트는 가까스로 입술을 물었다. 무의식적으로 말이 튀어나갈 뻔했다. 그만큼 솔직한 진심이었다.

그녀는 한참 말을 골랐다.

"제게 그럴 자격이, 있는지 모르겠습니다……."

"기사단 일이 걸려서 그러나? 마음 놓게. 기류가 뭐라고 해도 내가 허락하면 괜찮아."

그런 문제가 아니었다. 하지만 어떻게 말하면 좋단 말인가!

회귀한 지 시간이 제법 흐른 것 같지만 따져보면 그렇지도 않다.

유디트는 회귀 직후, 보름달을 보고 나서야 비로소 회귀했음을 뼈저리게 느꼈다.

느낄 수밖에 없었다. 3황자를 죽이던 날엔 초승달이 떴으니까. 그날이 제 인생에서 가장 어두운 밤이었으니까!

유디트는 3황자 윌리엄을 살해했다. 그리고 그녀 또한 살해당했다.

윌리엄의 호위로서 세상에서 가장 자격이 없는 사람을 꼽아보라면 틀림없이 저였다.

'거절하고 싶어.'

유디트는 진심으로 그렇게 생각했다.

그녀는 이래 봬도 임무를 거절한 적이 없었다.

수렁으로 빠질지언정 눈앞에 놓인 길은 일단 달리고 봤다.

하라면 했다.

빌어 처먹을 인생에서 발버둥만큼 잘하는 게 없었기 때문이다.

정말이지 돈 때문에 후회하거나 뒤돌아볼 시간도 없이 달려온 26년이었다.

"형님은 개인 호위로 마법사를 대동하고 계셔. 소수지만 별도의 친위대도 함께할 거야. 노스카나 공작령에 진입하면 더욱 안전할 테고."

"……"

"그리 긴장할 것 없어. 경이 그 실력으로 실수할 리도 없으니까."

실수.

유디트는 하마터면 웃음을 터뜨릴 뻔했다.

개인 호위로 대동한다는 마법사를 유디트는 아주 잘 알았다. 어쩌면 3황자 본인보다 더 잘 알 수도 있다.

'방해라서 가장 먼저 죽였는걸.'

운명의 장난이라고 할 수밖에 없다. 유디트는 심한 갈증을 느꼈다.

거절할 수 없다. 피할 수 없다.

이 자리는, 황실 기사는 그런 자리였다.

신용을 거머쥐고 숙식을 해결하기 위해 제 발로 걸어 들어온 벼랑 끝.

뒷걸음질 칠 공간은 없다.

남은 건 전진뿐임을 누구보다도 잘 알고 있다.

"알겠습니다. ……목숨을 바쳐서라도 반드시 3황자 전하를 지키겠습니다."

이든은 환한 얼굴로 그녀를 바라보다가 고개를 갸웃거렸다.

'흐음……?'

유독 그녀의 얼굴이 딱딱하게 느껴지는 것은 떨어져 지켜보는 각도 탓이겠지. 그렇게 생각하며, 이든 황자는 유디트의 퇴실을 허락했다.

유디트는 인사를 끝내기 무섭게 잰걸음으로 황자 궁을 나왔다.

밖으로 나오니 어느새 해가 저물어 있었다.

유디트는 황자 궁에서 완전히 멀어진 후에야 땅이 꺼질 듯 한숨 쉬었다.

'때려치울까.'

밥벌이하면서 살다 보면, 누구나 비슷한 감정을 느낄 때가 있다.

일이고 나발이고 알 게 뭐냐. 그냥 내일 당장 사직서나 낼까. 일단 때려치우는 게 답이 아닐까.

그런 이성적이지 못한 생각들이 치솟는다.

'진짜 때려치울까.'

충동적인 생각이 오늘따라 유혹적으로 느껴졌다.

유디트는 진심이었다.

레이먼에게 부탁해 식당의 닭튀김이나 훔쳐와서 배부르게 먹고 늦잠 잔 다음 뒷일은 나중에 생각하고 싶었다.

'진짜 때려치우고 싶다!'

천재니 뭐니 치켜세워 주지만 결국 한 달 벌이 월급쟁이다.

남의 돈을 받아먹는 황실 기사로 남는 한 퇴직의 유혹은 사라지지 않으리라.

'땅 팔고 한적한 지방으로 내려가서…….'

허황된 몽상이 오늘따라 매력적으로 다가왔다.

그러나 회귀 전에도, 후에도 써본 적 없는 사직서를 오늘 밤에 뚝딱 만들어다 던질 수는 없으리라.

심란한 마음을 가눌 길이 없었다.

터벅터벅 기사단 외곽까지 걸어온 유디트는 우물가에서 세 번이나 세수했다.

온몸이 부르르 떨렸다. 귀는 떨어져 나갈 것처럼 시렸다.

'윌리엄 황자…….'

마음이 무겁다.

다음 황좌엔 누가 앉는가. 누가 황제의 재목인가. 그런 말이 나올 때면, 가장 먼저 거론되는 이름이 둘 있었다.

바로 1황녀 올가와 3황자 윌리엄이다.

1황녀 올가는 황제의 가장 큰 사랑을 받으며 태어난 맏딸이다.

황가와 공가의 푸른 피만이 이을 수 있다는 역대 청기사. 그 지위를 거머쥔 것도 1황녀 올가였다.

그러나 1황녀가 신병을 앓기 시작하자, 사람들은 황좌를 놓고 다른 이름을 거론하기 시작했다.

바로 3황자 윌리엄이었다.

다음 황제는 사람을 다룰 줄 아는 3황자다. 공공연하게 그런 말이 나돌았다.

그만큼 3황자는 어떤 방식으로 자기를 드러낼지를 파악하는 사람이었다.

윌리엄을 모시는 사람들에게는 공통점이 있다.

바로 '3황자라는 숨겨진 황제감을 내가 알아보고 찾아냈다'라는 뿌듯함을 느낀다는 점이다.

적의 적은 친구로 대우하는 유연함. 부드러운 말투 속에 숨겨진 기민한 판단력과 우아함을 갖춘 3황자의 교섭 능력은 많은 동맹과 추종자를 만들어냈다.

심지어 인품 또한 훌륭했다.

3황자 윌리엄은 사람을 끌어들이는 힘이 있었다.

그는 너무 영악하지도, 순진하지도 않았으며, 제 세력을 잘 보듬었다.

그러나 하늘은 3황자에게 모든 걸 허락하지 않았다.

'건강만 좋았다면 진즉 황태자가 되었을 사람이었지.'

3황자는 몸이 약했다. 날 때부터 몸이 약했던 윌리엄은 성인이 되자 더욱 크게 앓기 시작했다.

면역력이 크게 약해지자 온몸에 검은 반점이 올라왔고, 탁한 피를 뱉어냈다. 한때는 신성 치료를 해줄 신관이 없으면 사경을 헤맬 지경이었다.

그사이 1황자와 2황자는 그를 비난하고 깎아내리며, 기반 세력을 야금야금 갉아먹었다.

황좌는 천천히 3황자에게서 멀어지기 시작했다.

거기까지 걸린 시간이, 유디트가 기억하기로는 6년이었다.

모든 가능성을 잘라내기 위해 기필코 3황자를 죽이라는 명령이 떨어지기까지 6년.

유디트는 명령에 따랐다. 시켰으니 했다. 넝쿨째 굴러들어 올 700만 골드를 생각하면서.

첨벙!

그녀가 다시 한번 양동이 속에 얼굴을 디밀었다.

뽀그르르 기포가 올라왔다.

얼굴 가죽이 떨어져 나갈 것처럼 차가웠지만, 유디트는 숨쉬기가 힘들 때까지 버텼다.

머잖아 그녀가 얼굴을 들었다. 요란한 소리와 함께 물방울이 한꺼번에 후드득 떨어졌다.

"후우, 후, 후우……."

한껏 숨을 참아서일까. 귓가에서 이명이 들렸다. 잠시 머리가 어지러워 그녀는 이마를 짚었다. 그것은 일종의 자학이었으나, 지적할 사람은 아무도 없었다.

물기를 훑어낸 뒤, 커다랗게 숨을 내쉬었다.

두렵다.

싫다.

도망치고 싶다.

혹시 이 모든 일이 저를 꾀어내는 함정은 아닐까.

윌리엄이, 그를 살해했던 저를 기억한다면?

밑도 끝도 없는 상상이 그녀를 굽어보고 있는 기분이었다. 불행이 저를 뜯어보며 히죽 웃는 것만 같아, 유디트는 몸서리쳤다.

여태껏 이런 감정을 느껴본 적이 없었다.

지금 저에게 칼을 쥐여주고 윌리엄을 죽이라고 해도, 손가락 하나 대고 싶지 않았다. 칼을 저편으로 내던져 버리고 싶을 정도였다.

옛 기억과 함께 눈동자가 무겁게 가라앉았다.

3황자를 죽이려던 날을 기억한다. 어쩐 연유인지 두문불출하던 1황녀 올가가 3황자 궁을 방문하여 경계를 엄중히 할 것을 권했다.

그러나 유디트는 올가의 염려를 무색하게 만드는 데 성공했다. 그녀는 엄중한 경계를 뚫고 윌리엄을 죽였고, 그 끝에 개값으로 매도당한 목숨을 잃었다.

'……기억을 석고로 만들 순 없을까.'

하얗게 새로 덮어버리고, 시간이 지나면 알아서 단단해지도록.

저질렀던 일을 없앨 수만 있다면, 얼마든지 신전에 헌금을 낼 텐데.

유디트는 태어나서 처음으로 헌금 내는 사람들의 마음을 이해했다. 별 쓸모없는 이해였다.

'어차피 결정된 일.'

4황자의 명령을 무시할 수는 없는 노릇이다. 그걸 알면서도, 유디트는 제 행동이 기만으로 느껴졌다.

포상금에 눈이 멀어 3황자를 죽였던 건 언제고, 그를 호위하게 되다니.

지긋지긋한 죄책감이 몰려들었다.

용서받지 못할 일방적인 죄책감은 그녀를 지치게 했다.

죄책감은 부정하고 도망칠 수 없는 감정이다. 어떻게든 쫓아와서 마음을 덮친다.

얼마나 더 이런 감정을 느껴야 할까?

아마 황실 기사를 관두기 전까진 계속이겠지. 그리고 지금은 사직할 만한 상황이 못 된다.

유디트는 자조했다.

'사람 한번 잘 뽑네.'

4황자 이든은 형들에 비하면 보잘것없으나 그에게도 알려진 장점이 있다. 바로 안목이 높다는 점이다.

우연이든 아니든 이든은 참 적재적소의 인재를 찾았다.

다른 사람도 아닌 3황자라면, 유디트는 어금니가 몽땅 나가는 한이 있더라도 그를 지킬 것이다.

속죄를 위해서라도.

'괜찮을 거야.'

곧 유디트는 자신에게 들려주듯 말했다.

노스카나 공작성은 그리 멀지 않은 장소다. 편도 네다섯 시간 거리로, 따르는 건 고되지만 며칠이나 행군할 거리도 아니다.

'가벼운 외유라고 했으니까.'

괜찮을 것이다.

이 시기에 황가나 기사단에서 큰 사달이 난 기억은 없으니까.

유디트는 간신히 진정하고 방으로 향했다. 그리고 기사단 숙소 앞에서 저를 기다리는 사람과 만났다.

"유디트!"

"비올레?"

"큰일 났어. 칼리파가⋯⋯!"

저를 울먹이며 찾을 사람도, 그럴 만한 이유도 많지 않다.

안색을 달리 한 유디트는 비올레가 이끄는 대로 달려 나갔다. 걸음에 망설임은 없었다.

❋　✦　❋

비올레가 칼리파를 발견하게 된 건 순 우연이었다.

"커틀릿 나눠 먹자고, 하려고 했는데 그게⋯⋯."

비올레의 침대에 누워 있는 칼리파는 새파랗게 질린 얼굴로 숨을 가쁘게 내쉬고 있었다.

불규칙한 숨 속에서 매스꺼운 냄새가 났다.

그 냄새를 맡자마자 유디트는 그녀에게 무슨 일이 있었는지 파악해 냈다.

"비올레. 실과 바늘은 어딨어? 그리고 식당에 가서 레몬이랑 물 좀 가져다줄래? 혹시 안 내주면……."

"레이먼한테 훔쳐다 달라고 할게! 실이랑 바늘은 서랍장 안에 있어!"

비올레가 쏜살같이 방을 나섰다.

별다른 설명도 없었는데 제 말을 믿고 먼저 움직여 주는 친구가 고마웠다.

유디트는 침대에 걸터앉아 칼리파의 베일을 벗겼다.

평소라면 베일을 벗기긴커녕 몸에 손대는 것조차 질색했을 칼리파가 잠잠했다.

"칼리파. 정신 좀 차려봐. 칼리파."

"……."

칼리파는 끙끙대면서도 희미하게나마 반응했다.

"칼리파. 내 말이 들리면 손가락을 두 번 굽혀."

느리지만 천천히 두 번. 왼손 새끼손가락이 움직였다.

'다행이다. 의식은 있어.'

유디트는 서랍장에서 바늘을 꺼낸 다음, 칼리파의 열 손가락을 땄다.

검붉은 피가 울컥 쏟아졌다. 피가 금방 제복을 더럽혔지만, 유디트는 신경도 쓰지 않았다.

'이 정도면 금방 해독되겠어.'

섭취하면 나타나는 특유의 매스꺼운 냄새. 이는 무색무취의 마비 독을 가진 아리마 열매의 특징이다.

흑기사 시절, 유디트 또한 이 훈련을 거쳤다.

흑기사단의 훈련이나 내부 규율은 바깥에 알려지지 않는 게 많다.

아리마 열매를 통한 마비 독 적응 훈련도 그중 하나였다.

무조건 죽일 것. 무조건 살아남을 것.

암약하는 흑기사단의 두 가지 절대 불문율은 때론 비인도적인 행위를 묵인했다.

'역시 이대론 안 돼.'

당장 겪고 싶지 않은 일 때문에 황실 기사를 그만둔다면, 틀림없이 후회하리라.

비올레와 칼리파를 내버려 두고 죄책감에서 완전히 등 돌릴 수 있을까.

"잠들면 안 돼, 칼리파. 조금만 더 참아."

"……."

유디트는 이를 악물고 칼리파의 손을 쥐었다.

약 십오 분 후, 비올레가 부산스럽게 방문을 열고 들어왔다.

"가져왔어!"

유디트는 레몬을 갈라 가장 연한 부분을 칼리파의 입에

물려주었다. 그리고 시간을 두고 입안에 물을 흘려주었다.

"……디트, 비올레……."

칼리파가 완전히 해독되기까지는 1시간이 걸렸다.

그제야 유디트는 한숨을 놓았다.

유디트는 억지로 칼리파를 눕혔다.

아리마 열매는 마비 독 성분이 매우 강하다.

엄지손톱만큼의 적은 양으로도 다 큰 장정 서넛이 열두 시간 가까이 나동그라질 정도다.

"괜, 찮아…… 이제."

"괜찮을 리가 있어? 누워."

살구처럼 생겨서 뭣도 모르고 한입에 다 먹었다간 목숨을 잃기 딱 좋았다.

"칼리파. 오늘은 여기서 자고 가."

유디트가 이불을 덮어주며 말했다.

"자기, 방도 아니면서……."

"아냐, 유디트 말이 맞아. 괜찮으니 자고 가."

비올레가 냉큼 끼어들었다.

칼리파는 끙끙거리면서도 오뚝이처럼 자리에서 일어나려 했다. 그러나 그때마다 유디트가 강경하게 다시 눕히는 바람에, 결국 침대에서 벗어나지 못했다.

유디트는 친구의 백금발 머리카락을 한쪽으로 쓸어주었다.

"하지만 숙소로 돌아가지 않으면……."

"공작가에 다녀왔다고 해. 숙소 하루 비웠다고 큰일이 생기진 않아. 누가 네게 뭐라 하겠어?"

"……."

"내 말 들어. 아무도 신경 안 쓸 거야."

유디트가 평소보다 강하게 말했다.

제아무리 흑기사단이라 해도, 숙소를 하루 비웠다고 공녀를 몰아세우지는 않으리라.

둘러댈 방법이야 얼마든지 있었다.

결국, 칼리파가 힘없이 고개를 끄덕였다. 비올레의 얼굴 위로 안도가 스쳤다.

"이상해……."

"뭐가?"

"유디트, 요즘 변한 거 같아……."

"……."

순간, 칼리파의 손가락을 물수건으로 닦아주던 유디트가 멈칫했다.

"맞아. 요즘 변했지, 좀 더 다정해졌지. 그치?"

"……응."

"난 평소랑 똑같아. 이상한 소리 하지 마. 비올레, 이불 좀 더 꺼내줘."

유디트는 아무렇지 않게 다시 손을 움직였다.

무표정했던 칼리파의 얼굴에 희미한 미소가 떠올랐지만, 유디트는 어쩐지 그 모습을 지켜보는 게 힘들었다.

'칼리파를 설득했으면 좋았을 텐데.

흑기사단에 가지 말라고 말이라도 꺼내 볼걸.

하지만 유디트는 제 혓바닥의 한계를 알고 있었다. 칼리파가 복수를 놓아버릴 만큼 매끄럽지 못하다는 것까지.

'역시. 더 높은 곳으로 올라가야 해.'

바닥에 이불을 깔며, 유디트는 그렇게 생각했다.

칼리파의 호흡은 아직도 불안정했다.

'적어도 제르멜에게서…… 흑기사단에서 칼리파를 빼올 수 있을 정도로.'

마수에게 죽었던 비올레, 자살했던 칼리파. 그리고 제 손으로 죽였던 3황자까지.

'도망치지 말고, 다시 한번.'

유디트는 목덜미를 쓰다듬었다.

붕대를 풀고, 까만색 초커 목걸이로 감춘 스티그마는 매일 아침 그녀에게 속삭였다. 잊지 말라고. 네가 한 선택이 네 운명을 갈랐음을 잊지 말라고.

운명이란 사소한 선택이 쌓인 결과물이다. 그러니…….

'최선을 다해서 바꾼다. 이번에는 반드시.'

죽이는 사람에서 지키는 사람이 될 기회였다. 외면했던 손을 힘껏 뻗는다면, 분명 달라지리라.

"이제 좀 괜찮아?"

"응…… 유디트 네 손이 미지근해서, 좋네."

칼리파가 몽롱한 목소리로 말했다.

"그럼 좀 자. 옆에 있어줄게."

"……고마워."

천만에라는 대답 대신, 유디트는 입가에 따뜻한 미소를 띠었다.

고맙다는 말은 내가 할 말이야.

어느새 평정심을 되찾은 걸까. 마음이 고요했다.

❊　✳　❊

"……해서 판본에 따라 의견이 갈리긴 하지만, 여기 이 문장은 해석이 끝났어. 반인반룡 카르나크 신의 유언……. 유디트, 듣고 있어?"

"어? 응?"

졸던 유디트가 뒤늦게 반응했다.

가을 날씨가 너무 좋았다. 낮잠이나 자야 할 날씨였다.

내일 외유를 나간다는 4황자가 이해될 만큼 바람은 선선하고 햇빛은 적절히 밝았다.

기초 신학서를 펼쳐 든 루이가 못 말린다는 듯 저를 보고 있었다.

유디트는 졸음을 쫓아내며 집중하려 했다. 하지만 이미 늦은 상황이었다.

루이는 화내지 않았다.

다정한 성격만큼이나 눈에 띄는 금발이 웃음과 함께 흔들렸다.

"많이 피곤하면 다음에 할까?"

"아냐, 아니, 미안해. 피곤해서……. 어제 잠을 못 잤거든."

유디트는 얼굴이 벌겋게 달아오르는 걸 느꼈다. 민망함이 이만저만이 아니었다. 루이가 그녀를 빤히 들여다본 후 물었다.

"무슨 고민이라도 있어?"

"……."

"나한테 털어놓을래?"

유디트는 잠깐 망설였으나 금방 고개를 저었다.

"괜찮아. 미안해, 모처럼 시간 쪼개서 알려주는데."

"정말 괜찮은 거지?"

"응. 잠 다 깼어."

"알겠어. 믿을게."

루이가 키득거리며 다시 책 위를 툭툭 쳤다.

신학을 배울 때만 해도, 루이가 이 정도로 인내심 깊게 가르쳐 줄 거라곤 기대하지 않았다.

한데 뚜껑을 열어보니, 루이는 유디트의 기대치를 훨씬

넘어설 만큼 열정적이었다. 직접 가르치기 위해 책을 사온 건 물론, 넘겨선 안 될 부분에 밑줄을 쳐놓고 귀퉁이를 접어두기까지 했다.

제자보다도 열심히 공부한 스승이라니. 유디트가 비올레를 가르칠 때를 생각해 보면, 그녀와는 천지 차이였다.

"카르나크 신이 단순히 제국의 창시자가 아니라는 건 이해했지?"

"응. 반은 인간, 반은 드래곤의 푸른 피를 이은 반인반수. 검 하나로 제국을 통일한 무신(武神)……. 이 단락까지는 전부 외웠어."

적당히 궁금한 것 몇 가지만 쏙쏙 캐물을 생각이었던 유디트는 졸지에 신학 특강을 듣게 되었다.

엄청난 행운이었다. 며칠간 유디트는 제가 알고 있던 상식과 신학이 기묘하게 맞아떨어지는 즐거움을 알게 됐다. 예를 들면, 드래곤에 관한 것들.

기사단 제복을 비롯해 세도가의 문장에는 모두 드래곤의 실루엣이 새겨져 있다. 이것은 우연이 아니라 카르나크 신의 가호를 바라며 굳어진 관습이란 걸 공부하며 알았다.

청기사에 관한 것도 그렇다. 황가와 공가의 핏줄만이 이을 수 있는 청기사. 그것은 '고귀한 푸른 피'를 뜻하기도 하지만, 제국을 세운 카르나크 신이 블루 드래곤의 핏줄을 타고났다는 데서 비롯되었다고 한다.

용을 신성시하는 베리타스 제국이다. 제국의 근원이 이
토록 신학과 깊이 얽혀 있었나, 라는 생각이 공부하는 내
내 몇 번이나 들었다.

유디트로서는 신선한 경험이었다. 펜대를 굴리는 재미
라니. 살면서 처음이다. 다만…….

"루이. 사실 먼저 배우고 싶은 부분이 있는데……."

"응? 뭔데?"

"여기. 이 부분."

유디트의 손이 허겁지겁 페이지를 넘겼다.

항상 진도를 따라오기에 바쁘던 유디트가 미리 책을 훑
어봤다니. 가르치던 루이의 눈이 동그랗게 떠졌다.

"스티그마?"

"아는 곳까지만이라도 좋아. 알려주면 안 될까."

유디트가 말끝을 흐렸다.

제 행동이 이상하게 보이지는 않을까 고민한 것도 잠시. 뜻
밖에도 루이가 쓸쓸한 웃음을 지었다.

"혹시 칼리파 때문에 그래?"

"……."

유디트는 잠깐 망설이다가 고개를 끄덕였다.

본의 아니게 제 궁금증에 대한 핑계로 칼리파를 댄 셈
이지만, 따지고 보면 이것만큼 괜찮은 이유가 없었다.

"그래. 너도 알고 있었구나."

루이가 볼을 쓸었다.

"어떻게 안 거야?"

"……어쩌다 보니 알게 됐어. 루이 너야말로 어떻게 알았어? 칼리파 이름이 바로 나오네?"

"귀족들 사이에서는 나름 유명한 이야기야. 애지중지 보호해야 할 공녀가 오히려 쫓겨났으니까. 스티그마 때문에 공작가에서 내쳐진……."

루이는 말을 하다 말고 주변을 훑었다. 다행히 주변에는 아무도 없었다.

"음, 이걸 어떡해야 하나……."

루이의 웃음 속에 난처함이 섞였다.

그는 잠시 고민했으나, 다시 입을 열었다. 미안함은 루이를 쉽게 설득하는 감정이었다. 저 때문에 마수 풀 훈련 때 폭행당한 유디트가 아닌가. 그 사실이 루이를 퍽 너그럽게 만들었다.

"그럼, 알고만 있기야. 칼리파를 위해 알아봤다는 말 같은 건 절대 하면 안 돼."

"약속할게. 칼리파 앞에선 입도 벙긋 안 할게."

유디트는 혹시라도 루이의 마음이 변할세라 냉큼 고개를 끄덕였다.

눈치 있게 행동한 보람이 있었다. 이어진 루이의 설명은 유디트가 처음 듣는 이야기였다.

"스티그마는 신력의 한 종류야."

"신력? 신성력을 말하는 거야?"

"아니야. 신성력과 신력은 엄연히 달라."

루이가 가만 부정했다.

"보통 신성력이라고 하는 건, 신관들이 쓸 수 있는 힘. 치유 마법이나 정화 능력이야. 하지만 신력은, 전혀 다른 힘이거든."

여태껏 신력과 신성력이 같은 말인 줄 알았던 유디트는 숨을 죽이며 귀를 기울였다.

"신의 권능 스티그마는, 반인반수였던 카르나크가 신좌에 오르기 위해 지상에 내려놓고 간 힘이야. 말 그대로 신의 힘. 신력이지. 설화에 따르면 카르나크가 신이 되기 위해 육신과 함께 버린 많은 감정이 힘으로 변했다고 해."

"카르나크가 버리고 간 감정."

유디트는 그의 말을 곱씹었다.

"신의 능력에 필적하는 이능력, 그게 스티그마야. 칼리파가 가진 살육의 스티그마가 어떤 건지는 대충 알아?"

"응."

유디트가 대답했다.

칼리파의 부모님과 여동생을 죽였다는 진범은 잡히지 않았다. 가족의 죽음을 직접 목격한 칼리파가 스티그마를 각성하기 무섭게 모조리 도륙을 내버렸기 때문이다.

난생처음 쥔 검으로 괴한 수십 명을 살해한 공녀. 놀라운 기적이라기보다는, 경악스러운 이적(異蹟)이었다.

임페노르 공작가 참살 사건은 가십거리를 넘어서 문제가 되었다. 공포와 경멸을 동시에 불러일으킨 칼리파가 공가에서 권력을 잃고 추락하는 건 순식간이었다.

"아무에게나 나타나는 건 아니야. 처음엔 카르나크의 피를 진하게 이어받은 황가에서만 나타났다고 해. 하지만 세대를 넘을수록 황가와의 결혼으로 점차 칼리파처럼 공작가, 후작가, 백작가의 귀족들에게도 나타나기 시작했어."

"평민에겐 나타나지 않고?"

"응. 아직까지는."

루이가 책장을 넘겼다. 몇 장을 연이어 넘긴 끝에, 그의 손이 멈췄다.

"내가 아는 한, 평민에게 스티그마가 나타난 예는 없어."

"……."

유디트는 절로 답답한 마음이 들었다.

그러면 제 목덜미에 새겨진 이 스티그마는 대체 뭐란 말인가. 평민인 자신에게 왜 스티그마가 나타난 건지.

논리적으로 말을 맞춘다면 제게 출생의 비밀이 있었다는 게 된다. 하지만 유디트는 어머니와 똑 닮았다는 말을 수도 없이 듣고 자랐다.

어머니는 물론이고 아버지도 '알고 보면 귀하신 몸'이라는 옛날이야기 주인공과는 거리가 있었다. 알고 보니 제가 숨겨진 황녀나 공작가의 딸이라는 것도 허무맹랑했다.

"아직은 밝혀지지 않은 게 더 많은 힘이야. 로제타 왕국에는 스티그마에 대한 책이 더 많다는데, 제국에서는 구하기가 어려울 거야. 더 자세한 건 신관들이나 알고 있지 않을까 싶네."

"그래……. 알려줘서 고마워."

"고맙긴."

루이는 픽 웃으며 펜을 들었다. 펜은 그의 손에서 지휘봉처럼 경쾌하게 움직였다.

"칼리파에겐 정말 모르는 척해. 안 그래도 스티그마 때문에 마음이 복잡할 거야. 공가에서도 입지나 상황이…… 좋지는 않을 테니까. 너나 비올레처럼 아무렇지 않게 대해주는 사람이 굉장히 고마울 거야."

유디트가 고개를 끄덕였다.

펜촉이 종이를 긁는 소리가 났다. 루이는 유디트가 읽기 쉽도록, 종이 위에 밑줄을 쳤다.

"여기서부터 읽어볼래?"

"……."

책 위를 빠르게 훑던 것도 잠시. 루이가 줄 친 곳은 마지막 항목이었다.

카르나크 신의 엄중한 경고.

유디트는 조심스럽게 읽어나갔다.

"가장 낮은 곳에 있는 자들을 외면할 때, 용을 기만할 때, 삿된 마음으로 제국을 그르치는 때…… 그때를 위해 이 권능을 지상에 내려놓고 가니, 때가 되면 바로잡아라. 모든 것을 걸고."

신좌에 오르기 전, 카르나크 신이 유언처럼 남겼다는 말.

그 문장을 유디트는 홀린 듯 읽어 내렸다.

"만약 스스로 바로잡지 못한다면 내가 직접 개입하리라."

❈　✳　❈

노스카나 공작성 출발 당일.

3황자와 4황자의 외유에는 예상치 못한 인물이 동행하게 됐다. 바로 3황자비였다.

"정말 괜찮으시겠어요, 세리아 누님?"

"걱정 말아요, 이든. 장거리 외출도 아닌걸요."

"하지만…… 마차를 타더라도 환경이 바뀌면 피곤하실 겁니다."

"다른 곳도 아니고, 노스카나 공작성이잖아요."

걱정하는 이든을 보고 세리아가 맑게 웃었다.

황자비의 동행은 놀라운 일이었다. 그녀는 3황자만큼이나 몸이 약했기 때문이다.

"윌이 가자고 했는데 거절할 수 있나요. 저도 오랜만에 황궁 밖에서 오붓하게 지내고 싶었어요."

"……그럼 어쩔 수 없네요. 두 분 사이를 갈라뒀다간 형님께 미움을 살 테니."

"고마워요."

이든이 살짝 웃었다.

3황자비 세리아 아르밧은 어릴 적부터 건강이 좋지 않았다. 똑같이 건강이 좋지 않단 점에서 동병상련의 정을 느꼈는지, 윌리엄은 유독 세리아에게 열렬한 구애를 보냈다. 덕분에 황제의 자식 중 가장 먼저 성혼식을 열었던 부부는 아직까지 금슬이 좋았다.

정치적 입지를 생각하면 결혼은 먼 훗날 일인 이든으로서는 부러운 한 쌍이었다.

유디트가 그들의 대화를 듣고 있을 때였다. 그녀에게도 한 무리의 사람이 다가왔다.

무리를 이끄는 건 남색 망토 차림의 중년 남성이었다. 그가 먼저 악수를 청했다.

"3황자 전하를 모시고 있네. 이번 경호를 담당한 일누크라고 하지."

"반갑습니다. 적기사단의 유디트입니다."

"알고 있네."

유디트는 저를 향해 내밀어진 상처 가득한 손을 맞잡았다.

일누크는 멋 내서 깎은 턱수염이 도드라지는 남자였다.

"최연소 에테르 마스터라지?"

"아직 많이 부족합니다."

수염 끝이 꿈틀거렸다. 일누크가 사람 좋게 웃었다.

"부족하다면 호위로서는 실격이지. 에테르 마스터란 자가 그리 겸손하게 굴 텐가?"

"죄송합니다."

"생각보다 딱딱한 사람이네, 그래."

그렇게 긴장할 것 없다며 일누크가 유디트를 달랬다.

튼튼한 팔이 한 명씩 호위 기사들을 소개했다. 놀랍게도 적기사단에서 차출된 건 유디트뿐만이 아니었다.

"적기사단 소속 비스타입니다."

"마찬가지로 적기사단의 헤일리라고 해요. 저번에 인사 나눴죠? 에테르 마스터시면 금방 제 상관이 되시겠네요."

연보라색 머리카락이 눈에 확 들어오는 메티스 가문의 쌍둥이였다.

두 사람은 어딘지 모르게 화려한 매력이 있었다.

오빠인 비스타는 작약을, 여동생 헤일리는 라일락을 연상케 했다.

'황족 호위는 외모도 보는 건가.'

그만큼 어여쁜 남매였다.

그사이, 황자와 황자비를 철통처럼 지키던 사내 한 명이

다가왔다.

"궁정 마법사 로하스라고 하네. 에테르 마스터가 함께한다니 든든하군."

"……반갑습니다. 궁정 마법사님. 잘 부탁드리겠습니다."

"나야말로."

한때, 그녀가 단도로 심장을 꿰뚫어준 남자였다.

가슴 한구석이 지끈거렸다. 담담하게 건넨 인사의 뒷면, 불행이 다시 한번 저를 보고 히죽 웃고 간 것 같았다.

"유디트 경, 인사는 나눴나?"

대화를 끝낸 이든이 고개를 돌리곤 가까이 다가왔다. 유디트를 비롯한 일누크와 로하스는 등을 바로 세웠다.

"다들, 형님 내외를 잘 부탁하겠네. 특히 황자비 전하께서 불편하지 않도록 챙겨주게."

"맡겨주십시오. 아무 일도 없을 겁니다."

누구보다도 먼저 유디트가 대답했다. 사명감마저 느껴지는 어조였다.

이든은 만족스럽게 고개를 끄덕였다.

"여기 계셨습니까, 전하."

그때였다. 고개를 돌리자 기류가 있었다.

붉은 머리가 하얀 제복과 어우러지며 더욱 확 튀었다. 자주 헝클어뜨리던 머리카락도 오늘은 유독 단정했다. 평소의 나른해 보이는 얼굴은 어딜 가고 굳게 다물린 입이며 군어진 미간, 시원스럽게 뻗은 콧대가 눈에 띈다.

그리고 오늘의 인상으로 말할 것 같으면…….

'단장도 긴장을 하는구나.'

평소보다 좀 더 기백이 느껴졌다.

그는 오늘도 허리춤에 두 자루의 검을 차고 있었다. 망토까지 갖춰 입은 제복 차림이 새삼 다르게 다가왔다.

"출발하실 시간입니다. 마차는……. 유디트 경."

"단장님."

유디트는 기류를 보며 살짝 반가움을 느꼈다.

기류의 눈이 뒤편 마차를 훑었다. 그가 빠르게 상황을 파악했다.

"수고가 많네."

"아닙니다."

"……."

"……."

"그럼…… 수고해."

"예."

순간 이든의 눈에 한심함이 스쳤다. 그는 기류를 차게 식은 눈으로 바라보았다. 그 시선을 외면한 기류가 일정을 재촉했다.

"가실 시간이 되셨습니다. 명령을 내리시죠."

"……그래. 출발한다!"

안장 위에 오른 이든이 명령을 내렸다.

선두에 선 호위 기사들이 먼저 정문을 빠져나갔다. 그 뒤를 이든과 기류가 따랐다.

"……나중에 보자."

기류의 목소리가 어찌나 작았는지, 유디트는 하마터면 듣지도 못할 뻔했다.

유디트가 무사히 공작성에서 만나자는 말을 꺼내기도 전, 이든과 기류가 먼저 떠났다. 그 뒤를 3황자와 황자비가 탄 사륜마차가 쫓았다.

일누크를 비롯한 예닐곱 명의 기사가 마차를 따랐다. 유디트도 마차에 바짝 붙어 말을 몰았다.

예상대로 호위는 순조로웠다.

그도 그럴 게, 노스카나 공작령은 중간까지 길이 잘 닦여 있다. 이따금 야생동물이 튀어나온다지만, 이만한 무리가 움직이니 기척을 읽고 모두 숨은 듯했다. 오가던 상인들도 황가의 금색과 푸른색 깃발을 보자 냉큼 길을 비켰다.

"이야기 들었소. 기사단에서 큰일을 겪었다지."

"예?"

"페온 말이네."

"아."

주변을 둘러보던 유디트는 힘 빠진 대답을 했다.

페온 그랑이 탈옥한 지 일주일이 지났다.

신입 기사를 폭행한 것도 모자라 탈옥이라니. 말년에 그런 미친 짓이 따로 없다며 수군거리던 선임들의 대화를 기억한다.

덕분에 적기사단은 그 어느 때보다도 엄하게 날이 선 분위기였다. 후임을 배려할 것. 규율 무시나 폭행, 괴롭힘은 적발 즉시 경고 없이 징계. 당연한 사항들이 상급 기사는 물론이고 기사단 전체에 다시금 새겨진 듯했다.

유디트가 어깨를 으쓱였다.

"별것 아니었습니다."

"별거 아니긴. 욕봤소. 그놈 자존심이 좀 센 게 아니라서."

"아는 사이셨습니까?"

"적기사단에 있었을 때는. 몇 번 같이 서부에서 굴렀지. 동기는 아니고."

일누크가 그녀를 봤다.

"내 대신 사과하지. 황실 기사라고 다들 제 몫을 하는 건 아니야. 재능 있는 친구가 마음이 꺾이지 않으면 좋겠군."

"……아닙니다. 대신 사과라뇨."

유디트는 손을 내저었다.

일누크가 진짜로 저를 향해 고개를 숙인 탓에 깜짝 놀랐다. 그녀는 내심 펄쩍 뛰었다.

"그런 일로 마음 꺾이지 않습니다. 고개 들어주세요, 일누크 경."

유디트는 오랜만에 진땀을 흘렸다.

까마득한 후임에게 자기도 아니고 남이 벌인 일 때문에 고개를 숙이다니. 그럼에도 일누크는 한참 후에나 고개를 들었다.

'3황자의 측근들은 다 이런 걸까?'

행렬은 도심을 빠져나와, 오르막길에 접어들었다.

"기사단 생활은 할 만한가? 나야 황자 전하를 모시기로 해서 기사단은 금방 나왔네만, 짧지만 좋은 기억이었어."

"모자랄 것 없습니다. 더 바라는 것도 없고요."

"소탈한 사람이군."

"아뇨, 오히려 욕심이 많아서 누군가를 모실 자격이 없습니다."

유디트가 가볍게 대답했다.

흥미로운 대답이었는지, 일누크의 눈이 반짝였다.

"3황자 전하를 따를 생각은 없는 건가?"

"……아직은 황실이 검으로서 필요한 곳이라면 어디든 갈 생각입니다."

완곡한 거절이었다. 일누크가 호방하게 웃었다.

"말을 참 잘해. 내 딸이 배웠으면 좋겠군."

"딸이 있으십니까?"

"올해로 열셋이라네. 슬슬 못 이겨먹겠다니깐. 먹겠나?"

"아뇨."

"내 딸이 만든 건데."

"……그럼 사양하지 않겠습니다."

유디트는 일누크가 건넨 자루에서 꽈배기 도넛 하나를 꺼내 물었다. 근무 중에 뭔갈 먹는다는 건 흑기사 시절 때는 상상할 수 없는 일이었는데…….

'어째 각오한 거에 비해 너무 여유로운데.'

네 대의 마차를 호위하는 것치고는 한가했다.

'이대로면 별일 없겠어.'

모든 게 평화로운 듯했다.

그때까지는 그랬다.

※　※　※

같은 시각. 선두에 있던 이든은 히죽거리며 기류를 바라보았다. 새카만 머리카락 사이로 장난기 어린 눈동자가 빛났다.

"수고가 많은데 수고해라? 왜? 힘내서 힘내란 말도 해주지."

"……."

"아 참, 죽을힘을 다해 죽 먹으란 말도 해줬어야지."

"……이든 전하."

기류의 손이 부들부들 떨렸다. 태연한 척하는 데도 한계란 게 있었다. 이든은 결정타를 날렸다.

"이 무심한 친구야, 고생하느라 고생한다고도 해줬어야지."

그만하라고 이 짜식아아아!

기류가 표정으로 일갈했다. 결국 이든이 안장 위에서 자지러졌다. 그가 신나게 폭소를 터뜨리자 타고 있던 말이 성질을 부렸다.

"하…… 죽겠다. 공작령까지 가는 내내 웃겠네."

"혀가 좀 꼬여쓸 뿐입니다."

"이 악물지 마. 기류. 무서워."

부글부글 끓는 기류의 마음과는 반대로, 이든은 웃겨서 죽을 지경이었다.

다른 사람도 아니고 기류가. 기류 르왈흐메이가 제 부하 앞에서 혀가 꼬이다니!

보통 웃긴 일이 아니었다.

"내년까지 웃고도 남겠어. 유디트 경이랑 무슨 일 있었어?"

"별일 아닙니다."

"있긴 있었나 보네."

눈치 한번 귀신같이 좋아가지곤. 기류는 소태 씹은 얼굴로 침묵했다.

유디트를 만난 건 꼭 일주일 만이었다.

딱히 피한 건 아니었다. 단장과 신입은 그렇게 자주 만날 기회가 없을 뿐이니까.

그래서 더욱 아쉽고, 긴장됐다.

'내 착각인가. 좀 더 야윈 것 같았는데……'

기류가 복잡한 얼굴로 한숨을 쉬었다.

페온 그랑이 신입 기사를 폭행한 끝에 탈옥한 전대미문의 사건 중심에는 유디트가 있었다.

좀 조용히 전출을 가준다면 좋았으련만. 페온은 끝까지 그의 속을 뒤집었다.

'노스카나 공작령에 다녀오는 동안 병사들이 붙잡으면 좋겠지만……'

유디트는 페온 사건을 가볍게 넘긴 모양이지만 기류는 그럴 수 없었다.

현재 페온의 탈옥 건으로, 전말을 아는 기사들은 바짝 긴장된 상태였다.

기류의 마음도 여전히 헤집힌 채였다.

"기류. 진짜로 말 좀 해봐. 무슨 일이 있었는데 그래? 나 궁금해서 도착하기 전에 쓰러지겠어."

"……전하."

"으윽, 지병이 도질 것 같다……."

"건강하시잖습니까."

"궁금증을 해결 못 하면 말에서 떨어지는 지병이 도진

다……."

제발 작작 좀.

목 끝까지 차오르는 험한 말을 간신히 눌러 참은 기류가 그를 쏘아보았으나, 이든은 눈을 가린 채 헤죽헤죽 웃었다.

궁금한 건 못 참는 이든이 앞으로 저를 어떻게 들쑤실지는 안 봐도 훤했다. 공작령으로 가는 내내, 아니, 가서도 제게 달라붙어 물어볼 게 뻔했다.

결국 기류는 항복했다.

"별로 대단한 게…… 아닌 건, 아닌데……."

기류는 전말을 간단히 말했다.

마수 풀 훈련으로 신입 기사들이 내리 갈굼당한 일. 페온의 일방적인 폭행부터 쌍방 폭행. 유디트에게 감봉 처분을 내렸고, 페온이 탈옥한 것까지.

모든 이야기를 끝냈을 때, 이든이 고개를 갸웃거렸다.

"탈옥범은 잡으면 되고, 유디트 경 문제는 잘 끝난 것 같은데…… 왜 혀가 꼬였어? 징계 내린 것 때문에 어색해서 그래?"

"좀 달라. 그보단……."

기류가 이든의 말을 정정했다.

"그런 일이 있었는데, 왜 나한테는 한마디도 안 한 건가 싶어서 자꾸 멈칫하게 돼. 유디트 경에게는 내가 별로 믿음이 안 가나?"

기류는 한숨과 함께 목덜미를 쓰다듬었다.

지금 이 상태로 유디트와 이야기했다간, 무슨 대화를 나누든 똑같은 질문을 던질 것 같았다. '경, 왜 말 안 했어?' 하고.

그런 질문을 맨정신에 할 바에야 입 다물고 있는 게 낫다.

이든은 더더욱 의아함을 숨기지 못했다.

"유디트 경이 너한테 말할 이유가 없잖아?"

"왜? 난 단장이잖아. 유디트 경은 에테르 마스터인 데다, 그 정도 말은 할 줄 아는 성격이야."

"……."

이든의 얼굴에 잠깐 한심하다는 미소가 스쳤다.

'이 간극은, 어쩔 수 없나.'

기류는 귀족으로 자랐고, 여태껏 말 한마디로 사람과 상황이 바뀌는 세상에서 살아왔다. 황족인 저 또한 기류처럼 생각할 때가 없었다고는 말 못 한다.

그러니까 살짝 앞통수만 깨줘야지. 아주 사알짝.

"그래, 참 고생이 많다. 단장 일이 힘들긴 하지? 아랫사람 돌봐주랴, 윗사람 눈치 보랴. 그럼 이건 어때?"

이든의 혀가 매끄럽게 움직였다.

"기류 너도 당장 폐하께 가서 말씀드리는 거야. 폐하, 기사단장 힘들어서 못해먹겠습니다, 하고."

기류가 인상을 확 찌푸렸다.

"뭔 소릴 하는 거야, 그런 말을 어떻게……."

"왜 못해? 기류, 너도 그 정도 말은 할 줄 아는 성격이잖아."

"……."

"황제 폐하도 널 아끼시잖아?"

"……."

"알현실 언제나 열려 있는데?"

기류의 혀가 삽시간에 얼어붙었다.

이든은 오래전 데샹과 나눈 대화를 떠올렸다. 자네쯤 되는 사람이 왜 기류 밑에 있는 걸 고집하냐는 질문을 했었다.

그때, 데샹은 살짝 웃으며 말했다.

"제국에서 칭송받는 적랑의 기사니 에테르 마스터니 온갖 수식어가 다 붙지만, 기류는 결국 약간 멍청한 맛이 있어서 골리기 좋은 상관이거든요."

오늘 그 말을 좀 이해한 기분이다.

하얗게 질렸다가 빨갛게 달아올랐던 기류의 얼굴은 이제 파랗게 질려 있었다.

"……미안."

왜 나한테 사과해?

이든은 진심으로 기가 막혔다. 그는 웃음을 터뜨릴 뻔했다.

그러나 뉘우치기 시작한 사람 앞에서 대놓고 웃는 건 실례였다.

이든은 대신 못 말린다는 얼굴로 그를 보았다.

"못 하겠지?"

"……그……."

"폐하가 너한테 시간을 내주신다고 해도, 못 말하지?"

"……응."

기류가 머리를 끄덕이는 데는 그리 오랜 시간이 걸리지 않았다.

이든의 말은 하나하나 죽창처럼 날아와 기류의 가슴에 꽂혔다. 몸통과 머리통이 분리되는 기분이다.

"그런 거야. 황제 폐하가 아무리 널 아껴주신다 해도, 말 못 하지."

"……그러게. 말 못 하겠네."

"그런 문제야."

기류가 장갑 낀 손으로 얼굴을 가렸다. 걷잡지 못한 한숨이 튀어나왔다.

기류는 유디트의 당당함이 좋았다. 그녀의 칼 같은 면은 매력적으로 다가왔고, 입만 산 신입이 아니라는 점은 더더욱 마음에 들었다.

그녀는 정말 순식간에 친근하게 다가왔다. 그랬는데 이제 알겠다.

결국, 저는 단장이고 남이다.

그녀의 힘이 되어줄 만한 사람으로 다섯 손가락에도 꼽히지 못할 테다.

'그래서 웃었구나. ……어차피 나는 네게 생판 남이니까. 오히려 곤란해지는 상대니까.'

기류는 그녀와의 마지막 대화를 떠올렸다. 힘든 일 있으면 언제든 말하라던 소리에 유디트는 픽 웃었다.

그때는 이해가 안 됐다.

하지만 이젠 알겠다. 그때 제 말은 황제가 '무슨 일이 있으면 짐에게 고하라'라는 말과 똑같았다.

진짜 새대가리였지 않은가.

시간을 돌릴 수 있다면 그녀에게 구관조 같은 소리나 했던 제 무릎을 후려칠 텐데. 기류의 얼굴이 한껏 일그러졌다.

'헛다리 짚지 말고 사과나 제대로 할걸.'

비로소 기류는 후회했다.

유디트가 적기사단에 들어오게 된 건, 그가 권했기 때문이다.

최소한 그만큼은 적기사단에서 그런 일을 겪게 해서 미안하다고 말했어야 했다.

그녀 스스로가 아무렇지 않게 넘어가더라도 저만큼은.

그렇게 생각하고 나니 기류는 자신이 했어야 하는 사과의 방향을 정확하게 이해했다.

그는 상급 기사를 안이하게 관리했다. 그러니 불합리한 폭행이 일어난 상황에 대해, 그녀와 신입 기사 모두에게 사과하고 바로잡아야 했다. 설마 이런 일이 일어날 거라곤 상상하지 못했어. 그런 말은 핑계밖에 되지 못한다.

'아…… 젠장!'

나는 빡빡이다! 나는 빡빡이다!

기류는 데샹이 알려준 반성의 주문을 외웠다.

그러나 주문을 외워봐도 가슴에선 천불이 났다. 불은 가슴에서 머리로 옮겨붙었다.

그녀의 얻어맞은 자국을 생각하면 더욱 마음이 아팠다.

기류는 유디트에게 믿음직스러운 사람이 되고 싶었다. 그녀의 황제가 되고 싶은 게 아니었다.

힘들 때, 도움이 필요할 때, 누군가에게 자기 이야기를 하고 싶을 때 그녀가 자신을 꼽아줬으면 했다. 유디트가 조금씩 마음을 터놓고 이야기해 주는 게 정말 기뻤으니까.

그랬던 게, 이든의 말을 듣고 나니 정신이 번쩍 들었다. 방향을 완전히 잘못 잡았지 않은가.

기류는 또다시 습관적으로 머리카락을 헝클어뜨렸다. 애써 빗은 머리는 금방 엉망이 되었다.

"어렵지? 다스리고, 돌본다는 거."

기류의 시선이 옆으로 움직였다. 이든이 저를 보며 잔잔히 웃고 있었다.

……역시 이 녀석은 황제가 될 상이 아닐까? 계산적인 1황자나 냉혈한 2황자보다는 나을 텐데.

기류는 진심으로 그렇게 생각했다.

한편, 이든은 친구를 조금 불쌍한 눈으로 바라보았다.

잘 나가다가도 한 번 삐끗하면 대차게 넘어지는 이 친구와 벌써 오 년 넘게 알고 지냈다.

로블드 사관학교를 졸업한 뒤 이든은 황궁으로, 기류는 영지로 돌아갔다. 그러나 기류는 일 년 만에 수도로 돌아와야 했다. 르왈흐메이 영지에서 출몰한 마수를 퇴치하다가 에테르 마스터임이 밝혀졌기 때문이다.

이든으로서는 좋았다.

하지만 그때부터였으리라. 기류의 인생이 조금씩 꼬인 것은.

황제는 제국에 나타난 새로운 인재를 가만두지 않았다. 공훈을 세우기 무섭게 냉큼 기류를 단장 자리에 앉혔다. 이든이 알고 있는 한, 기류는 그런 삶을 별로 바라지 않았다.

기류는 에테르 마스터라는 이유로 사람들이 그를 구원자로 여기거나, 영웅처럼 떠받들며 완벽한 사람으로 여기는 걸 퍽 부담스러워했다. 오죽하면 데샹과 함께 배나 긁으며 백작저에서 놀고먹고 싶었다며 툴툴거렸을까.

그럼에도 저와 함께 황위 다툼의 중립을 지켜주고 있고, 금방 때려치우겠다며 받아들인 단장직도 꾹 참고 역임 중이었다. 기사의 본분과 소명 의식을 잊지 않았기 때문이다.

'어쩌면 나보다도 모자랄 것 없이, 눈치 볼 거 없이 살았을 텐데.'

능력도, 지위도, 배경도, 부족할 것 없이 자란 기류다. 심지어 22살이라는 젊은 나이에 단장 자리에 올랐다.

제 친구는 너무 어릴 적부터 여태껏 말 한마디로 부하와 기사단이 변하는 세상에서 살아온 것이다.

그래서 저렇게 허둥거리는 모습은 한심하지만, 역설적이게도 인간적으로 다가와서 좋았다.

'역시 내 휘하에 두고 싶은데.'

고개가 뻣뻣한 녀석이라 언제나 '주군은 안 모신다'라고 대놓고 거절한다.

어떻게 하면 좋을까. 이든은 남모를 고민에 빠졌다.

그사이 말들은 숲길을 빠져나와 갈림길에 들어섰다. 어느 쪽이든 뮤엘 평원 쪽으로 이어지는 길이다.

오른쪽은 멀리 돌아가는 대신 길이 완만했다. 반대로 왼쪽은 빠른 대신 비탈길 구간이 많았다.

마차가 함께하는 행렬이기에, 오늘은 오른쪽 길로 갔다.

이든과 기류가 먼저 길목에 들어섰다.

행렬은 그때까지만 해도 문제가 없었으나, 곧 후미에서

부산스러운 소란이 일었다.

"뭐지?"

"……움직이지 마십시오. 전원 정지."

기류가 행렬을 멈췄다.

그가 칼자루에 손을 올린 채 주변을 훑었다.

곧 뒤편에 있던 기사 한 명이 다가왔다. 연보라색 머리카락을 땋아 내린 헤일리였다.

"헤일리. 보고해라."

"마차가 수렁에 빠졌습니다."

기류가 눈살을 찌푸렸다.

"그렇게 깊은 수렁은 아니었을 텐데?"

"모르겠습니다. 현재 조사하고 있지만, 당장은 마차가 통과하지 못할 것 같습니다."

이든의 얼굴이 근심으로 물들었다.

"발이 오래 묶일 것 같나?"

"마차가 지나갈 정도로 길을 고르게 만들려면 조금 시간이 걸릴 것 같습니다. 마땅한 도구도 없는지라……."

"그럼 다른 길로 돌아가지. 세리아 누님께선 장시간 마차를 탈 만한 체력이 없으셔."

"잠시만 기다려 주십시오."

기류가 그를 불러 세웠다.

이대로 멈춰 서는 것도 꺼림칙하지만, 예정된 루트를 벗어나는 건 더욱 망설여졌다.

이런 일이 없도록 미리 병사를 보내 길을 살펴두기까지 했는데, 수렁이라니?

소수만이 아는 외유라고는 하나, 3황자와 4황자를 한꺼번에 습격할 기회다.

'과민 반응이면 좋겠지만……'

기류가 신중하게 말했다.

"이든 전하. 후미의 궁정 마법사님께 상황을 전달하고, 경계 태세에 들어가도록……."

"화살이다!"

"방패 들어! 막아!"

"막아아악!"

그 순간, 하늘에서 화살 비가 쏟아지기 시작했다.

❊　✳　❊

뭔가 이상하다.

그렇게 느끼자마자 유디트는 검을 뽑았다.

"유디트 경?"

의아하다는 듯 일누크가 저를 부른 것도 잠시. 앞쪽에서 비명이 들렸다.

"낙석이 떨어집니다!"

"화살이…… 어억!"

하늘에서 장대비 같은 화살 비가 쏟아졌다. 선두 측 병사 서너 명이 나동그라지는 게 눈에 보였다.

이어 마차와 이든 황자의 사이를 끊어내듯 낙석이 연이어 떨어졌다. 행렬은 순식간에 아수라장이 되었다.

"습격이다!"

혼란을 틈타 누군가가 소리쳤다.

기사들이 한꺼번에 검을 뽑아 들었다.

요란한 소리가 나자 마차 문이 열렸다. 3황자였다.

"무슨 소란……!"

"마차에 계십시오!"

"나오시면 안 됩니다!"

일누크와 유디트가 동시에 소리쳤다. 유디트가 막무가내로 마차 문을 닫았다.

'발이 묶인 건 함정이었어……!'

유디트의 안 좋은 예감은 적중했다.

근래에 비도 없었는데 수렁이라니. 한 번쯤 습격을 의심해 볼 만했다. 의심이 그대로 들어맞았으나 전혀 기쁘지 않았다.

사륜마차에 화살이 꽂혔다.

쒜에엑! 파삭!

유디트의 칼날이 순식간에 화살 예닐곱 개를 쳐냈다. 그럼에도 미처 막지 못한 두 발이 마차 문에 꽂혔다.

"일누크 경! 비스타 경!"

"괜찮소!"

"무사합니다!"

"꺄아아아아악!"

뒤쪽에서 비명이 울려 퍼졌다. 짐마차와 시종들이 타고 있던 마차였다. 화살 몇 개가 마차 벽을 관통해서 꽂힌 상태였다.

'이대로 멈춰 서 있으면 안 돼.'

이대로면 화살 꽂이가 될 뿐이다. 움직여야 했다.

낙석 다음에는 화살이었으니 매복 중이던 상대가 다음에는 창을 날릴 수도 있다. 하지만 길이 막혀 있었다.

'길이 막혔으면…… 뚫어야지!'

판단은 빨랐다. 유디트의 칼날 위로 즉시 회백색 에테르가 뭉치기 시작했다.

"길을 엽니다!"

유디트의 검을 본 일누크가 놀라더니 금방 태세를 다잡고 외쳤다.

"비탈길로 내려가 뮤엘 평지에서 합류! 로하스 님!"

"마법으로 전달하겠소!"

"마부에게도 실드를!"

곧바로 끌어모은 에테르가 벼락처럼 터졌다.

그녀의 손끝에서 떠난 에테르가 수렁을 파헤치더니, 숲길 옆으로 커다랗게 길을 뚫었다.

그때 나무로 된 마차 창문이 절반 열렸다.

"황자 전하."

3황자, 윌리엄이 그곳에 있었다.

호위를 마치면, 노스카나 공작성에서 약식으로나마 인사를 나눌 거라 예상했다. 유디트가 준비했던 인사는 모두 휴지 조각이 되었다.

혼란에 일그러진 푸른 눈동자. 그 눈을 보는 순간, 유디트의 가슴이 먹먹해졌다.

이 사람은 죽음이 근처에서 배회할 때마다 저런 눈을 하는구나.

'내가 당신을 죽이려 들었을 때도 이렇게 불안해했지.'

유디트가 가라앉은 목소리를 뱉으며 창문을 닫았다.

"밖을 보지 마시고 안에 계십시오. 길이 험하겠으나, 안심하세요."

"이게 무슨……."

"습격입니다만, 괜찮습니다. 제가 목숨을 걸고서라도 반드시 지켜 드리겠습니다."

저 얼굴이 안도하는 모습을 보고 싶다. 내 힘으로 그렇게 해내고 싶어. 그게 기만일지라도. 이번에는 다르게.

결심을 마치기 무섭게, 유디트의 호박색 눈동자가 황금

처럼 빛났다.

"상황이 급합니다. 자세히 설명하지 못함을 용서하십시오."

"마부! 출발하시오!"

궁정 마법사의 명령에 마차가 쏜살같이 왼쪽 길로 들어섰다.

"침착하게 사방을 살펴라! 대열을 유지해!"

일누크가 기사들을 향해 호통쳤다. 유디트 또한 거기에 가세했다.

"비스타 경! 측면을 맡으세요!"

"후미는⋯⋯!"

"제가 맡습니다!"

유디트가 마차 뒤에 바짝 붙었다.

마부가 사정없이 채찍질을 시작했다. 그게 시작이었다. 창과 검으로 무장한 습격자가 수풀 속에서 튀어나왔다.

그들이 활시위를 당겼다.

아슬아슬하게 빗나가는 화살이 쉭쉭 날카로운 소리를 냈다. 바람을 가르는 소리에 긴장을 늦출 수 없었다. 유디트가 황급히 몸을 낮췄다. 머잖아 습격자들은 활을 버리더니, 말을 탈취해서 쫓아오기 시작했다.

덜컹덜컹!

요란하게 흔들리는 마차 문 안쪽에서, 겁에 질린 황자비의 흐느낌이 희미하게 들렸다.

그 울음소리가 더욱 유디트의 가슴에 불을 질렀다.

마차는 흙먼지를 내며 부리나케 달렸다.

"옵니다!"

"네 시 방향!"

"미친놈들, 어디서 감히……!"

일누크가 욕설을 내뱉는 사이 유디트는 후미로 달려드는 추격자의 단창을 후려쳤다.

빠각!

"큭……!"

그녀가 이를 악물었다. 팔이 떨어져 나갈 것 같았다. 바위를 친 것처럼 단단하다. 검을 타고 올라오는 충격이 상당했다.

'사람 맞아? 무슨 힘이……!'

그사이, 다른 추격자들도 맹렬히 말을 몰고 다가왔다.

"유디트 경!"

"괜찮습니다!"

쩌적, 쪼개지는 소리에 고개를 돌리자 나무 한 그루가 마차를 향해 쏟아지고 있었다.

비스타의 눈에 경악이 서렸다.

그러나 나무가 마차를 덮치기 직전, 유디트의 회백색 에테르가 다섯 갈래로 뻗어 나갔다.

카가카카각! 텅!

여섯 개로 나누어진 나무토막이 실드에 부딪쳐 튕겨 나갔다.

일누크와 비스타가 숨을 삼키며 고개를 숙였다. 추격자들도 황급히 잔해를 피했다.

"앞으로! 전속력으로 길을 빠져나가라!"

"방어 대열 유지해! 자리를 지켜!"

칼부림 소리와 함께 섬뜩한 비명이 숲속에 울려 퍼졌다.

비스타가 단검을 던졌다. 추적자의 말은 거리를 두었다 좁혔다를 반복했다. 그사이 마차가 전속력을 내기 시작했다.

덜컹덜컹덜컹!

사륜마차의 지붕이 눈에 보일 만큼 흔들리고 있었다. 속도만큼의 반동으로 차체가 심하게 요동쳤다. 뒷바퀴가 요란한 흙먼지를 쉴 새 없이 뿌렸다.

"엄호해라! 무슨 수를 써서라도!"

은빛 실드는 물리적인 충격은 막지만, 추격자까지는 막지 못했다.

또다시 붙은 추격자가 팔을 쭉 뻗었다. 서슬 퍼런 단도 몇 개가 마차의 축바퀴를 노리며 날아들었다.

"어딜……!"

캉!

에테르를 얇게 두른 유디트의 검이 상대의 단검을 통째로 쳐냈다.

"유디트 경!"

일누크가 검을 휘두르며 추격자를 떼어놓더니, 말을 몰고 다가왔다.

"후미는 내가 지키겠소!"

"하나 선두는……!"

"로하스 님이 계시오!"

퍼엉!

불꽃과 함께 오른쪽 측면에서 파이어볼이 터졌다. 마부석에서 지붕으로 올라간 로하스가 안간힘을 쓰며 주문을 외우고 있었다.

"각개격파하시오!"

듣던 중에 반가운 소리였다. 유디트의 입가에 처음으로 미소가 떠올랐다.

"얼마나 걸리겠소!"

"십 분!"

"가시오!"

일누크가 마저 화살과 단검을 쳐냈다. 유디트는 말에 박차를 가했다.

히히힝! 히힝!

정신없이 울부짖는 말을 이끌며 오른쪽으로 빠졌다.

"평원이 보입니다!"

"계속 달려!"

추격자는 일곱이었다.

그중 두 명이 유디트 쪽으로, 나머지 다섯이 사륜마차로 향했다.

"죽어라."

검은 복면의 추격자 둘이 그녀를 향해 달려들었다.

고작 두 사람으로 날 죽이겠다고?

유디트의 눈에 불쾌함이 서렸다.

"꺼져!"

습격자는 유디트의 늑골을 부수기 위해 커다란 단창을 휘둘렀다.

후우웅!

몸을 쭉 빼서 공격을 피한 유디트는 말고삐를 꽉 쥐었다. 그러곤 다시 한번 창이 휘둘러졌을 때, 있는 힘껏 검을 내려쳤다.

터텅!

에테르가 상대의 창끝을 쪼갰다.

복면으로 감추지 못한 까만 눈이 분노로 일그러졌다.

"이, 이익!"

그때였다. 갈고리가 달린 두꺼운 밧줄이 유디트를 향해 날아왔다.

놀란 유디트는 재빨리 말 머리를 틀었다. 잘못해서 어디 한 곳에 걸리기라도 하면 그대로 낙마였다.

밧줄을 피한 건 간발의 차였다. 그녀의 눈에서 불꽃이
튀었다.

"이것들이 진짜……!"

은색 검광이 반짝인다 싶더니, 대기의 마나가 출렁였다.

유디트가 쏘아낸 에테르가 밧줄째 추적자의 몸통을 갈
랐다. 핏방울이 허공 위를 춤추듯 수놓더니 풀잎 위로 흩
어졌다.

그녀가 다시금 말을 걸어찼다. 말은 섬뜩할 정도로 눈을
부릅뜬 채 전속력으로 달렸다.

안장이 정신없이 들썩거렸다. 그 바람에 비상식량으로
안장 밑에 깔아둔 콩이 후드득 떨어졌다.

남아 있던 추격자가 한 번 더 따라붙었다. 무용지물이
된 창 다음은 롱소드였다.

"죽어라!"

"대사가 진부해!"

유디트가 일갈했다.

말고삐를 힘껏 쥔 그녀가 따라붙은 상대의 말안장을 힘
껏 걸어찼다.

빠악!

남자가 반동으로 떨어지기 무섭게, 유디트의 회백색 에
테르가 선풍처럼 들이닥쳤다.

"아아아악!"

추격자의 다리가 피 먹은 걸레짝처럼 너덜너덜해졌다.

상대가 무심코 고삐를 놓았다. 굴러떨어지는 건 순식간이었다.

한참 바닥을 구른 추격자는 분하다는 듯 땅을 치며 고함을 내질렀다. 등골이 서늘해질 정도로 원망 서린 목소리가 쩌렁쩌렁 울려 퍼졌다.

'살아 있다고? 저 속도로 떨어졌는데?'

이해할 수 없다는 듯, 유디트의 눈동자에 이채가 어렸다.

그러나 관찰하고 있을 틈이 없었다. 마차가 비탈길로 들어서고 있었다.

사륜마차가 엄청난 속도로 비탈길을 내려갔다. 경사는 완만했으나 가속도가 붙은 탓에 흔들림이 심했다.

다섯 명이었던 추격자는 네 명만이 남아 있었다. 그 와중에 한 명은 죽인 모양이다.

말을 몰며 아군의 숫자를 센 유디트가 어금니를 악물었다.

'둘이나 당했구나.'

황실 기사 셋이 간신히 대형을 유지하고 있었다.

유디트가 추격자 둘을 처리하는 동안, 이쪽도 두 사람이 당한 모양이었다.

생각해 보면 당연한 일이다.

기사단에서 훈련하는 마상 전투는 적을 타도하는 게 목표다. 호위를 위해서가 아니었다. 오히려 매복한 이들을 상대로 여기까지 버틴 것이 황실 기사의 저력이었다.

유디트는 더욱 세게 박차를 가했다.

골반 위가 분리될 것처럼 심하게 흔들렸다. 그러나 분리될 리도 없고, 분리되어서도 안 된다. 아직은 그랬다.

유디트의 말이 대열에 합류하기 위해 마구 달렸다.

"조금만 더 버텨라!"

수도 없이 고함을 질렀을 일누크의 목소리가 탁했다.

버텨라. 그 말인즉, 아직 황자가 살아 있다는 뜻이다.

유디트의 눈동자가 번뜩였다. 흙먼지에 섞인 피 냄새에 온몸이 들끓어 오르는 것 같았다.

괜찮다.

아직 끝나지 않았다.

그녀가 검을 치켜든 채 외쳤다.

"경고한다! 황실의 깃발을 보지 못했다면 지금이라도 투항해라!"

쫓기는 세 기사와 네 명의 추격자. 이제 유디트가 가세한 덕에 머릿수는 같아졌다.

기사 넷. 추격자도 넷.

마차와 가까워질수록 말발굽 소리가 겹쳐 들렸다.

유디트는 추격자 한 명과 눈이 마주쳤다. 그것은 사생결단을 각오한 자들의 시선 교차였다.

추격자가 미늘창의 방향을 바꿨다. 도끼날을 단 창끝이

유디트를 향해 번개처럼 떨어졌다.

빠아악!

커다란 고통이 팔목을 엄습했다.

척추가 아작 난 게 아닐까 싶을 만한 충격이었다.

간신히 미늘창을 막아낸 유디트는 혀를 깨물 뻔했다. 어찌나 이를 세게 물었는지 하관이 다 아팠다.

억 소리를 낸 제 모습이 웃겼을까. 까만 복면을 쓴 추격자가 웃음을 터뜨렸다. 그것이 더욱 유디트의 복장을 긁었다.

그래, 지금 웃어둬라. 죽고 나면 못 웃잖아?

후우웅!

추격자는 또다시 위협적으로 미늘창을 휘둘렀다.

속도를 늦춘 유디트는 부서질 것 같은 허리의 통증을 무시하며 에테르를 끌어모았다.

심장께의 에테르링이 뜨겁게 달아올랐다. 파열하는 게 아닐까 싶을 만큼 웅웅 울렸다. 그 모든 고통을 무시하고, 유디트는 눈을 부릅뜬 채 다음 일격을 기다렸다.

창을 상대로, 심지어 말에 탄 채 거리를 벌리다니. 보통이라면 찔려 죽고 싶으니 공격해 보란 소리였다.

예상대로 추격자가 자세를 바꿨다.

내내 미늘창을 휘두르던 그가 유디트를 찔러 죽이기 위해 창을 높이 치켜들었다.

그 순간 은빛 섬광이 날아갔다. 유디트가 재빨리 에테

르를 쏘아 보낸 것이다.

팅! 퍼억!

"크아아아악!"

순식간에 남자의 오른팔이 상어에게 물어뜯긴 것처럼 떨어져 나갔다.

충격을 이기지 못한 남자가 그대로 말에서 굴러떨어졌다. 왼팔에 감긴 말고삐가 남자를 질질 끌고 갔다. 추격자가 속절없이 말에 끌려가는 동안, 유디트가 그와 부쩍 간격을 좁혔다.

서걱!

남자의 머리가 물수제비처럼 지면을 뒹굴었다.

'역시, 달라!'

촉감이 다르다.

에테르의 날카로운 절삭력은 통했다지만, 장갑 너머로 느껴진 촉감은 단단한 비늘을 벨 때와 똑같다.

'이놈들 평범한 사람이 아니야.'

유디트는 말에게 잘했다며 다정하게 도닥이는 걸 잊지 않았다.

스티그마고 카르나크고 나발이고, 지금 그녀의 목숨은 말 한 마리가 수족처럼 따르며 돌보고 있었다.

'이걸로 세 놈째!'

사륜마차로 향하며, 유디트는 두 가지를 확신했다.

우선 추격자들은 겉보기에만 사람이지 마수에 가깝다는 것.

약을 먹었는지, 강화 마법을 걸었는지는 모르겠으나 베는 맛이 전혀 달랐다.

그다음은 일누크의 지시가 적절했단 점.

각개격파.

도주에 여념이 없던 짧은 순간에도 일누크는 정말 현명한 판단을 내렸다.

섬멸. 그것은 유디트가, 에테르 마스터들이 가장 잘하는 것이었다.

'남은 것도 세 놈!'

유디트가 우아한 시선으로 적을 훑었다.

그녀의 검끝에서 다시 한번 에테르가 쏘아져 나갔다. 지면과 격돌한 에테르가 어마어마한 소리를 냈다. 목표를 맞추지는 못했지만, 마차를 뒤쫓던 추격자의 시선을 끄는 데는 충분했다.

"더 이상의 경고는 없다!"

에테르 마스터는 딱히 실력을 보장하는 인증서나, 공증인이 필요치 않다. 다만 마스터로서 인정받기까지는 몇 가지 조건이 있다.

첫 번째는 절삭력과 파괴력을 유지한 채 에테르를 몸 밖으로 쏘아 보낼 것.

단순히 검에 맺히기만 해서는 안 된다. 목표물을 향해 원하는 궤적대로 에테르를 쏘아 보낼 줄 알아야 한다. 이는 명중력과 파괴력을 둘 다 증명해야 하는 필수 요소였다.

두 번째는 최소 한 시간 동안 에테르를 사용할 수 있을 것.

몇 분, 몇 초가 아닌 시간 단위.

그동안 에테르를 다룰 줄 알고, 심장께의 에테르링이 버텨야 한다. 즉 지구력이 필요하단 소리다.

마지막 세 번째. 일당백(一當百)일 것.

뒤를 돌아본 일누크와 비스타의 얼굴 위에 환희가 드러났다.

허공을 가르며 날아간 유디트의 회백색 에테르가 나무를 통째로 잘랐다. 속이 꽉 찬 나무였으나, 잘 익은 무처럼 간단히 썰려 나갔다.

추격자 한 명이 유디트가 쓰러뜨린 나무를 급히 피했다. 그러던 중 측면에서 치고 들어온 비스타에게 어깨를 고스란히 찔렸다.

"아아아악!"

비스타의 연보라색 머리카락에 추격자의 시뻘건 피가 그대로 튀었다.

이제 평원은 저 앞이었다.

그 순간 사륜마차의 속도가 눈에 띄게 느려졌다. 말들이 울부짖는 소리와 함께 마차 바퀴가 덜그럭거리는 소리가 요란했다.

덜커덩! 덜컹! 덜커덩! 덜컹!

'잘 버텨준다 싶었더니!'

유디트의 눈앞이 아찔해졌다.

그러나 일누크와 비스타는 시선을 교환하더니 일부러 말의 속도를 늦추기 시작했다.

깜짝 놀란 유디트가 검끝에 맺힌 핏방울을 허공에 털어 내며 외쳤다.

"뭘 하시는 겁니까! 마차를⋯⋯!"

"괜찮소! 마법사님이 계시오!"

"남은 건 고작 둘입니다!"

누가 보면 자기네들이 다 죽인 줄 알겠네!

유디트가 기함했다.

그러나 이번에도 일누크의 판단은 현명했다. 둘밖에 남지 않자 추격자 또한 말 머리를 틀 기세였다. 도망치는 걸 택한 것이다.

비스타가 그 뒤를 맹렬히 쫓았다.

"배후를 캐야 하오! 한 놈은 살려두시오!"

"좀 살 만해지셨습니까?!"

"못 하겠으면 말 하시오, 마스터 유디트!"

유디트는 제가 신입 기사인 것도 잊고 유쾌하게 응수하고 말았다.

"까라면 까야지요, 기사 생활 몇 년인데!"

사륜마차는 너덜너덜했다. 바퀴가 조금 불안하지만, 차체의 손상은 심하지 않았다.

추격자는 도주 중. 화살은 차체에 박힌 채 관통하지 못했고, 창 또한 마차를 꿰뚫지 못했다.

3황자와 황자비가 걱정되기는 하나, 실드는 아직 유지되고 있다. 마차 안에서 사망자가 나오지는 않았을 터다.

이 비탈길만 빠져나가면 평원. 기류와 4황자가 있을 테지.

유디트는 시큰거리는 손목을 한 바퀴 돌리며 물었다.

"생포하면 포상금 넉넉하게 준비해 주시죠!"

"수도에서 유행하는 토끼 모자는 어떻소!"

"죽어도 싫어요!"

매몰찬 대답을 던진 유디트가 말에 몸을 맡기고 도주 중인 추격자를 쫓았다.

쏜살같이 사라지는 유디트의 뒷모습을 보며, 일누크는 전장에서 느꼈던 전율을 다시금 맛보았다.

그래. 마스터란 저런 것이었다.

일당백. 압도적인 승리자들. 도무지 질 것 같지 않은 자들을 일컫는 말.

'카르나크는 여전히 제국을 굽어살피시는구나.'

일누크의 경탄이 바람 속에 흘러갔다. 무너지는 하늘에서 솟아날 구멍을 발견한 기분이었다.

그렇게 감탄하던 때, 새카만 에테르가 일누크를 덮쳤다.

"어?"

"일누크 경!!"

뒤돌아본 유디트가 에테르를 마주 쏘아 보낼 시간도 없었다. 까만 에테르가 일누크의 왼팔과 허리를 그대로 관통했다.

어떻게 해볼 새도 없었다. 혼절한 일누크가 피거품을 터뜨리며 말에서 떨어졌다.

그다음 날아온 에테르는 사륜마차의 두 배쯤 되는 크기였다.

에테르는 검은 파도처럼 세로로 날아왔다.

유디트는 젖 먹던 힘을 다해 에테르를 쥐어짜서 날렸다. 회백색 에테르가 가로로 날아갔다.

검은색과 흰색. 십자 모양으로 맞물린 에테르가 허공에서 터졌다.

에테르끼리 코앞에서 상쇄된 충격은 어마어마했다. 유디트의 몸이 속절없이 안장에서 튕겨 나갔다.

놀란 말이 달아나는 소리가 들렸다. 동시에 우지끈, 쾅 하고 커다란 굉음이 이어졌다.

'마차가……'

쓰러졌다.

소리가 그 증명이었다. 분명 버티지 못하고 전복된 것이다.

목.

목은 무사하다. 꺾이지 않았다.

유디트가 멎었던 숨을 쉬었다.

정신이 흐려졌다가 맑아지기를 반복했다. 모든 게 희뿌옇게 변해가는 시야 끄트머리, 걸어오는 사람의 발끝이 보였다.

'움직인다.'

목뿐만이 아니다. 팔도, 손목도, 발가락 끝도 움직인다.

다만 간헐적으로 숨이 멎을 만큼, 늑골이 아팠다. 전신이 미친 듯이 쑤셨다.

'일누크는⋯⋯.'

빠르게 멀어져 가는 말굽 소리가 지면을 울렸다.

비스타 경은 그대로 추격자들을 쫓아냈을까. 일누크 경은, 죽었을까.

"운이 좋은지 나쁜지 모르겠군."

이 정도면 당연히 운이 좋다. 하지만 대답할 정신조차 없었다.

전신이 움찔거렸다. 간신히 팔을 움직인 끝에, 고개를 들었다. 유디트는 곧바로 한 가지 사실을 깨달았다.

검이 없다. 무기를 놓쳐 버렸다.

그 순간 찬물을 맞은 사람처럼 정신이 확 돌아왔다.

'검은 어딨지?'

보통, 유디트는 검에 구애되지 않았다.

검이란 어차피 소모품.

가문의 보검이니 애검이니, 이름까지 붙여가며 챙기는 귀족 기사들이 많으나, 유디트는 아니었다.

명확하게 인식하고 있기 때문이다. 검이란 언젠간 갈아치울 소모품이라는 걸. 황실의 검인 황실 기사처럼.

그러나 이 순간, 처음으로 기류와 오리온의 조언이 피부에 와닿았다. 검 두 자루는 목숨 두 개를 의미했다.

피 때문에 혀끝이 짭짤했다.

"이걸 찾나?"

지면 위로 눈에 익은 검 한 자루가 미끄러지듯 날아왔다.

유디트는 기적적으로 덥석 검을 쥐었다.

무기를 되찾자 풍랑을 만난 배처럼 불안했던 마음이 조금이나마 가벼워졌다.

그녀는 검으로 몸을 지탱해 일어났다.

"그래. 그렇게 일어나야 좀 재미가 있지."

요란하게 흔들리던 시야가 잠잠해졌다. 이내 여러 개였던 잔상이 하나로 합쳐졌다. 상이 완전히 맺혔을 때는, 어이없는 얼굴이 그녀를 기다리고 있었다.

헛것을 보고 있는 것인가. 아니면 머리가 깨진 것인가.

"……페온 그랑?"

"제대로 일어나. 검을 똑바로 들어."

"대체 어디서……."

"똑바로 들란 말이다."

난데없이 나타나서 무슨 헛소리를 하는 거야. 탈옥했던 거 아니었어?

반문할 새도 없이, 유디트가 황급히 옆으로 굴러서 자세를 바로잡았다.

"싫다면 들게 해주지."

페온의 검끝에서 새카만 에테르가 흘러나왔다. 그가 거리낌 없이 에테르를 쏘아 보냈다.

카가각!

에테르가 용의 발톱처럼 인근의 나무를 할퀴었다. 그 모습을 본 유디트의 표정이 기괴하게 일그러졌다.

페온은 에테르를 쏘아 보낼 수 있을 만한 실력자가 아니었다.

게다가 이 상황은 뭐지?

탈주했다는 페온 그랑이 왜 여기?

'내가 잘못 본 건…….'

하지만 그 생각은 삽시간에 깡그리 날아갔다.

페온 그랑이 제 손목을 향해 연이어 에테르를 쏘아 보냈기 때문이다.

"이, 미친 새끼가 어디서 튀어나와서……!!"

힘줄을 자르려 드는 칼끝이, 신세를 망쳐주겠다는 악의

가, 너무나도 선명했다.

신입 기사 테스트 날과 똑같았다.

유디트의 회백색 검이 그의 공격을 모조리 상쇄해 냈다.

그녀의 검끝은 수세에 몰렸어도 흔들리지 않았다. 그러나 에테르끼리 부딪친 충격은 고스란히 몸의 부담으로 돌아왔다. 시야 끝이 휘청거렸다.

"당신 설마, 황실 기사란 사람이……!"

황실 기사란 사람이, 황자를 습격했냐고.

그렇게 물을 자격이 없단 걸 알면서도 유디트의 입이 움직였다.

그러나 말이 끝나기도 전에 페온이 순식간에 거리를 좁히며 도약했다.

유디트는 검을 바로 세워 공격을 막았다.

흙먼지가 화려하게 일었다. 정면에서 막았음에도 그녀의 몸이 두 발자국 가까이 밀려나 있었다.

도무지 예전에 상대했던 그 페온 그랑이 아니었다. 근력부터가 달랐다.

펑! 퍼엉! 까강! 캉!

페온은 흡사 쇠망치를 든 목수처럼 마구잡이로 검을 내려쳤다. 불길할 정도로 새카만 에테르를 두른 검이었다.

생각할 틈이 없다. 꼿꼿하게 검을 들어 막은 유디트의 입에서 피가 울컥 쏟아졌다.

페온이 검을 내려칠수록 서 있던 바닥이 움푹 꺼졌다. 고통과 함께 고막이 지끈거렸다.

"크흐……!"

에테르끼리 부딪친 충격파가 내장을 헤집는 느낌이었다.

내상도 모자라, 머리에서 흐른 피가 목을 따라 쭉쭉 내려갔다. 어디 한구석 멀쩡한 곳이 있겠냐마는, 유독 후두부가 아팠다. 찢어진 게 확실했다.

치아가 흔들린다는 걸 깨닫자마자 유디트가 인상을 썼다.

'내 어금니 나가면 이 새끼 이빨을 뽑아서라도 심는다!'

유디트가 페온의 무릎을 걷어찼다. 자세가 흐트러진 틈을 타, 그녀는 페온의 안면을 노려 사선으로 검을 쳐올렸다.

바야흐로 검투의 시작이었다.

캉!

유디트의 검은 쉬이 막혔다.

페온의 바스타드 소드가 그녀를 후려치려 들었다.

어렵지 않게 예상되는 궤도였다. 유디트는 검을 수습해서 재빨리 옆으로 돌았다.

'힘 싸움에선 승산이 없어.'

검투는 사투다. 매 순간이 긴장의 연속이다.

청기사 올가는 아름다운 춤을 추듯 검을 휘두른다던데, 저는 한 번도 칼질을 춤처럼 느끼지 못했다.

유디트는 15년간 상대의 눈을, 목을, 둔부를 찌르기 위해 흙 뿌리는 것도 마다하지 않았다. 그게 그녀의 방식이었다.

'하던 대로 한다.'

유디트는 오랜만에 선생을 떠올렸다. 11살인 그녀에게 물 양동이를 들게 했던 사람.

지금이야 에테르 마스터라지만, 유디트에게도 패배는 있었다. 웬 남자아이가 그녀의 검을 통째로 날려 버린 게 그녀의 첫 패배였다.

그날 유디트는 참지 못하고 밤새 울었다. 그리고 동틀 때까지 모래주머니를 찬 채 뛰었다.

이튿날 아침, 선생은 기겁했다.

"남자 기사와 힘으로 정면 승부하겠다고? 너 바보냐! 어디 가서 모가지 잘릴 소리 하고 있어! 여자와 남자는 발육이 달라. 여자는 열두 살에 성장 가속기가 최고치를 찍지만 남자는 열다섯이 지나도 큰단 말이다!"

선생의 말은 옳았다.

유디트의 키는 13살에 멈췄다. 그때의 키가 지금까지 이어졌다. 저보다 작았던 또래 남자애들은 성장기를 맞이하자 한 달 만에 신장이 한 뼘씩 늘어났다.

신장 차는 금세 근력 차가 되었다.

"그럼 전 평생 남자 기사를 이길 수 없나요? 이 태생적 한계 때문에?"

"태생적 한계? 아오, 이 열두 살이 어려운 단어 좀 배웠다고 고대로 써먹기는!"

유디트가 이를 악물고 묻자, 선생은 웃음을 터뜨렸다.

누구는 눈물이 나는데 왜 웃고 난리야!

그러나 화낼 틈도 없이 선생은 종이에 싼 캐러멜 한 조각을 까서 유디트의 입에 쏙 집어넣어 주었다.

"대답부터 해주자면 그래. 힘 싸움으로는 이길 수 없어. 하지만 뭣 하러 어려운 길을 가느냐. 쉬운 길이 있잖아."

그날 선생은 사람의 급소를 모조리 알려주었다.

눈, 코, 입, 귀, 목, 등, 가슴, 늑골, 명치, 배꼽, 사타구니, 후두부와 생식기…….

사람의 급소가 그렇게 많은 줄은 몰랐다. 유디트는 퉁퉁 부은 눈으로 캐러멜을 짭짭 씹으며 선생이 낸 급소 퀴즈를 맞혔다.

선생은 답을 맞힐 때마다 주머니에서 캐러멜을 하나씩 꺼내 주었다. 하루 동안 그렇게 많은 캐러멜을 먹은 건 처음이었다.

"누군가는 네가 평생 얻지 못할 것을 태생적 한계라고 말하겠지. 하지만 나는 태생적 차이라고 생각한다."

그러니 생각하며 싸우라고.
생각을 멈추지 말라고.

"네가 뜻대로 이루지 못할 것을 지나치게 마음에 두지 마라, 유디트. 그러기엔 네 인생이 너무 길잖아. 한계와 차이에 절망하고 멈춰 서는 순간, 인생은 끝나는 거야."

노스카나 공작성에 가면 캐러멜이나 한 주먹 집어 먹을 테다. 어금니가 흔들리는 와중에도 유디트는 그런 생각을 했다.

"피하지 마!"

노도처럼 닥쳐온 검이 유디트를 또다시 후려치려 들었다. 유디트는 재빨리 무릎을 굽혀 피했다.

현명한 선택이었다. 페온의 검은 그 어떤 추격자들보다도 위협적이었다. 정면으로 떨어진 검은 도끼질만큼이나 매서웠다. 버클러로 어설프게 막는 순간 뒈지기 딱 좋았다.

그렇다고 언제까지나 피할 수만은 없는 법이다.

생각을 멈추지 마라. 생각하면서 싸워라. 캐러멜을 짭짤대며 급소를 외웠던 그때처럼.

'충혈된 눈. 불거진 혈관. 검은 에테르.'

그리고 옷 사이로 드러난 피부 위의 푸른 비늘.

페온을 가까이에서 본 순간부터, 설마설마했다. 몇 번 피하는 동안 유디트는 확신하게 됐다. 저만한 변화를 불러 일으키는 것이 어디 흔하던가.

"페온 그랑, 용의 피를 마셨지?"

페온의 검이 움찔 떨렸다. 대답이 투명한 반응에 유디트는 웃음조차 나오지 않았다.

이상할 정도로 강하고 끈질기던 추격자, 황자를 노리는 것치고는 적은 인원이 전부 이해가 갔다.

용의 피를 마신 자들이라면 그럴 만했다.

"그걸 어디서 손에 넣었지? 아직 그게 나돌아 다닐 때가 아닌데?"

"네가 알 거 없어."

후웅!

페온이 허리를 비틀며 양손으로 검을 휘둘렀다.

유디트는 또다시 뒤로 쭉 빠졌다.

그녀는 전장을 오갔던 과거에 저런 사람들을 본 적이 있었다. 회귀 1년 전, 로제타와의 전면전쟁이 터졌을 때 사선에 내몰린 기사들이 마지막으로 선택하는 게 바로 용의 피였다.

'하지만 기사들에게 지급하는 걸로 말이 많았던 물건인데, 왜……?'

페온의 바스타드 소드가 코앞을 스쳤다. 그가 바락바락 대들듯 소리쳤다.

"너야말로 용의 피를 어떻게 알아봤지?"

"……."

"대답해!"

알려줄 리가. 유디트는 페온의 말을 가볍게 무시했다.

대답하는 사람 없이 묻는 이만 두 명이었다.

움찔!

에테르를 쥐어짜던 페온이 멈칫했다. 심장을 옥죄어오는 고통 때문이었다.

유디트는 상대가 이상하다는 걸 금방 눈치챘다.

그도 그럴 것이…….

'멀쩡할 리 없지.'

용의 피를 마신 자는 둘 중 하나다. 나중에 죽든가, 당장 죽든가.

용의 피를 마시면 반인반수였다는 카르나크처럼 월등한 신체 능력을 얻는다. 기사 중에서는 일시적으로나마 에테르를 다룰 줄 아는 자들도 생겼다.

하지만 그 끝은 좋지 않았다. 최소 근육 괴사. 탁한 피와 검은 반점. 불거진 혈관. 에테르링 과부하로 인한 심장 파열.

즉, 용의 피는 기사들의 벼랑 끝 선택지였다.

그걸 지급한 이유도 명료했다. 죽을 때까지 죽여라.

황가에 절대복종했던 흑기사조차도 동요를 감추지 못한 물건이었다.

'그걸 쓰다니, 제정신인가?'

도대체 뭐가 이 인간을 여기까지 몰아갔단 말인가. 이해할 수가 없었다.

하지만 유디트는 깊게 생각하지 않았다.

잡생각은 나중에. 상대에게 집중하지 않으면 제 목이 날아간다.

페온은 바스타드 소드를 빠르게 휘둘렀다. 좌로 그었던 검이 곧바로 각도를 바꿔서 우로 날아왔다.

유디트는 지그재그로 움직이는 칼끝에서 눈을 떼지 않고 뒷걸음질 쳤다.

칼끼리 부딪칠 때는 몸의 축이 흔들렸다. 그래도 금방 적응할 수 있었다. 에테르를 다뤄본 경험은 유디트가 더 많았기 때문이다.

반동에 익숙해지자 한결 움직이기 쉬웠다.

유디트는 회백색 에테르를 얇게 검에 둘렀다. 두 검이 격돌했다.

쾅!

페온이 한 발자국, 유디트가 두 발자국을 물러섰다.

거리가 벌어지기 무섭게, 유디트는 검의 각도를 비스듬히 바꿨다.

다음 도약은 그녀가 더 빨랐다.

유디트의 검이 페온의 어깨를 아슬아슬하게 스쳤다. 그녀의 신속한 검에 놀란 페온이 검을 들어 올렸다.

"이, 게⋯⋯!"

용의 피를 마신 탓에 페온의 근력은 제가 알던 것보다 몇 배는 더 강했다. 검끼리 스치기만 해도 손아귀가 찢어질 것 같았다.

하지만 그게 뭐 어떻단 말인가.

익숙한 일이다. 유디트는 여태껏 저보다 힘센 놈들만을 상대해 왔다. 마수든, 사람이든.

선생은 급소를 치라고 말했으나 전장에 가보니 낭심에 철판을 댄 갑옷이 많았다.

그래서 유디트는 다른 방식을 익혔다.

그녀의 칼날이 순식간에 방향을 바꿨다. 군더더기 없는 동작이었다.

유디트의 검은 꼭 페온이 했던 것처럼 지그재그로 움직였다. 페온보다 훨씬 유려한 움직임이었음은 말할 것도 없다.

"컥⋯⋯!"

어깨 아래, 빗장뼈 근처의 힘줄을 예리하게 찌른다.

비스듬히 눕혔던 검을 송곳으로 파내듯 돌려 후빈다.

쇠줄처럼 질긴 힘줄을 끝까지 찌르고, 후비고, 파헤친 끝에 빼낸다.

급소 아닌 급소를 철저히 짓밟는다.

그것은 끝없는 노력으로 다져진, 낭비 없는 손놀림이었다.

"아아악!"

유디트는 곧장 몸을 굽혀 페온의 허벅지 안쪽 대퇴 힘줄을 베어냈다.

상대의 몸이 순식간에 균형을 잃고 비틀렸다.

놀란 페온이 유디트를 향해 검을 후렸다.

카앙!

힘 싸움은 피하려 해도 피할 수 있는 게 아니다. 하지만 힘줄에 타격이 가면 이야기는 달라진다.

유디트는 훨씬 수월하게 페온의 검을 받아낸 다음 그의 몸통을 걷어찼다.

"이, 재능만 믿고 설치는 년이!"

페온의 저주 같은 욕설을 귀로 넘기며, 유디트는 오랜만에 기막힌 분노를 느꼈다.

유디트는 재능이 있었다. 하지만 재능만 있었다.

돈도, 지위도 없는 자에게 주어진 재능은 설움이다. 이 빌어먹을 재능으로 최소한 밥이라도 빌어먹지 않으려고 무던히도 노력했다.

그런데 뭐가 어째?

"지랄하지 마."

그녀는 이를 악물었다.

지랄 총량의 법칙이라는 말이 있다.

사람이 한평생 떨고 죽을 지랄의 총량은 정해져 있다는 말이다.

누군가는 어릴 적에 그 총량을 다 소비하지만, 누군가는 나이를 먹고서도 그 양을 보존하고 있다.

저 인간은 아직도 그 양이 남았나 보다, 하고 페온을 넘겼던 유디트도 이번만큼은 참지 못했다.

"이 개자식이……!"

회백색 에테르가 대기를 찢어발길 듯 강하게 타올랐다.

맹세컨대, 유디트가 회귀 후 가장 싫어하게 된 욕이 개와 관련된 욕이었다. 저를 죽인 제르멜이 개값을 운운했기 때문이다.

"너처럼 사람 봐가면서 지랄하는 것들을 내가 한두 번 본 줄 알아!"

파바바바박!

퍼억!

회백색 에테르가, 지면을 타고 흐르는 천둥처럼 페온을 덮쳤다. 페온의 몸이 달궈진 기름 냄비에 들어간 옥수수

알갱이처럼 날아갔다.

에테르를 힘껏 머금은 검이 덜커거렸다. 눈부신 섬광이 일대를 뒤덮었다.

페온은 황급히 에테르를 막았으나 그의 귀 하나가 뜯어낸 것처럼 잘려 나갔다.

"으아아아아악!"

유디트는 페온 같은 사람들을 아주 잘 알았다. 심지어 너무 많이 만났다.

제국에서 가장 고귀한 황녀가 청기사를 이어받은 지 20년.

최고의 여기사라는 황제의 칭찬을 들은 올가 황녀는 웃으면서 제 아비를 무안 주었다. 폐하조차도 저에게 여기사 중에서만 최고라는 굴레를 씌우시렵니까.

그날 이후 황궁에서 여기사라는 단어가 사라졌다.

하지만 페온 같은 이들은 여전히 기사단에 남아 있었다. 그들은 청기사 올가 황녀 앞에서는 기꺼이 무릎을 꿇었으나, 제 뒤를 쫓아오는 사람을 향해서는 발길질을 마다치 않았다. 사람 봐가면서 지랄이었다.

이유는 간단했다. 일단 만만해 보여서. 혹은 나보다 약하니까. 여자니까. 어리니까. 아니면 전부 다 해당돼서.

어쨌든 그래도 된다고 판단한 상대면 무조건 얕보았다.

유디트는 사람의 선의를 잘 믿지 않으나, 근본부터 부정하지는 않았다. 선생이나 일누크처럼 태생적 차이를 인정하고 저를 공평하게 대우하는 자들을 분명 만났다.

그래서 정말 오랜만이었다. 이런 날것 그대로의 쓰레기를 봤나?

"어금니를 뽑아서 끓는 기름에 튀겨주마."

분리수거 욕구가 물씬 들었다.

암시장에서 고깃값만 받는다는 놈들도 이 새끼는 못 맡을 것이다.

유디트의 검이 페온의 허벅지를 관통했다.

한번 무너지기 시작한 페온의 검은 허공만 휘저었고, 유디트는 그를 압살했다.

무릎 연골 아래와 팔꿈치를 베어낸 유디트의 검이 한바탕 난동을 부렸다.

군데군데 돋아 있던 페온의 비늘이 유디트의 에테르를 살짝 튕겨냈으나, 곧 한층 더 강한 에테르가 비늘을 부쉈다.

유디트의 손속에는 자비가 없었다. 그녀는 더 이상 페온을 사람으로 대우하지 않았다.

페온은 쉽게 쓰러지지 않았다.

그러나 기둥이 삭은 집은 무너지는 법. 말을 듣지 않는 몸은 유디트에게 한 번도 닿지 못했다. 바스타드 소드를 타고 흐르던 새카만 에테르 또한 점차 힘을 잃어갔다.

양손으로 부여잡은 페온의 검이 날밑으로 닥쳐왔다. 유디트 또한 양손으로 폼멜부터 검을 휘감아 올렸다.

기기기긱!

마지막 발악이었다.

페온이 그녀를 죽일 듯이 노려보았다. 날붙이 긁히는 소리에 소름이 돋았다. 그러나 유디트는 다른 곳을 보고 있었다. 검푸른 비늘이 돋아난, 페온의 손목 안쪽이었다.

유디트는 온 힘을 다해 에테르를 폭발시켰다.

페온은 강해진 기운에 놀랐다.

'여태껏 에테르를 조절하며 다루고 있었다고?'

그가 검을 뗀 순간, 전광석화처럼 유디트의 검이 움직였다.

쩡!

마침내 페온의 오른쪽 손목에 돋아난 비늘이 깨졌다.

유디트는 검을 내질렀다. 그리고 페온의 손목 힘줄을 안쪽부터 당겨 벴다.

"아아아아악!"

잔인하게 피가 튀었다.

페온의 검이 속절없이 바닥으로 떨어졌다. 그를 지탱하던 어떤 것이 끊겨 나가는 순간이었다.

유디트는 숨을 몰아쉬며 그의 목젖을 찔렀으나, 목에 돋아난 용의 비늘이 기괴한 소리를 내며 검을 가로막았다.

숨소리조차 무거워지는 침묵이 주변을 감쌌다.

페온은 반항하지 않았다. 그가 핏발 선 눈으로 유디트를 보며 말했다.

"······죽여."

"싫어."

"왜지?"

"언제든 죽일 수 있으니까."

유디트는 힘껏 페온의 명치를 걷어찼다.

그녀는 컥컥대며 쓰러진 상대의 발목 힘줄을 순식간에 잘랐다.

페온의 흐느끼는 소리를 유디트는 무심히 넘겼다.

'끝났다.'

주변을 둘러보자 난장판이기는 했으나 다른 습격자의 기색은 없다.

사투는 끝났다.

그녀의 명백한 승리였다.

"후우."

아픈 손끝을 무시하는 것도 슬슬 한계다. 어깨와 등 근육도 심하게 저렸다.

'피곤해.'

빌어먹을. 젠장.

곱지 못한 말이 오만 가지는 쏟아지기 직전이었다. 배도 고팠다.

피곤하기는 또 어찌나 피곤한지 당장 쓰러지고 싶었다. 눈앞에 건초 더미를 깔아주면 체면도 잊고 누워버릴 것 같앗다.

에테르링이 잠잠해지자 피로는 더 심하게 몰려왔다.

유디트는 현기증을 느꼈다.

썩어도 준치라지만 20살의 유디트는 분명 26살의 유디트와 기량 차이가 났다. 그걸 알면서도 이를 악물고 에테르를 펑펑 써댔다. 그러니 몸이 남아날 리가 있나.

······물론 습격자가 또 나타난다면 에테르를 끌어 쓸 테지만.

그녀는 현기증을 애써 무시하며 고개를 저었다.

'어서 마차를······.'

가장 큰 문제는 긴장을 놓을 수 없다는 점이다.

유디트는 마차를 향해 느리게 걸어갔다.

그러니까, 이렇게 미친 듯이 피곤하고 온몸이 축 늘어지는데도 할 일이 태산이었다.

3황자와 3황자비를 어떻게든 쓰러진 마차에서 꺼내는 게 급선무다. 그다음은 상황을 확인하고, 지원이 올 때까지 기다리고······.

상황에 따라서는 움직여야 할 수도 있다.

황자와 황자비가 움직이지도 못할 만큼 다쳤다면 일은 더 심각해진다. 추격자의 숫자도 신경 쓰이는데, 심지어 폐온 그랑이 마지막 습격이었다는 보장도 없다.

'나 혼자 일 다 하네.'

이를 악물다가도, 유디트는 피거품을 터뜨리며 쓰러졌던 일누크를 떠올리자 생각을 멈추고 싶어졌다.

기류는, 언제 올까.

순간이지만 그런 생각이 스쳤다.

그리고 유디트는 금방 자신을 질책했다.

'미쳤어? 남에게 의지하다니!'

타인이 가득한 세상에서 믿을 것은 저 하나뿐이다.

남의 힘을 빌린다는 건 약하다는 증거다. 그리고 기류는 남이지 않나.

스스로를 힐난하던 유디트가 걸음을 멈췄다.

마차 근처가 불길할 정도로 조용했다.

쓰러진 말들은 저들끼리 얽혀 난리였다. 그런데 덜컥거리는 저건…….

"……아……?"

탄식 같은 물음이 그녀를 덮쳤다.

마차 문이 열려 있었다. 말들이 움직일 때마다 은 칠이 된 문이 흔들렸다.

안에서 연 것인가, 밖에서 연 것인가.

물론 중요한 건 그게 아니었다.

유디트는 황급히 마차 안을 들여다보았다.

내부엔 아무도 없었다. 기절했으리라 생각했던 황자와 황자비도 없었다. 충격이 해일처럼 몰아닥쳤다.

왜? 어째서? 언제부터?

순간, 유디트의 머릿속에는 최악의 상황이 그려졌다.

페온과의 검투에 정신이 팔려 그녀는 마차를 신경 쓰지 못했다. 그동안 암살자가 조용히 다가왔을 광경은 어렵잖게 상상됐다.

"그럴, 그럴 리가……."

없다고 단언할 수 있나? 있어야 할 황자와 황자비가 둘 다 없는데?

숨이 붙은 마부를 발견하자 유디트는 더욱 충격받았다.

암살자의 목표는 애초부터 황자였다. 마부는 손도 대지 않았다.

계획된 습격. 매복. 추격자.

그들이 기절한 황자 부부를 그대로 끌고 갔다는 소리 아닌가.

"……황자, 님……."

가슴 안으로 스멀스멀 밀어닥치는 검은 불안이 그녀를 삼켰다.

더 상상하기가 겁났다. 유디트는 검을 든 채 주변을 마구 훑었다.

한낮의 숲이 이토록 끔찍했던가?

시야 저 끝의 평원은 야속할 만큼 아름답고 환하건만, 이 숲속은 유독 어둡게 느껴졌다. 마치 그날 밤처럼.

"윌리엄 황자님!"

유디트는 소리 높여 불렀다. 외치지 않고는 견딜 수가 없었다.

냉정해져야 한다. 이런 행동은 제 위치를 드러내는 것밖엔 안 된다. 그걸 알면서도 유디트는 벅차오르는 감정 속에서 마음을 다잡기 힘들었다.

마차에서 누군가가 도망친 흔적이 유일한 희망이었다.

그녀는 다시금 검 위에 에테르를 두른 채 숲속을 달렸다.

부러진 가지, 역방향으로 휜 가지. 드문드문 파헤쳐진 풀 자국. 그런 것을 쫓아가던 유디트는 제 눈에 눈물이 고인 것을 알았다.

제발. 카르나크 신, 제발.

"제발……!"

누군가의 안위를 이토록 걱정해 본 적이 있던가?

제발 살아달라며, 절박함에 마음을 내던진 적이 있었나?

유디트는 제게 그럴 자격이 없단 걸 안다. 알면서도, 그녀는 황자가 살아 있길 바랐다.

가장 어두웠던 밤. 초승달이 떴던 날에 유디트는 윌리엄 3황자를 찔러 죽였다.

암살 당일, 유디트는 궁 안에 침입자가 든 것 같다며 황자를 선동했다. 올가 황녀가 보내서 왔다는 말은 좋은 핑계였다.

그 말을 듣자, 윌리엄 황자는 믿을 것은 저 하나뿐이라는 듯 철저히 믿었다.

그리고 그는 절명할 때까지 자신에게 벌어진 일을 이해하지 못했다.

유디트는 에테르를 두른 단도로 윌리엄의 폐부를 쑤시고, 그다음에는 목을 찔렀다. 황자는 소리 한 음절 내지 못했다.

자신의 솜씨는 정말 좋았다. 망설임은 눈먼 돈에 팔아치운 지 오래였으니까.

황족을 해치는 황실 기사의 검은 주저를 몰랐다.

어떻게 그럴 수가 있었을까?

지금은 무거운 마음 때문에 질식할 것만 같은데, 그때는 대체 어떻게?

"전하…… 윌리엄 전하……!!"

그래서는 안 됐다. 그렇게 사는 것이 아니었다. 때늦은 후회와 무거운 죄책감이 유디트를 넘어뜨렸다.

흙바닥을 짚고 일어난 유디트는 제가 울고 있다는 걸 깨달았다.

무섭고 두려웠다. 후회스러워서 미칠 것만 같았다. 이대로 두 번째 기회마저 놓치는 걸까?

당장 윌리엄 황자를 찾지 못한다면 제 목이 달아날 것이다. 그러나 그 전에 숨이 꺾여서 죽을 것만 같았다. 다시금 찾아온 죄의 무게는 유디트를 꼼짝없이 짓눌렀다.

회귀를 통해, 그녀가 저지른 일은 누구도 단죄할 수 없는 티끌이 되어버렸다.

그러나 딱 한 사람이 그녀의 죄를 기억했다. 그녀 자신이다.

"황자님……!!"

용서할 기회라고 생각했다. 스스로를 용서할 기회.

끝없는 죄책감에서 벗어날 수 있는 길인 줄 알았다.

그러나 없어진 윌리엄 황자를 생각하며, 유디트는 한탄하고 울부짖었다.

네가 감히, 같잖은 죄책감 좀 덜어보려고 이런 중한 일을 맡아놓고서도 정신을 못 차렸느냐. 황실 기사의 본분을 잊은 페온 그랑을 죽여 넘기고 웃었나. 그와 너는 다르다고 느꼈는가. 감히 네가.

그녀는 스스로를 용서할 수가 없었다. 이 순간만큼은 모든 게 제 탓 같았다.

수렁으로 빠질지언정 달려 나간 인생 외길.

마수를 죽이라고 하면 죽였고, 베르크스 성을 버리라고 하면 버렸다.

하라면 했다. 빌어 처먹을 인생, 어떻게든 고치고 싶어서 사람도 죽이고 황자도 죽였다.

하지만 막다른 길 끝에서 유디트는 깨달았다. 이 길은

눈먼 돈으로 사들인, 후회로 점철된 인생이었다고.

윌리엄을 죽이던 마지막 순간까지, 그녀는 가난을 핑계 삼아 죄책감을 버렸다.

그러나 가난하다고 모두가 사람을 죽이던가?

칼 쥔 자 모두가 사람을 죽이면서까지 잘 먹고 잘살기를 바라는가?

가슴이 터질 것 같았다.

에테르링이 호소하는 고통인지, 제 마음에 둑이 터진 건지 알 수가 없었다.

유디트는 정신없이 울었다. 그냥 이 심장이 모조리 다 터져도 좋으니까, 제발 무사하시라고. 그렇게 빌었다.

"윌리엄 전하……!!!"

목소리가 숲속을 울렸다.

무사한 황자를 보는 것만이 이 고통에서 벗어날 길이었다.

유디트는 사람에게서 구원을 찾는 이가 아니었다. 구원을 쥐여주는 사람을 한 명이라도 만나봤어야 그렇게 생각할 것 아닌가.

그녀는 정말이지 세상천지에서 믿을 것이 저뿐이었다.

그래서 이런 감정은 처음이었다.

윌리엄 황자가 무사하기를 바랐다. 무사한 그를 확인해야 했다. 오직 그것만이 내 구원이라고, 그녀는 진심으로 생각했다.

그때 수풀 너머에서 인기척이 났다.

건드리지도 않은 나무에서 잎사귀 하나가 팔랑팔랑 떨어진 순간. 유디트는 눈물과 악에 받친 검을 번개처럼 휘둘렀다.

까강!

나뭇잎이 정확하게 대각선으로 잘렸다.

"……유디트 경!"

빠르게 움직였던 검이 멈췄다.

상대의 검은 부러지지 않았다. 오히려 엄청난 힘으로 상쇄되어 그녀의 검을 튕겨냈다. 에테르 간의 충돌이었다. 주변 대기가 잠깐이지만 흐트러졌다.

유디트는 금방 붉은 에테르를 알아보았다.

"기류…… 단장님……."

"다행이다, 무사한 거지?"

기류의 보라색 눈동자가 안도로 가득 찼다. 그가 무어라 말하기도 전, 유디트가 말을 잘랐다.

"황자님이, 윌리엄 황자님이 안 계십니다! 당장 수색대를 풀어야 합니다! 마차가 비어 있……!"

"진정해. 황자님은 여기 계신다."

기류는 유디트가 흥분 상태임을 금방 알아보았다. 온몸에 상처가 가득했는데도 고통 따윈 못 느끼는 사람처럼, 그녀는 정신이 다른 곳에 가 있었다.

유디트는 놀란 새처럼 파르르 떨더니 부랴부랴 물었다.

"여기 계신다고요? 어디……!"

"로하스 님."

그가 궁정 마법사를 불렀다.

그러자 마치 처음부터 거기 있었던 사람처럼, 투명 마법을 풀고 로하스와 황자가 나타났다.

기류는 하나하나 상황을 설명했다. 뒤늦게 정신을 차린 로하스가 전복된 마차에서 황자 부부를 구한 것. 텔레포트로 빠져나와 비스타와 지원군을 찾은 것.

"황자님은 무사하시니 안심해라."

물론 그 설명에는 많은 게 생략되어 있었다.

추격자는 이든 4황자 쪽으로도 따라붙었다. 일행이 합류한 뒤 3황자 구출대를 나눠야 한다는 갑론을박. 긴박했던 상황들까지.

하지만 기류는 더 설명하지 않았다. 이미 불안정해 보이는 유디트를 동요시킬 필요가 없다고 판단했기 때문이다.

"괜찮아? 우리는 경이 추격자와 함께 있을지도 모른다는 말을 듣고 찾아온 거야."

사실 유디트를 찾으러 올 수 있었던 건 3황자 덕이었다.

추격자가 더 있을지도 모르는 상황이었다. 기류가 자리를 비우는 건 안 된다며, 반대하는 사람이 많았다.

그러나 3황자 월리엄이 제 은인을 버려둘 수 없다고 말해준 덕에, 기류는 반대를 무릅쓰고 겨우 그녀를 찾으러 올 수 있었다.

그러길 잘했다. 기류는 자신을 어지럽혔던 나쁜 상상을 털어내며 안심했다.

"……유디트 경?"

"……."

머잖아 기류는 유디트가 조금 이상하다는 걸 깨달았다.

그가 휘청이던 유디트를 붙잡았다. 그녀의 눈에서 무언가가 후드득 떨어졌다.

짭짤한 눈물 방울이 그녀의 뺨을 따라 굴렀다. 투명한 눈물은 백사장을 훑고 가는 파도 같았다.

"……전하."

귀신을 본 것처럼, 아니, 신을 본 것처럼 유디트가 떨고 있었다. 핏방울이 몽글몽글 맺힌 상처는 금세 축축해졌다.

그녀가 울먹이는 목소리로 물었다.

"무사하십니까……?"

"……."

보는 것만으로도 가슴이 저려오는 광경에 기류의 목구멍이 막혔다. 그의 가슴 안쪽에서 확, 불길 같은 것이 일어났다.

기류는 유디트를 보며 손톱이 살을 파고드는 게 아닐까 싶을 만큼 주먹을 꽉 쥐었다.

힘이 풀린 유디트가 그대로 주저앉았다.

기류는 황급히 그녀의 왼손을 잡았다. 그러나 유디트는 맥없이 쓰러졌다.

"무사하십니까……."

3황자 윌리엄 오스카 베리타스. 궁정 마법사 로하스. 그녀가 목을 쑤셔준 사람들.

로하스의 뒤에서 한 명의 남자가 천천히 걸어 나왔다. 주변을 경계하며 주눅 든 게 분명했으나, 기억 속 얼굴이다. 조금 앳되고, 험한 일을 겪느라 창백해진 안색.

윌리엄이다. 검은 머리카락과 황가 특유의 푸른 눈이 그를 증명했다.

"유디트 경."

목소리까지도 기억하던 그대로구나. 이름을 불렸을 뿐인데, 유디트는 또다시 눈물을 쏟고 말았다.

"마차에 있던 내게 안심하라고 했지."

3황자 윌리엄이 천천히 무릎을 굽혔다.

궁정 마법사는 그를 만류하려 들었으나, 윌리엄은 아랑곳하지 않았다. 3황자는 저를 구한 황실 기사를 위해 기꺼이 흙바닥에 제 무릎을 바쳤다.

윌리엄의 벽안 속에는 안도와 감사가 깃들어 있었다. 한때 유디트에게 향했던, 공포와 경악에 질린 눈이 아니었다.

"고맙네. 자네가…… 자네들이 내 목숨을 구했어."

제 목숨을 챙기기도 바쁜 와중에, 마차의 창문을 닫으며 황자를 안심시켰던 에테르 마스터.

윌리엄은 아직도 검을 놓지 못한 유디트의 오른손을 잡았다.

그가 안도에 젖은 목소리로 말했다.

"내가 무사한 건 모두 그대들 덕이야."

"으…… 으……."

"진심으로 감사한다. 아니, 감사합니다. 나를, 세리아를 지켜줘서 고맙습니다."

유디트는 끝내 울음을 터뜨렸다.

황자는 모를 것이다.

그가 사지 멀쩡히 살아 있는 것만으로도 유디트가 얼마나 고맙고 가슴이 벅차는지, 관 뚜껑에 못질할 날까지 결코 모를 것이다.

가장 어두웠던 밤에서 당신을 구하는 낮까지.

겨우, 여기까지 왔다.

유디트는 너무 정신없이 우느라, 회백색이었던 자신의 에테르가 옅은 황금색으로 빛나기 시작했다는 것도 눈치채지 못했다.

"다행입니다……."

펑펑 우는 내내 그녀는 같은 말만 반복했다.

다행입니다. 다행이에요.

안도 섞인 말의 무게는 그녀만이 알았다.

"무사하셔서 다행입니다……. 정말 다행입니다, 다행, 입니다…… 다행입니다……."

황실 기사 유디트는 한때 돈만 쥐여주면 뭐든 하던 쓰레기였다.

과거엔 그랬다는 얘기다.

그녀는 더 이상 쓰레기로 살고 싶지 않았다.

정말이지, 그것만은 사양이다.

2권에서 계속…